二見文庫

この恋は、はかなくても

J・T・ガイシンガー／滝川えつ子＝訳

Dangerous Beauty
by
J. T. Geissinger

ジェイへ

女性とは道のようなものだ。曲線(カーブ)が多いほど危険が増す。

——メイ・ウエスト

この恋は、はかなくても

登　場　人　物　紹　介

エヴァリーナ（エヴァ）・イヴァノヴァ	ディミトリの妻
ナーシル（ナズ）・マンスーリ	セキュリティ会社の社員
ディミトリ	ロシア人大富豪
コナー・ヒューズ	ナズの上司
タビー・ヒューズ	コナーの妻

1

エヴァ

さっきからずっと誰かにつけられている。わたしの直感は間違っていない。

電気に触れたかのように肌がピリピリして産毛が逆立つ。野生動物のごとく神経を研ぎ澄まし、周囲に意識を集中させる。恋人の歯に首筋をそっと噛まれ、胸の頂が硬くなるのに似た感覚だ。

誰かがわたしを見ている。

すぐそばにいる。

そんな緊張感はおくびにも出さないが、脈拍が跳ねあがり、呼吸がうまくできない。素知らぬふりで木箱に積まれたモモを見ながら、ちょうどよく熟して傷のないものを選ぶ。果物店の店主に代金を払い、腕にさげているキャンバス地のバッグにモモを入れると、ところどころ日陰になったファーマーズマーケットを平然と歩く。

早足になってはいけないと自分に言い聞かせる。ロングスカートのポケットに入れた小さな拳銃の冷たさと重みを腿に感じる。

この日が来るのはわかっていた。ディミトリはわたしを必ず見つけだす。だが今回は絶対に帰るつもりはない。

連れ戻されるとしたら、わたしは遺体袋に入れられているはずだ。

オレンジ、マンゴー、ビワ、チェリモヤ。どれも本土から運ばれてくるので少し傷んでいるが、食べるのに問題はない。野菜を少し、そして鮮魚店でキハダマグロをひと切れ買った。買い物は終わりだ。

クルーズ船が港に停泊するので、土曜日のマーケットはいつも混んでいる。すり減った石畳で追いかけっこをする笑顔の子どもたち。露店で高い値段をつけられたアクセサリーを熱心に見る観光客。店先に吊(つる)された手染めのスカーフは海からのそよ風にはためいて、南国の色鮮やかな鳥のようだ。

顔見知りの何人かにうなずいて挨拶しながらも、立ちどまって話すことはしない。一刻も早く尾行をどうにかしなければならないし、何より恐怖で声が普段と違っているはずだ。恐ろしさを感じるといつも声がこわばって高くなる。いまだにこれだけはどうにもできない。

幸い、つけている男を始末するのに声を出す必要はない。手が震えさえしなければいい。人けのない路地を見つけ、スカートに隠している銃を握るだけだ。

メキシコのほかの地域と同じく、コスメル島でも犯罪が多発している。路地に死体が転がっていてもたいした話題にはならない。

とはいえ、尾行の相手はまだ死んでいない。慎重な男らしい。太陽が照りつけるなか、果物店や生花店、Tシャツの露店が並ぶ迷路のようなマーケットの路地を通り、鼓動を乱しながらすり抜けるわたしを、姿も見せずに追ってくる。

マーケットを出ると、スイカと黄色いウリを荷台いっぱいに積んだトラックが数台、歩道に沿って停まっていた。わたしの住んでいるアパートメントは海側にあるが、反対の方角になる町のほうへ向かう。目的地はドラッグの売買が盛んに行われている危険な通りだ。旅行者はギャングから危ないものでもなんでも手に入れられるが、最後はひどい目にあうのが落ちだった。

神経が張りつめているのと湿気のせいで汗を流しながら、次々と角を曲がる。つけられている気配が消えることはなく、背後から冷たい霧のように忍び寄ってくる。

痩せ細った野良犬が側溝にたまったごみに鼻先を突っこんでいた。ヤシの木陰でタバコを吸っている老人がどんよりした目でこちらをちらりと見る。新たに角を曲がるといきなり、鳩(はと)が鳴きながら羽音をたてて飛び立ったので、わたしは思わず息をのんだ。

落ち着いて。尾行を片づけたら、いざというときのために準備しておいた荷物だけを持って、すぐにここから逃げよう。これは想定内の事態で、覚悟はできているはずだ！

そう自分に言い聞かせてはみるものの、人を殺した経験はない。森で木々を標的に練習してきたが、人を撃つのはまったく別の話だろう。自分が精神的ショックに耐えられるとは思えない。血も流れる……。

わたしは小声で悪態をつくと、それ以上よけいな想像をするまいとした。感情に溺れている暇はない。尾行しているのが何者かは知らないが、傭兵(ようへい)あがりなのは確かだ。ディミトリは屈強で無慈悲な男しか雇わない。今回も例外ではないはずだ。

やるかやられるかだ。撃ったあとでどれほどの罪悪感にさいなまれるかは神のみぞ知る。

神だけがわたしがそうする理由を知っている。

いつのまにか両側に廃屋が並ぶ狭い路地に足を踏み入れていた。腐ったごみと尿のにおいが漂っている。ざらついた煉瓦(れんが)の壁に背中を押しつけ、キャンバス地のバッグをおろしてポケットから拳銃を取りだす。

　そして息を詰めて待った。

　わたしを捕まえたいのなら、そうすればいい。ただし、それほど簡単にはいかない。こめかみを汗が伝う。暑い午後の静けさのなかで、鼓動が砲撃のように響いている。すり足で近づいてくる小さな足音を耳にして、銃を構えた。

　もう少しで老人の頭を撃ち抜くところだった。

「金（ディネロ）はあるか？」震える手を差しだしながら、苦しそうなかすれた声で要求してくる。

「なんてこと！　危うく撃ち殺すところだったわよ！」わたしは動揺を隠せなかった。

　老人は銃を向けられていることなど意に介さず、目を細めてわたしを見つめている。

「金（ディネロ）は？」

「あっちへ行って！　消えて（ベーテ）！」わたしは脅すように銃を振って追い払おうとした。

　老人は黄色い歯を舌でなめながらしばらくこちらを見ていたが、ふらふらした足取りで離れていった。

　わたしはふたたび壁に背中を押しつけると、手に汗をかき、膝を震わせながら待った。

　そのまま待つ。

そしてさらに待った。

先ほどよりも太陽が傾いて壁の影が長くなると、わたしを追っていた男はふたつの理由から姿を現さないのだろうと考えた。わたしが尾行を振り払うのに成功したというのがひとつ目。だが、これは疑わしい。わたしはゆっくり歩いていたし、姿を隠そうとはしなかった。ふたつ目は、向こうが路地に入るのは賢明ではないと判断したということだ。こちらの作戦を見抜いたのだろう。

つまり、路地の外をうろついているに違いない。

緊急用の現金と偽造パスポートを隠してある場所までつけられるような危険は冒せない。また住んでいる場所がばれていない可能性もあるので、アパートメントまで尾行されることも避ける必要がある。わたしは歯を食いしばり、第三の方法を取ることに決めた。

向こうが仕掛けてこないのなら、こちらから行くまでだ。

路地から広い通りに出た。

しかし、そこにいたのはディミトリの手下ではなかった。

手首から肩までギャングのタトゥーを入れ、生気のない黒い目でこちらを見ているドラッグの売人だった。さらに四人の男たちがいて、いっせいに口をつぐむと、売人の視線を追ってわたしのほうを見る。

黒い目の売人が汚らしい歯をむきだして、にやにやする。「迷子になったのか、べっぴんさん（チカ・ボニータ）？」威嚇するように足を踏みだす。仲間たちが同様に迫ってくる。

きわめて危険な状況に陥ってしまったことが明白になり、わたしは顔から血の気が引いた。

拳銃の弾は六発。

失敗が許されるのは一発だけだ。

2

ナズ

「仕事は簡単。監視と報告だけだ」彼らは言った。「初仕事はたやすいもんだ、ナーシル。ついでに日焼けでもしてくればいい。ビール片手にな。ロシア人の新興財閥（オリガルヒ）の妻で、甘やかされて気まぐれに家出した女の行動を監視するだけで稼げるんだ」

仕事は簡単。たしかにそうだ。だがそれは自分の妻を滑稽なほど見くびっていた夫を始めとする、世間のやつらにとっては違うのだろう。

タランティーノの映画のワンシーンのように、彼女は顎をあげ、三八口径の拳銃を手に路地からゆっくりと姿を現した。目を光らせ、反撃に出ようとしている美しい女性。情熱的なフラメンコギターが聞こえてきそうだ。

転職などしないで要人の警護をしていればよかった。エヴァリーナ・イヴァノヴァのお守（も）りは厄介な事態になりつつある。

「面倒を起こすつもりはないわ」

銃を堂々と構えているにもかかわらず、声は驚くほど震えている。相手を殺しかねないような厳しいまなざしとは裏腹だ。

虚勢を張っているだけなのかもしれない。

ドラッグの売人のディエゴも同じ考えらしい。

用心深く、鋭い目つきでエヴァリーナの力量を見きわめている。ディエゴは日々、午前中だけで二回は敵の銃身を凝視せざるをえないような、さらには最初のひと言を交わしただけでどちらが上に立つかが決まるような世界にいる。相手が脅威ではないと判断したらしく、いやらしい笑みを浮かべた。

ディエゴが彼女との距離を詰める。こちらから見て左側の男が忍び笑いをもらし、右側の男が卑猥(ひわい)な言葉をささやいている。

おれはため息をついた。やるしかない。

「それ以上近づいたら、痛い目にあうわよ」エヴァリーナがディエゴの股間に向けて銃口をわずかにさげた。

「うるせえ、売女(ばいた)」

ディエゴはひるむそぶりすら見せない。大事なところを狙われるなど、しょっちゅうあることらしい。よほど手に負えない男なのだろう。

「はったりじゃない。撃つわよ！」エヴァリーナの声がうわずってくる。

「マリファナを売ってくれ」

ディエゴが通りの真ん中で足を止め、肩越しに振り向く。彼女とおれと、どっちを先に仕留めるべきか決めかねているようだ。

「おまえの邪魔をするつもりはない。取引するだけだ。売るものを売ってから新しいおもちゃで遊べばいいだろう」おれはカーゴショーツのポケットから丸めた厚い札束を取りだし、見せつけるように振った。

エヴァリーナは頭がどうかした男でも見るような視線をこちらに向けている。茶色の大きな目が美しい。カメラのレンズ越しより、実際に見るほうがさらに魅力的だ。彼女の夫が妻を取り戻したいと願うのもうなずける。

エヴァリーナが引き金から指を離さないとまずいことになる。ふいに大きな音がしただけでも引き金を引いてしまうはずだ。ここにいる全員が命を落としかねない。

「わかった、取引を先に片づけよう」ディエゴが醜悪な笑顔を見せる。

ドラッグで歯がぼろぼろになっているくせに、笑うのが好きらしい。

ディエゴは忍び笑いをもらしている左側の男に目をやり、エヴァリーナを顎で示して逃がすなと無言で命じてからこちらにやってきた。ほかの男たちが足早に彼女のほうへ向かう。

　すべては一瞬のうちに起きた。

　ディエゴが手の届く距離まで来ると、おれはやつの鼻に拳を叩きこんだ。つぶれた鼻から爆竹のように血が飛び散る。ディエゴはうめき声をあげながら膝から崩れ落ちた。なんの騒ぎが起きたのかと仲間が振り向く。おれはジーンズをはいたディエゴの腰から銃を引き抜き、胸を蹴って仰向けに転がすと、呆然としている四人の男たちに狙いをつけた。

　ただちに失せるか、銃弾を食らうか、どちらか選べとスペイン語で言う。

　男たちは賢明にも前者を選択した。

　両手をあげてあとずさりする。「殺してやる」ひとりの男が目をぎらつかせながら小声で言った。

「よくそう言われるんだ」威嚇の言葉に応じてから、おれはディエゴのあばらを蹴った。

　ディエゴがうなりながら悪態をついた。鼻を手で覆い、よろよろと立ちあがる。

「鼻を折りやがったな。おれの鼻を！」

「おやおや、かわいそうに。さっさと消えないと顔じゅうの骨を折ってやるぞ。仲間と一緒にとっとと消えろ」

「おまえの顔は忘れねえぞ、アメリカ野郎（グリンゴ）」ディエゴが悪意のこもった目でにらみつけ、捨てぜりふを吐く。

「ぜひともそうしてくれ、ディエゴ。おれもおまえの顔は忘れない。これまで目にしたなかで一番醜い顔だから、忘れるのは難しいな。さっさと歯医者に行ってこい。その汚い歯は見苦しい」

　ディエゴは鼻を押さえていた手をさげると、獣のように歯をむきだした。鼻は完全につぶれ、目には殺意がみなぎっている。白いTシャツの上半分は血で染まっていた。車にはねられて道路脇に転がっている獣よりもひどい姿だ。

　ディエゴと仲間たちは角を曲がり、一目散に走り去った。

　おれは道端に落ちた札束を拾い、ディエゴから奪ったセミオートマティックの銃をカーゴショーツの後ろポケットに入れてTシャツで隠した。エヴァリーナを見ると、まだ銃口を前に向けているものの、電気ショックを受けたようなありさまだ。

「あいつらはすぐに戻ってくるはずだ。今度は全員が武器を持ってくるぞ」

　エヴァリーナがこちらの言葉を理解するのを待って、ディエゴたちが立ち去ったのとは反対の方角へと歩きだす。

振り返りたくてしかたがないが、それはできない。エヴァリーナを助けに行ったと気づかれてはならない。マリファナを買おうとして偶然通りかかり、悪党を叩きのめした男だと思わせておくのだ。夫の依頼でエヴァリーナの行動を見張っているとばれるわけにはいかない。夫からは逃げおおせても、おれの監視下で逃げられるのだけはごめんだ。

始めたばかりの仕事でそんな失態は演じられない。

二ブロックほど歩いたところで、エヴァリーナが追いついてきた。

「ねえ、ちょっと！」

顔を赤くして息を切らしながら駆け寄ってくる。エヴァリーナを見おろすと、花柄のサンドレスの深い襟ぐりから日焼けした見事な胸の谷間が目に飛びこんできた。胸は大きくて張りがある。まったく、彼女の夫は幸せ者だ。

じろじろ見るんじゃない、愚か者め。

おれは歩きつづけた。エヴァリーナは歩幅を大きくして懸命についてくる。

「どういうことなの？」

きみの窮地を救ってやったんだ。二度とする気はないが。「マリファナを買おうとしたら、きみが銃の名手のアニー・オークリーの真似（まね）をしようとして大失敗してるところに出くわした。ひとつ教えてやるよ。引き金を引く覚悟がないなら悪党に銃を向けるな。無駄に相手を怒らせるだけだ」

「どうしてそんなことを知ってるの？」

おれは正直に話すことにした。嘘（うそ）をつくのは苦手だし、これまでの経歴を話せば今日の出来事もすんなり理解してもらえるだろう。「以前は警察官だった」

「警察官」エヴァリーナが繰り返す。おれのTシャツから出た両腕の内側にあるタトゥーを疑わしそうな目で見つめている。

「そうだ」

「以前は？　今は違うの？　さっきのはおとり捜査じゃなかったの？」

「違う」

「警察学校で違法薬物には手を出すなと教えられたのを忘れたってわけ？」

「批判が終わったら、命を救われた礼を言ってくれてもいいんだぞ。あんな路地でいったい何をしていたんだ？」胸の谷間をもう一度じっと見る。「なるほど、ぽん引きでも待ってたのか？」

「なんですって？」エヴァリーナがその場に固まって声をあげた。

ける。

「きみを非難したりはしない」おれは肩越しに振り向いた。「誰しも生きていかなければならないからな。幸運を祈ってるよ」挨拶代わりに手をあげ、そのまま歩きつづける。

半ブロックほど進んだところで、エヴァリーナがふたたび追いついた。「わたしは娼婦じゃないわ！」

「もちろんだ。おもしろいことはないかと、町の寂れた地区の路地をうろついてただけだろう」

「あなたには関係ないわ。誰かにつけられてると思ったの。そいつを振り払おうとしただけよ」

なんてことだ。そんな理由でこの界隈に足を踏み入れたというのか。尾行に気づかれてしまうとは。

「オーケー、なんでもいい。おれには関係ない話だ」肩をすくめて言った。

「関係ない？」エヴァリーナが信じられないとばかりにこちらの横顔を見つめる。

「あなたは五人のドラッグの売人を敵にまわしたのよ」

「何か文句でもあるのか？」おれは敵意に満ちた目で彼女を見返した。

顔を赤らめたエヴァリーナは実際の年齢よりも若く、自信がなさそうに見える。

「いいえ、ありがとう。助けてもらって感謝しているわ。あなたがいてくれなかったら……」顔をそむけて唇を噛む。

「おれがいなければ、今頃ディエゴたちは銃で撃たれて穴だらけだっただろう。きみは気分爽快だったはずだ」

「最初の半分はあたってるわ。でも、あとの半分は違う。暴力は嫌いなの」エヴァリーナが静かな声で言った。

その口調に不自然なものを感じた。事前に与えられた資料を読んで、彼女は裕福な家に生まれ、ほしいものはなんでも与えられ、甘やかされてきたのだと思っていた。そんな女性が実際に暴力を見聞きする機会があるだろうか？

「拳銃を持ち歩いてる女性にはそぐわない言葉だな」

「生き抜くためよ。虐げられている者は、虐げる者の思考を理解する必要がある。卑劣な男たちを黙らせる唯一の手段が拳銃なの」

意外な言葉をよどみなく語るのに驚き、歩く速度を緩めてエヴァリーナを見た。

「誰がそんなことを言ったんだ？」

「わたしよ」知性を疑われて気分を害したと言わんばかりの目をしている。

おもしろい。美人で、なおかつ頭もいいとは。ユーモアのセンスはお粗末なことを祈る。そうでなければ、エヴァリーナの夫をひどくねたんでしまうだろう。彼がこの依頼に対して支払った多額の費用を考えると申し訳ないが。

タイヤのきしむ音が響いたので振り返った。太いタイヤを装着した旧モデルの黒のキャデラックがホイールのリムを光らせ、砂埃（すなぼこり）を巻きあげながら角を曲がってきた。サングラスをかけた男が助手席から身を乗りだしている。

ディエゴの仲間のひとりだとわかった。カラシニコフのセミオートマティッククライフルを手にしている。

銃口はこちらに向けられていた。

「くそっ」

銃弾が頭上をかすめる。おれはエヴァリーナの腕をつかみ、日干し煉瓦で造られた小さな白い教会のほうへ引っ張っていった。古い木製のドアは施錠されていたが、強く蹴るとすぐに開いた。薄暗くてひんやりした建物に入り、通路を祭壇のほうへ全速力で走っていると、外で車を急停止させた甲高いブレーキ音が会衆席を越えて聞こえてきた。

質素な祭壇の前に来ると、エヴァリーナがふいに足を止めた。ひざまずいて頭を垂れ、胸の前で十字を切る。

「祈るのはあとだ」彼女の肘を取るのとほぼ同時に、壁にある木製の十字架にかけられていたイエス・キリストが銃弾で粉々になった。

驚きの悲鳴とともにエヴァリーナが飛びあがったが、新たなドア、また新たなドアと次々に駆け抜けていくおれにぴたりとついてきた。ふたたび外に出て、住宅街を走る。怒鳴り声が追ってくるが、振り返っている余裕はない。

「こっちよ」エヴァリーナが横道に入る。

この道がどこに続いているのかわかっているらしい。彼女はまっすぐ前だけを見て、全速力で走っている。スカートが大きく波打ち、茶色の長い髪が風になびいている。あとに続こうとして、その姿に一瞬見とれた。

迷路のように入り組む路地を抜け、緋色（ひいろ）に咲き誇るブーゲンビリアに覆われた壁に沿って進み、裏口のドアを開け放してあるメキシコ料理店に飛びこんだ。狭い厨房（ちゅうぼう）には熱気がこもっている。

ぎょっとした顔の料理人たちに謝りながら、ダイニングルームへと続くドアを抜けようとしたとき、警察官たちが路地に姿を現した。

その瞬間、ふたりの料理人がドアを叩きつけるようにして閉めた。鍵をかけ、さらにスチールラックを引っ張ってきて裏口をふさぐ。

噂にたがわず、このあたりの警察官はたちが悪いのだろう。

レストランの客席は会話を楽しんだりビールを飲んだりする観光客や地元の人々でにぎわっていた。よけいな注意を引くまいと、走らずに歩いてテーブルのあいだをすり抜ける。ふたたび通りに出て、ようやく自分がどこにいるのかわかった。町の広場は人出が多く、すぐに人ごみに紛れることができた。

「助かったよ」最初にエヴァリーナを見かけたファーマーズマーケットのほうへ向かった。「追っ手から逃げるはめになったら、またきみに連絡する」

「ドラッグの売人たちとつきあうのをやめたら、そんな必要もなくなるわ」

茶色の目を光らせてこちらをにらむエヴァリーナの姿に、思わずほほえんでしまう。

「つきあってるわけじゃない。ときどき利用するだけだ」

それは真っ赤な嘘だ。違法薬物は嫌悪している。だが本当のことは話せない。

エヴァリーナのまなざしがやわらぐ。おれが少し足を引きずりながら歩いていることに気づいたようだ。「マリファナは痛みをやわらげるためなの？」

都合のいい言い訳になると思ったが、おれはただうなずいただけで何も言わなかった。足が不自由なことを彼女に察知されて、自尊心が傷ついた。

「鍼治療は試してみた？」

「いんちき医者に何本も鍼を刺されるのを許すような男に見えるか?」おれは質問を一蹴した。

エヴァリーナが口をとがらせる。こちらをじっと見ているが、その目は笑っている。

「どうかしら。人は見かけによらないわ。マリファナを吸う元警察官は鍼を偏愛していて、ダックスフントのブリーダーで、ジャスティン・ビーバーの音楽が大好きなのかもしれない」

「ああ、そうだとも」わざと真面目な声を出す。「ジャスティン・ビーバーの大ファンだ」

「それにタトゥーがあるじゃない。それこそ何本も刺されるのを許している証拠でしょう?」

「刺す針は一本だけだ。きみがこのタトゥーを入れてくれたアーティストと鍼灸師(しんきゅうし)を一緒くたにしているのを耳にしたら、彼は侮辱されたと思うだろうな」

「あら、失礼。その人は〝芸術家(アーティスト)〟なのね?」

エヴァリーナはおれをからかっている。銃を手にした危険なドラッグの売人から辛くも逃れたばかりなのに、冗談を口にしているのだ。

この女性はいったい何者だ?

そう、ロシア人富豪の妻で、恋に落ちていい相手ではない。

「おかげで朝から楽しい時間を過ごせた」噴水のそばで足を止める。大勢の観光客がそのまわりで写真を撮っている。「だが、このへんで失礼する。くれぐれも気をつけてくれ」

エヴァリーナは心から驚いているようだ。おそらく今まで生きてきたなかで、男のほうが先に立ち去ろうとしたことなど一度もなかったのだろう。

「ええ、そうするわ。あなたもね。どうもありがとう」ふと躊躇（ちゅうちょ）してから、ふたたび口を開く。「あなたの名前は？」

太陽の光に照らされ、彼女の茶色の髪が美しく輝いている。長いまつげの先端は金色に光っている。たっぷりと日焼けした肌はナツメグのような色合いだ。

「ナーシルだ」声がかすれた。「友人たちからはナズと呼ばれている」

「じゃあ、ナズと呼ぶわね。あなたは命の恩人だわ。わたしはエヴァよ」エヴァリーナが片方の手を差しだす。

おれたちは礼儀正しく握手した。まるで暗黙の協定を結んだかのようだ。

「気をつけてね、ナズ。トラブルに巻きこまれないように」エヴァリーナは礼儀正しさを崩さずにおれを見つめてから、背を向けて人ごみに姿を消した。

首筋にあたる陽光が熱く感じられるまでずっと、おれはその場に立ちつくしていた。

この仕事は簡単に終わりそうにない予感がする。

エヴァリーナ・イヴァノヴァと適切な距離を保つのが、これまでの人生でもっとも困難な仕事になりそうだと感じていた。

3

エヴァ

そのあとは視線を感じなくなったが、わたしはアパートメントには戻らなかった。埠頭の近くにある、廃墟となった教会の鐘楼に隠した緊急避難用の荷物にも近づかなかった。暗くなるまで町をぶらぶらしながら、フットボール選手のようなたくましい肩をして、少し足を引きずりながら歩くハンサムな男性のことを考えた。

〝友人たちからはナズと呼ばれている〟そう言った男性の黒い瞳はわたしを射抜くように鋭く、謎めいていた。

浅黒い肌の色と顔立ちからレバノン人かモロッコ人だと思われるが、彼の英語にはなまりはない。力強い腕の内側を走るタトゥーはアラビア語に違いないものの、服装はアメリカ人観光客そのものだ。武装したドラッグの売人のリーダーを拳一発で仕留め、冷静に銃撃に対応するところを目撃していなければ、白砂のビーチと息をのむようなダイビングスポットで有名なコスメル島を家族連れで訪れているただの観光客だと思っただろう。

ナズは明らかにただの観光客ではない。

謎の男だ。

謎でよかった。彼とは二度と顔を合わせなくてすみそうだ。今の生活で一番避けたいのは厄介ごとだった。

その厄介ごとというのが長身でハンサムで浅黒い肌の、いとも簡単にわたしの命を助けてくれた男性を指すとしても、かかわらないほうが賢明だ。

ビーチにあるお気に入りのカフェに立ち寄って、ビールとフィッシュ・タコスを頼んだ。スマートフォンのアプリでアパートメントのセキュリティを確認する。何も問題はない。アパートメントから一定の距離内で動きを感知すると監視カメラが作動し、住居侵入があると警報が鳴るように設定されているが、部屋に近づかれたり押し入られたりした形跡はない。

少なくとも今のところは。

ビーチで波が砕け、白い泡が残るのをぼんやりと眺めながら、尾行は思いすごしだったのかもしれないと考えた。誰かにつけられていると確信していたけれど、過剰な被害妄想に陥っている可能性を認める必要もある。この島に来てから三カ月になるが、ディミトリに居場所を突きとめられたことを示す証拠はない。

逃げるときには細心の注意を払った。わたしが存在した痕跡はすべて消した。この逃亡が最後のチャンスだと思い、姿を隠すためには出費も惜しまなかった。

ナズに本名を告げたのは軽率だった。衝動的に何も考えずに口にしていた。わたしらしくない行動だ。だけどあの黒い目はなんとも言えず魅力的だった……。

気にすることはない。彼が誰であろうと、ほかの観光客と同じく、波が引くように数日でこの島から出ていくはずだ。ここを訪れる人々の大半が短期滞在者なのは、わたしにとっては好都合だ。一週間に千人ほどが来ては去るのが繰り返されるので、その匿名性のなかに紛れて身を隠せる。

いつもの癖でポケットに入れた銃に触れながら、自由のためにはつらくても警戒しすぎるくらいのほうがいいのだとぼんやり考えた。

毎日が想像していた以上に孤独だとしても。

あの日から五日間は安いモーテルに泊まり、アプリのセキュリティカメラでアパートメントを監視しながら何が起こるのかをじっと待った。息を潜めて姿を隠していた。

ディミトリの手下たちは根気強く待ち伏せることを得意とする性格ではない。五日ほど何もなければ、わたしの住まいは見つかっていないと確信できる。手下たちが住所を知っていたら、すでに押し入られているはずだ。

ディミトリの行動は予測可能だった。

七年ものあいだ支配下に置かれているうちにわかったことだ。

アパートメントに戻ったけれど、眠れない。神経が高ぶっていらだち、カフェインを摂取しすぎたみたいにそわそわする。檻に閉じこめられた動物のように不安で落ち着かず、過去の記憶が頭から離れない。

ひどい記憶が。

ビーチにあるバーへ行こう。わたしがよく訪れるこのカジュアルなバーは、いつも旅行者でにぎわっている。遅くまで営業していて、人々を観察するのにちょうどいい。見張られているという被害妄想や、秘密めいたナズという男性をすぐに思い浮かべてしまう心を静められるだろう。

男性に対して性的に惹かれることは長いあいだなかったが、彼の瞳には何かがあった……。

「いいかげんにしなさい」色あせたジーンズをはきながら、自分に言い聞かせる。

「ふたたび会うことなんてないのよ」

だが人生において自分の考えは滑稽なほどにあたらない。

ハビエルズ・バー＆グリルに入って草ぶき屋根の下を歩きながら、ビーチに並んだ席でくつろいでいる客たちにふと目を向けた、その瞬間にわかった。顔と体の半分は柱の陰に隠れているが、その男性はビーチに焚かれたかがり火のそばで、アディロンダックの白いデッキチェアに体を預けてくつろいでいた。裸足を足首のところで交差させている。肘掛けの外側に腕をおろし、ウイスキーと思われる琥珀色の液体の入ったグラスを手にしている。

筋肉質の腕の内側には、手首から上腕二頭筋にかけてうねるようにアラビア語のタトゥーが走っていた。

思わず足を止める。興奮に似た感覚が下腹部ではじけた。

「好きな席へどうぞ」少し離れたテーブルの横に立っていたウエイトレスが声をかける。「外のほうが空いているわよ」

もちろん外の席だ。

床に散らばる砂粒を足の裏に感じながら、簡素な木のテーブルのあいだを抜けていく。ジュークボックスからジミー・バフェットが流れていた。バーカウンターでは大学生のグループがにぎやかにテキーラのショットグラスをあおっている。わたしはビーチにおりる階段の上でいったん足を止め、塩気を含んだあたたかい海風に髪をなびかせた。

ナズはデッキチェアの背にもたれて目を閉じていた。その顔にはかすかな笑みが浮かんでいる。わたしと同じく着古したジーンズをはき、割れた腹筋のひとつひとつがわかる白のシンプルなTシャツを着ている。楽しい夢を見ているかのように、たくましい体は完全にくつろいでいた。

愛を交わした翌朝の彼はこんな姿なのだろうか。男性がこれほど満ち足りた表情を浮かべているのを目にするのは初めてだ。

わたしはナズの隣のデッキチェアに座り、サンダルを脱いだ。素足を砂におろし、月明かりの下で揺れるヤシの木を見あげる。光沢のある葉先は炎に照らされてオレンジ色を帯びていた。

「誰かと思えばアニー・オークリーじゃないか」ナズは顔を輝かせたが、目は閉じたままだった。「あれから誰かを撃ったのか?」

「いいえ。あなたこそ、また誰かの鼻をつぶしたの?」

ナズが笑い声をあげる。猫が喉を鳴らすように少し眠たげで、驚くほど官能的な低い声だ。「夜は始まったばかりだ。きみが来たから、このバーでひと騒動持ちあがる可能性が高くなったな」

ナズが目を開け、顔をこちらに向ける。

わたしは足の先まで全身に彼の視線を感じた。

「どうしてわたしだとわかったの？」

彼が人差し指でゆっくりとこめかみを叩く。「スパイダーマン並みの直感だ。元警察官だと言ったのを覚えているだろう？」

わたしが反論しようと唇をすぼめた瞬間、ナズが笑った。

「きみの香水だよ。夜に花を咲かせるジャスミンに包まれて生まれ落ちたかのような香りをさせている女性は、これまでに出会ったなかできみひとりだ」

わたしは眉をあげた。「ジャスミンを使った香水はたくさんあるわ」

「ああ。だが誰もがそれほどいい香りをさせてるわけじゃない」ナズは笑顔を崩さずにわたしの目を見つめている。

顔が紅潮するのがわかった。わたしは男性からの褒め言葉に頰を赤らめるような女ではないので、居心地が悪い。ナズから顔をそむけると、ウエイトレスと目を合わせ、注文したいと身ぶりで伝える。アルコール度数の高い飲み物が必要になりそうだ。

ラムを注文し、氷は入れずにライムだけを添えてもらうようにする。ウエイトレスが立ち去ると、わたしは背もたれに頭を預けて星空を見あげた。サファイア色の空に輝く星たちの冷たい光は、隣に座る男性には深入りするなと忠告してくれている。わたしに男を見る目がないのを知っているらしい。

「もう島を離れたんだと思ってたわ」

「いや、まだいる」

「長いバカンスなの？」

わたしの問いかけに答える前に、ナズはグラスを口にした。計算された動作のようだ。「次の仕事に移る前のちょっとした休暇だ」

ナズがそれ以上話を続けようとしないので、わたしは言った。「そんなあたり障りのない返事だけで終わらせないで。ドラッグの売人に殺されかけたところを一緒に逃げ延びた仲なのよ。もっと心を開いてくれてもいいじゃない」

ナズが唇を嚙みしめる。どうやら笑いをこらえているらしい。わたしの言葉をおもしろがっているみたいだ。

「詮索好きには困ったものだな。最近、ある有名人の警護の仕事を辞めたばかりなんだ。ストレスが多くてね。だから今はゆっくりしながら、これから先のことを考えている」

「有名人の警護？　ボディガードみたいなもの？」

「そう、ボディガードだ」

わたしは興味をそそられて身を乗りだした。「有名人って誰だったの？」

「おいおい、カーダシアン一家の大ファンだとか、『スター』のゴシップ記事を神の言葉みたいにありがたがって読んでるなんて言わないでくれよ」

「質問をはぐらかさないで。教えてくれないと、ライムをあなたの目に絞ってやるわよ」

ナズは肩を震わせながら笑いをこらえている。ライムで脅迫されるのを楽しんでいるみたいだ。

「わかった。バッド・ハビットっていうバンドのニコ・ニクスだ。これで満足か？」

「まあ！　本当なの？　とんでもない有名人じゃない！」わたしは思わず目をみはった。

「おいしい話を聞きだそうとしても無駄だぞ。絶対に言わないから」ナズが牽制する。

「心配しないで、ナズ。おいしい話を聞きだすつもりなんてないわ。あなたが守るべき秘密は口にしない人だってわかってるもの」

「そうか？　どうしてそんなことが言えるんだ？」ナズの視線がかすかに険しくなる。

「謎めいた目をしているから」わたしはあえて落ち着いた口調で言い、ナズがどう反応するか様子を見た。「多くを見聞きしてきた人のことはひと目でわかるのよ」

ふたりのあいだの空気が張りつめた。電気が走るように鋭く、ナイフの刃のごとき危うさをはらんでいる。わたしはナズが何も言わないだろうと思ったが、彼は口を開いた。わたしから視線をそらさずに低い声で話しはじめる。

「軍にいたこともある。特殊部隊だ。法執行機関に所属したこともあるし、要人警護もした。たしかにいろいろ見聞きしてきたよ。ひとつだけ言えるのは、悪いことを口にしてもいいことは何もない。古傷に触れるようなものだ」

わたしはナズの言葉がうれしかった。彼はごまかしたり、冗談や嘘を言ったりしなかった。それだけでなく本当は言いたくないのに、わたしがナズについて知りたいと思っていることを理解して打ち明けてくれたのだ。出会って間もない相手に望むのは酷なほどの正直な言葉が聞けた。

「あなたは守る人なのね」

意外な反応に驚いたように、ナズが目をしばたたく。「どういう意味だ？」

「これまで就いた職業はすべて、人を守る仕事だわ。軍人、警察官、ボディガード」

ナズが黙ったままなので、わたしは軽口を叩いた。「それとも、銃で遊ぶのが好きなだけ？」

「よく言うよ。銃で遊ぶのが好きなのはきみのほうじゃないか」ナズが反撃してきた。笑顔が戻っている。

個人的な話は苦手らしい。それは彼に限ったことではない。わたしにナズの過去を聞きだす資格はない。そもそも自分の話を赤裸々に語るつもりなどないのだから。

〝ところで、エヴァ、どうして銃なんか持ち歩いてるんだ？〟〝それはね、元交際相手の手下を殺さなければならないからよ、ナズ。ところで、最近、おもしろい映画を見た？〟

わたしたちのあいだには、ひっくり返して裏を見ないでおくほうがいい石がたくさんあるようだ。

「ねえ、カウボーイ、何を飲んでいるの？」

ナズが声をあげて笑う。わたしも笑顔でいる彼のほうがいい。

「急に話を変えるんだな。ストレートのウイスキーだ。おれと同じようにシンプルだ」

シンプル。冗談にもほどがある。高等微積分学のようにシンプルだと言うつもりなのだ。「わたしはウイスキーが苦手だわ。ついでに言うとテキーラも。ジンもね」何年も前にタンカレーのトニックウォーター割りを飲んでひどい二日酔いになったことを思いだして身震いする。それから数日間は頭がぼうっとしていた。

「だがラムは好きらしいな」

「ラムは大好きよ。ラムを飲んでいると、海賊映画に出てくるジョニー・デップの気分になれるわ」

「ジャック・スパロウ」

「そう、それよ」

「マウントゲイを飲んだことは？」

「ないわ。おいしいの？」

ナズが侮辱されたかのように顔をしかめる。「おいしいかって？　いや、単においしいだけじゃない。世界最高のラムだ。一七〇三年からバルバドスで製造されているんだ。立派な船乗りなら誰しもこのラムを選ぶはずだ」

急に饒舌（じょうぜつ）になったのには驚かされた。「ラムには強いこだわりがあるみたいね」

「そのグラスが空いたら、きみにダーク＆ストーミーを注文してあげるよ」

「暗い嵐（ダーク＆ストーミー）ですって？　まさに元交際相手との関係だわ」

「それは気の毒に」ナズが一瞬、言葉に詰まってから言った。まったく、話の流れがおかしくなってしまった。愚かなことを口走らないうちに話題を変えないと。「そのカクテルには、あなたがお気に入りの世界最高のラムのほかに何が入ってるの？　傘の飾りがついたような飲み物じゃないといいんだけど」

「傘だって？」ナズが汚らわしいと言わんばかりにその言葉を口にした。「いったい、おれをどんな男だと思ってるんだ？」

ナズはなんとも言えない表情を浮かべている。わたしは我慢できずに吹きだした。前かがみになってお腹(なか)を抱え、涙を流して大笑いする。

「笑うような話じゃないぞ」

ナズはまたもや笑顔になるのをこらえているが、横目でこちらをうれしそうに見ている。わたしを笑わせるのが気に入っているようだが、素直に喜べない何かがあるらしい。わたしの口元を見ても、すぐに目をそらす。

「わたしの歯にホウレンソウが挟まっていたら、ちゃんと教えてよね」ようやく笑いがおさまると、わたしは涙を拭きながら言った。

ナズがわたしをじっと見る。高い頬骨や顎に炎の揺らめきが映っている。「きみは話題を変えるのが本当に下手だな。唐突で不自然きわまりない。トークショーの司会者には絶対になれないぞ」

「そう？　トークショーには向いていると思うわ。あなたと会うのはまだ二回目なのに、こうして楽しくおしゃべりしてるでしょう。マリーナにも引けを取らないはずよ」

「そんな名前の司会者は聞いたことがないな。アメリカのテレビ番組かい？」

わたしは凍りついた。心臓が激しく打ちはじめる。わたしは動揺して、手にしたグラスに目を落とした。「ええと、どうかしら。衛星放送でいろいろな国の番組を見てるから、混同してしまったみたい」

心のなかで失態を犯した自分を罵りながら、残ったラムを一気に飲み干す。ナズと一緒にいて、安心しきっていた。彼のなかにある何かがわたしの警戒心を緩めるらしい。とにかくロシアの有名司会者の名前を口にするなんて、愚かにもほどがある。

愚か、かつ危険な行為だ。ナズにはすでに本名まで告げている。

「おい」

不安な気持ちで唇を湿らせながら、顔をあげてナズを見た。真剣な顔つきで、目を鋭く光らせている。彼が落ち着いた声で話す。

「気にすることはない。おれだっていろいろな番組を適当に見ているんだから」

わたしたちは見つめあった。これはうっかり口を滑らせる以上に危険な状態かもしれない。まるで心臓が胸の外で打っているかのように、無防備で傷つきやすくなっていると感じた。

なぜならナズが言わんとしているのはテレビ番組の話ではなく、秘密についてだからだ。わたしの秘密がなんであれ、自分には知られても安全だとさりげなく告げてくれている。

ナズとなら安全なのだ。

「飲み物はいかが？」

ありがたいことに、ちょうどウエイトレスが来た。

「ダーク&ストーミーをふたつ頼むよ」一瞬で真剣な表情から笑顔に変わったナズが言う。わたしは動揺から完全には立ち直れておらず、言葉を発するのは無理だった。

「了解！　食べ物はどう？　何かつまむものは。最高においしい小エビのフリッター（キラー・ポップコーン・シュリンプ）がおすすめよ」

ナズがわたしの目を見て、さらに笑みを大きくする。「〝殺人的な小エビ（キラー・シュリンプ）〟だって？　おれたちにぴったりだ」

わたしは両手に顔をうずめ、また笑いだした。ナズの言動には驚かされてばかりだ。

「すぐに持ってくるわ！」ウエイトレスが立ち去って、またふたりきりになった。

「きみはおれの自尊心をくすぐってくれるのか傷つけるのか、まったくわからない」ナズが考えこむふりをする。「おれを笑っているのか、おれと笑っているのか。謎だな」

「もちろん、あなたを笑っているのよ」わたしは顔をあげ、ナズに笑いかけた。「だって、あなたはおかしいもの」

「違う、おれはほれぼれするような男なんだ。この枚挙にいとまがないほどの非凡な魅力が理解できないとしたら、それはきみに問題があるんだよ」ナズはおどけて目をしばたたくと、大げさなそぶりでウイスキーを飲み干した。

わたしはまだ笑いがおさまらなかった。「〝枚挙にいとまがないほど〟ですって？　わたしの新しい友達のナズは、語彙力をひけらかしたいの？」

「ついでに筋肉もひけらかそうか？　鍛えあげられた上腕二頭筋を間近で見るのと、〝アンティディルヴィアン〟という言葉の定義、きみはどっちにそそられるんだ？」

「上腕二頭筋のほうに決まってるでしょう、カウボーイ。〝アンティディルヴィアン〟の定義はもう知っているもの」

ナズが疑わしそうな目を向けてくる。「本当かい？　じゃあ、言ってみろよ」

「わたしの言葉が信じられないの？」

ナズが含みのある笑みを浮かべる。「時間を稼ごうとしてるんだな」

「わかった、ちゃんと答えるわよ。〝アンティディルヴィアン〟は、聖書に書かれているノアの大洪水以前という意味よ」わたしはわざとらしく髪を後ろに払い、気取ったほほえみを見せた。

ナズがわたしを見つめる目を細める。「〝イムピキュニアス〟は？」

わたしは目をぐるりとまわした。「本気なの？　語彙力バトルに突入するつもり？」

「まあ、武器を持たない相手と戦うなんて、おれの体面にかかわるからな……」ナズは腕組みして長い脚を伸ばした。足の指を動かしながら、挑戦的な笑みを浮かべている。

「ちょっと待ってよ。わたしをばかにしてるの？」

ナズがわたしの頭のてっぺんから爪先まで見渡し、唇をすぼめながら言う。「きみは美人すぎるからな。天は二物を与えずって言うだろう」

ナズが笑いそうになるのをこらえているので、わたしはわざと怒らせようとしているのだとわかっていた。だがこの状況を黙って見過ごすわけにはいかない。わたしは教育を受けた女だ。四カ国語を話せるし、大学を首席で卒業した。

バトルに突入だ。

「〝イムピキュニアス〟」嫌みっぽく、わざと一文字ずつ発音する。「支払うのに充分なお金を持っていないという意味よ」

ナズはあくびを我慢できないふりをして、驚きを隠している。

「さあ、次はあなたの番よ。〝ピュアライル〟」

「子どもじみていて幼稚なこと。きみへのあてこすりだと勘違いしないでくれよ」彼は顔をしかめた。

わたしはナズをにらみつけた。「あなたはわたしが頑迷固陋(イントラクタブル)だと言いたいわけ？　罵詈雑言を浴びせる(バイチューパラティヴ)、遠慮会釈もない(オブロブリアス)人間だと？」

形勢逆転だ。「おいおい、自分はとんでもなく博識の学者だと言いだすつもりじゃないだろうな。おれの頭の髪の本数とか、ツバメの飛翔(ひしょう)速度とかを並べ立てるのか？」

「アフリカカワラツバメとヨーロッパアマツバメのどっち？」間髪をいれずに言う。

出会ってから初めて、ナズが無防備な顔をした。驚きに目をみはり、衝撃を隠せない様子で口を開けてわたしを見つめる。

「きみはモンティ・パイソンの笑いのセンスが好きなんだろう？」

「人は見かけによらないでしょう？」わたしはとびっきりの笑顔を見せると、ナズを驚かせたことに気をよくしながらデッキチェアに座り直した。

「ああ、意外だ」不本意だと言いたげな口調だ。

理由はわからないが、彼を動揺させることができたらしい。もしかすると、見た目がそこそこいい女は頭が悪いと本気で思っているのかもしれない。ふいにナズから美人すぎると言われたことを思いだし、頬がかっと熱くなった。「トイレに行ってくるわ。すぐに戻るから」唐突に言って立ちあがる。

ナズが口を開かないうちに急いでその場から離れた。大きく息を吐き、ビーチを横切ってレストランのほうへ歩いていく。トイレは建物の裏にあった。バーカウンターの前を通らなければならない。テキーラを一気飲みしていた大学生グループのなかのふたりがこちらをじろじろ見ているのに気づき、いやな予感がした。

そのひとりが口笛を吹いた。もう片方の学生がにやりとして小声で何か言う。わたしは彼らと目を合わせないようにして、足早にその場を通り過ぎた。歯ぎしりしながら、あんな失礼な子どもに育てるなんて、親の顔が見たいものだと内心で毒づく。わたしに息子がいたとして、もし女性に無礼な真似をしたら、頭をはたいてやるところだ。

トイレではしっかりと鍵をかけたことを確認してから用を足した。手を洗って乾かし、髪を手ぐしで整える。それから外に出ると、ふたりの男が廊下をふさいでいた。

学生たちはわたしにちょっかいを出すことにしたらしい。

「よお、美人なお姉さん」えくぼがかわいいブロンドのほうが言う。

だけど、わたしはだまされない。ディミトリは智天使(ケルビム)のような顔をしているが、相手の舌を切り取って犬にやるのをまったく躊躇しないたぐいの男だ。

「通して」わたしはふたりのあいだをすり抜けようとした。

ブロンドの男が前に進みでて、わたしをトイレのドアのほうへ押し戻す。目が充血し、息はテキーラのにおいがぷんぷんする。「急がなくてもいいじゃないか。話をしようぜ」

「そうさ、話をするだけだ」もうひとりの学生は赤毛で体が細い。日焼けした顔に間抜けな笑みを浮かべている。

赤毛の男が腕を伸ばし、わたしの肩をつかむ。

わたしはその場に凍りついた。

こみあげてきたのは怖さではなく怒りだった。相手は銃を手にしたギャングではないが、女ひとりにふたりがかりで来るのは卑怯(ひきょう)だ。そして何より、わたしは威張る男が大嫌いだった。

赤毛の男をにらみつけながら、冷静な声で言う。「その手をどけないと痛い目にあうわよ」

赤毛の男がまばたきして、かすかにひるんだ笑い声をあげる。「おっと、機嫌が悪いらしいな。生理中か？」

ブロンドの男が顔からえくぼを消し、唇をとがらせてうなった。目つきが変わっている。それが何を意味するのかはよく知っていた。怒りを爆発させようとしているのだ。

相手がさらに一歩近づく。わたしは手を腰にやり、シャツの下にある銃のグリップを握った。空気が張りつめる。

「おれもパーティに入れてくれよ」学生の背後から静かな声が響く。

赤毛の男がわたしの肩から手を離して振り向いた。ブロンドの男が感電したかのような勢いで飛びのく。廊下の入り口の暗がりからナズの大きな体が姿を現した。

彼はふたりより十五センチは背が高く、四十キロは体重が重い。笑みを浮かべてはいるものの、洞窟のなかできらめく刃のように、その目は薄暗い廊下で不気味に光っている。

ナズが赤毛の男を見つめ、次にブロンドの男を見つめる。それからわたしに視線を移した。

そして男たちを威嚇するような声で言った。「どっちの首から先にへし折ってほしい？」

4

ナズ

大学生のやつらは危うく失禁するところだった。こんなに早く相手が退散したのは初めてだ。ふたりは、誤解があったようで申し訳ない、男性用トイレに行こうとして迷っただけだと謝罪の言葉をわめき立てた。

あわてて逃げていく足音が消えると、おれはトイレの前でエヴァとふたりきりになった。

彼女は今にも人を殺しかねない形相をしている。

「大丈夫か？」

「ええ、ありがとう」エヴァが小鼻をふくらませて何度か大きく息を吸った。首筋の血管が大きく脈打っている。「赤毛のほうを銃で撃ってしまう寸前だったわ」

「当然だ。あいつの顔のそばかすはひどく見苦しいからな」

エヴァの唇がぴくりと動いたが、彼女は笑顔は見せなかった。懸命に怒りを抑えようとしているのだろう。エヴァはあんなくそったれどもを恐れてはいなかった。そんな彼女をなぜか誇らしく思う。

手ごわい女性だ。

セクシーで信じがたいほど賢く、ユーモアにあふれ、なおかつやさしい。そのうえモンティ・パイソンが好きで、胸も大きい。小鹿のような茶色の大きな目で見つめられると、息を吸うのも忘れてしまいそうになる。

そんなエヴァはロシア人の富豪と結婚していて、その夫は明日の朝一番でおれからの現状報告を待っている。

くそっ。

おれは咳払い(せきばら)をし、目の前のエヴァに気持ちを集中した。「飲み物が来ている」かがり火が燃えるビーチを親指で示す。「酔っ払う準備はいいか?」

エヴァがおれをじっと見る。あたたかさと畏敬の念にも似た光を目にたたえながら、自分たちがこの世に存在するたったふたりの人間で、その男女が初めて出会ったかのように真摯なまなざしだ。「わたしの心はすでに酔っているみたいよ、ナズ」静かな声で言うと、それ以上の言葉は口にせず、落ち着いた足取りで席へと戻っていった。

あとにはジャスミンの香りだけが残された。

おれは目を閉じ、大きく息を吐いた。くそっ、くそっ。

この夜が終わったら、もうエヴァには近づけない。プロとして、一定の距離を置いて監視を続ける義務がある。

彼女が今夜ここへ来たのはおれのせいじゃないと何度も自分に言い聞かせる。おれが心地よい海風に吹かれながら酒を楽しんでいたら、エヴァがふらりと姿を現したのだと。だが残念なことに、そんな言葉にはまったく説得力がなかった。なぜならエヴァがこのバーの常連だと以前から知っていて、おれはこの五日間ずっとここに通っていたからだ。偶然を装って再会できることを願いながら。

こんなふうに言い訳を必死で並べ立ててるのは悪い兆候だ。自分を正当化しようとしているしるしだ。だが、おれはビジネスを私情で台なしにするほど愚かではない。

しかし、あの女性ときたら。ちくしょう、エヴァはまるでユニコーンだ。しかも完璧だ。あんな女性が映画ではなく、現実に存在するなんて思いもしなかった。

こんなふうに思うのは独り身が長すぎたから、それだけだ。冷静になって、ビジネス以外はすべて頭から追い払え。

髪をかきあげて頭を振り、気を取り直してビーチへ向かう。酔っ払った大学生たちがバーから完全に姿を消していることに気づいたが、うれしくもなんともない。

おれがエヴァの隣のデッキチェアに腰をおろすと、エヴァはウエイトレスが肘掛けに置いていったダーク&ストーミーをけげんそうに見ていた。

「見かけは悪いが、味はいい。本当だ」

「そうじゃなくて、ずっとここに置きっぱなしだったのよね……わたしたちがいないあいだ」

エヴァが顔をあげてこちらを見る。彼女が言わんとすることはすぐに理解できた。そして同情を覚えた。エヴァは人口の半分、つまり脚のあいだにものをぶらさげている男たちから常に身を守らなければならない経験を強いられてきたのだろう。

「注文し直そう」おれはグラスの中身を砂に流した。バーにはエヴァもついてきた。新しい飲み物を手に、かがり火のそばへ戻る。デッキチェアに落ち着くと、エヴァがほほえみを浮かべていることに気づいた。

ひと口飲んで、唇をなめる。「おいしい。ジンジャー?」

「ジンジャービールだ」おれはうなずいた。

「いいわね」エヴァがさらにひと口飲む。ため息をつくと、海に目を向けた。

その横顔はさらに美しかった。

顔の造形がきれいなだけでなく、持って生まれた自然な輝きがある。化粧はしておらず、長い髪も背中に波打たせているだけで、毛先は湿気のせいでカールしている。服装もシンプルだ。着古したジーンズをはき、淡いピンクのキャミソールの上に男物の白いシャツを着て袖をまくりあげている。そんな姿であっても、女性らしさとほどよいセクシーさをにじませている。

エヴァ自身は目立とうとしていないのだが、蛾を引き寄せる炎のように、意図せずして人を惹きつけていた。

美しさとは、おのずと人目を引くものだからだ。

このバーでも、まわりの全員が彼女に気づいていた。ちらちらと横目で見たり、あからさまに視線を送ったりしている者もいる。エヴァの頭から爪先までなめつくしたいと言わんばかりの女性たちもいるようだ。

身を隠せるなどと、エヴァはよくも思えたものだ。

「どうしたの？」エヴァがこちらに顔を向けたので、視線が合う。

「きみは恐ろしいほど醜い」おれはわざといかめしい口調で言った。「まったく悲劇と言うほかないな。その不器量な顔で歩きまわるなんて困ったもんだ。子どもだって震えあがるだろう。きみを憐れに思うよ。きみの名前がついた、おれが寄付できる慈善事業はないのか？ カジモド協会とか、エレファントマン基金とか。助けの手を差し伸べずにいられない」

自分は無関係だとばかりのそぶりでエヴァがまばたきをする。「偶然ね！ わたしもあなたに対して同じことを思っていたわ！」

「悪いね。念のために言っておくが、おれは並外れたハンサムだからな」

エヴァが声をあげて笑う。その姿はおれのお気に入りのひとつになりつつある。

「あなたったら、頭がどうかしてるわ」

「颯爽としてるって言いたいんだろう？」

「というより、見苦しいわね。とんでもなく大げさだし。巨人症でも患っているの？」

おれは思わず笑顔になった。「体の一部はたしかに巨大だ」グラスを下腹部の上に置き、彼女に意味ありげな視線を送ってから星空を見あげた。

エヴァはどうにもおさまらないらしく、ずっと笑っている。おかしなことに、おれはこの場で立ちあがり、胸を叩きながらターザンの真似をして叫んでみたい衝動に駆られた。

ウエイトレスがキラー・シュリンプを運んできた。「お待たせ」小エビが山盛りになったプラスティックのかごをエヴァに手渡す。おれに取り皿とペーパーナプキンを持たせると、ウエイトレスはふたたびエヴァのほうを向いた。「ダーク&ストーミーはどう、テルマ？　おいしいでしょう？」

エヴァは顔を引きつらせたが、すぐに笑顔を作った。「そうね、とてもおいしいわ。ありがとう、マリア」

「よかった！　お代わりが必要なら合図してね！」そう言い残すと、ウエイトレスは立ち去った。

音楽が途切れて静かになった。ジュークボックスが次の曲に切り替わるまでに時間がかかっているのだろう。エヴァは手に持ったキラー・シュリンプのかごを見つめている。できるものなら、そのかごのなかに身を隠してしまいたいと思っているかのようだ。

「独り占めするつもりかい？　おれにもつまませてくれよ」おれは言ったが、本当にしたかったのはこの場の空気を変えることだった。エヴァが偽名を使っていることはすでに調べがついている。疑問だったのは、おれに本名を教えた理由のほうだ。

エヴァがこちらを見た。さっきまで大笑いしていたのが嘘のような目をしている。顔が炎に照らされているせいで、青ざめているのがはっきりとわかった。

「エヴァはミドルネームで――」

「何も言わなくていい」おれは彼女の目を見つめて言った。そして笑顔になる。「おれの本名はウィルバーだしね」

「ウィルバー？　それは昔のコミックのキャラクターでしょう。嘘をついているのね」

「ばれたか」大げさにため息をついてみせる。「本当はダドリーだ。だけど口外しないでくれよ。昔のアニメのキャラクターと同じ名前だなんて恥ずかしいから」かごをつかむと小エビを皿に取り分け、ペーパーナプキンと一緒にエヴァに渡した。「熱いうちに食べたほうがいい。冷えたキラー・シュリンプほどひどいものはないから。あたため直したフライドポテトもいただけないけれどね。まあ、どっちも似たようなもんだな」

皿を受け取るエヴァの手はかすかに震えている。おれはもう一枚の皿を砂の上に放りだし、デッキチェアにもたれかかると、かごから手でつまんで食べはじめた。

「ああ、うまい。きみはそれだけで我慢しろよ。それ以上は体重を増やせないからな。あと一、二キロでも太ったら、サーカスから勧誘が来るぞ」

長い沈黙のあと、エヴァが口を開いた。「あなたって本当にいい人ね」

「いい人だって？」おれは気に入らないという声を出した。「まったく、そんなことを言われるくらいなら、刺されたほうがまだましだ」

エヴァが頬を緩めているのを目の端でとらえる。

「つまり男らしいって言いたかったのよ。認めるわ、あなたはとても魅力的。言うまでもなく、息もできなくなるほどセクシーよ」

「息もできなくなるほど？　きみはロマンス小説を読むんだな？」皮肉を交えず、話を続ける。「おれは『トワイライト』シリーズが好きだな。エドワードがとてもいいと思わないか？」

「もちろん好きよ。抜けるように白い肌や、相手の血を吸いたくてたまらないという強い衝動。もう、すべてがたまらないわ」

「それにあの年齢の差もまったく気にならない」小エビをまた口に入れる。「なんと彼は百歳を超えていて、彼女のほうはまだ選挙権も持ってない年ってことだろう？　愛はすべてに打ち勝つ！」

「そのとおり。『ロミオとジュリエット』を見ればわかるわ」

「ロミオが百歳を過ぎたヴァンパイアだったら、物語の結末も違っていただろうな」

「そうね。ふたりの結末が悲劇なのはシェイクスピアのせいよ。もし彼が生きていたら、あれはひどいって厳重に抗議できるのに」

ふたりで顔を見あわせ、にっこりする。「きみに賛成だ」おれはかごを差しだした。

「わたしにダイエットしろと言ったはずよ」エヴァが反撃に出る。

「まあ、最近は大きなヒップが流行っているらしいから――」

「この期に及んで、わたしのヒップが大きいとまで言うの？」エヴァは気分を害したふりをしている。

「きみのヒップは場所を取りすぎて、専用の郵便番号が必要なくらいだ。いいから食べろよ」

エヴァが必死で笑いをこらえながらかごを受け取る。おれはふたたび、立ちあがって彼女の前で胸を叩きたい気分になった。エヴァを笑わせるのは楽しすぎてやめられない。コカインを吸ったかのような強烈な恍惚感だ。

こんな気持ちになったのはいつ以来だろう。かつて一度だけ……。

彼女から離れるんだ。今すぐ。

顔に冷や水を浴びせられたように、われに返った。自分がしていることは愚かという言葉ではすまされない。エヴァの隣に座り、その輝きを目のあたりにして、わきあがってくる感情はさらに問題だ。

危険だ。

完全に間違っている。

「大丈夫？」

エヴァがじっと見ている。美しい瞳でおれの顔に浮かんだ表情を読み取り、おれの体に緊張が走ったことに気づいたのだろう。これもまた危険だ。おれがエヴァの心に同調するように、エヴァもおれの心に同調している。だがふたりが同じ気持ちを抱くなど、もっとも避けるべき事態だ。

「用事があるのを思いだした。もう行かないと」おれは唐突に立ちあがり、デッキチェアの脇に置いてあった靴を拾いあげて砂を払った。

「こんな時間に？　どこへ行くの？」エヴァが困惑した顔であたりを見まわす。頭がどうかした男のように靴を手に持ち、この場を離れようとしているおれを見あげた。

「約束があるんだ」おれは目をそらし、真意を推し量ろうとするエヴァの視線を避けた。「会計はすませておくよ。それじゃあ」

何も言われないうちに、背を向けて歩きだす。バーカウンターで支払いをして、できる限り早くここを去る必要がある。

バーから少し離れた道路脇にキャンピングカーが二台停まっていたので、そのあいだの暗がりに身を隠した。二十分ほどしてエヴァが姿を現す。適度に距離を保ちながら、彼女が安全にアパートメントまで帰れるようにあとをつけた。

エヴァが室内に入り、ドアの鍵をかけ、カーテンを引いたことを確認してから、ようやくおれは息をついた。だが胸のつかえは取れないままだ。アパートメントの照明が全部消えるのを目にしても、胸に感じるものは同じだった。

空が白み、地平線に太陽が顔を出しても何も変わらない。

家に帰ってベッドに入り、新しい一日の始まりに天井を見あげていても、胸のつかえは消えてくれなかった。

「接続の具合は？　聞こえるか？」

「はっきり聞こえます」ノートパソコンの画面を見ながら返事をする。画面のなかでこちらを見ているのは、華麗な装飾が施されたマホガニー材の机に向かい、五千ドルはくだらない黒のスーツに身を包んだ男だ。黒いビジネスシャツに黒いシルクのネクタイをきちんと締めている。葬儀業者のような服装だが、少年の面影を残し、善良そうな顔をしている。ブロンドとふっくらとした唇のせいで、よけいにそう見えるのだろう。一見すると絵画に描かれた天使のようだ。

だが、目は違う。その目には何か不吉なものがある。北極圏の空のごとく冷ややかで、感情が読み取れない。

「大変結構だ。始めよう」

ボタンをクリックして、先週の報告以降に撮影したエヴァの写真をアップロードする。画面に彼女の写真がずらりと並んだ。ディミトリは写真を数秒見るとクリックして次の写真に移った。無言でその作業を繰り返している。すべて見終わると、手でネクタイを撫(な)でて静かに息を吐いた。

「彼女は仕事をしてるようだな」

その口調から察するに、この展開が気に入らないらしい。「はい。週に四日、アルバイトをしています」

ディミトリが画面をスクロールして、エヴァがビキニとライフベストを身につけ、ボディボードを手にした子どもたちのグループを案内している写真を出す。「どんな仕事だ?」

「観光客を相手にした、イルカと泳ぐ体験コースの係員です」

「適任だ」声はうつろだが、冷たく光る青い目の奥に、醜い影のようなものがよぎった。

おれは感情を顔に出さないように注意を払った。だがエヴァがディミトリのもとを去っただけでなく、泳ぎ去ったのを思いだしておかしくなった。ディミトリが所有する巨大なヨットから、甲板を警備している男たちの目を盗んで海へ飛びこみ、真夜中に岸まで泳いで逃げたのだ。翌朝、ベッドが空っぽだと夫が気づくまで、エヴァの逃亡は発覚しなかった。

冷たい海を何キロも泳がなければならなかったはずだ。エヴァは入念な準備をしていたに違いない。体を鍛えるだけでなく、低体温症になるまでにどのくらいかかるのかといった計算も必要だったはずだ。

そうまでしてでも逃げだしたかったのだろう。

今までおれはエヴァが逃亡した理由を考えようともしなかった。関心がなかったし、仕事にも無関係だ。しかしあの自然体の女性、すなわち画面の向こうにいる男の妻とふたりきりで会って以降、ぜひとも詳細を知る必要性を感じていた。

思わず質問してしまいそうになるのを舌先を噛んでこらえる。金属のような味が口に広がるのを感じ、舌から血が出ているのに気づいた。

「まあ、いいだろう」ディミトリが言った。両手を膝の上で組んでいる。「給料がいくらか知らないが、決して充分ではないはずだ。彼女は贅沢（ぜいたく）な暮らしに慣れてる。働くのにはすぐ嫌気が差すに違いない」

おれは何も言わなかった。相槌(あいづち)は求められていない。

ディミトリは当初から、金がなくなったらエヴァはすぐに戻ってくるはずだと言っていた。姿を消したのは今回が初めてではない。家に帰ることを強要せず、しばらく自由にさせておけば、普通の人々のように洗濯や食事の支度をし、自分でごみを出す生活に遅かれ早かれ飽きるだろうというのがディミトリの見立てだ。

だが、おれにはそうは思えない。エヴァは素朴な島での質素な生活や服装に、大いに満足している様子だ。

逃亡を繰り返すうちに、自由になりたいと心底望むようになったのだろう。

今度は戻るつもりなどないように思われた。

「男関係はどうだ?」ディミトリが唐突に言った。指で机をこつこつと叩いている。

何をもって〝男関係〟とするのかをディミトリに確認する必要はない。「ありません。親しい友人もいません。いつもひとりです。言葉を交わすのは仕事の関係者、マーケットの店主、外食先での客席係のみです。電話の通話履歴にも不審な点はありません。インターネットも同様です」

今朝見つけたばかりの、エヴァのグーグル検索の履歴については話さなかった。正確に言うなら、話せない。彼の妻が検索エンジンに〝ナーシル、名前、意味〟と入力していたと報告したら、ディミトリはおれに厄介な質問をしはじめるだろう。

おれ自身、その発見にまだ動揺している。

「アトリーチナ」ディミトリがロシア語で言った。首を縦に振ったので、〝よろしい〟という意味だとおれは解釈した。ディミトリが射抜くような視線を向ける。一万キロも離れているというのに、コンピュータの画面から奇妙な威圧感がにじみでている。

「今さら言うまでもないが、わたしの貴重な資産の監視をしてくれているきみを信頼しているんだよ、ミスター・マンスーリ。きみの尽力に感謝している。ミスター・ヒューズにも、きみがよくやってくれていると伝えておこう」

「ありがとうございます」おれはかしこまった声で言った。妻を〝資産〟呼ばわりするなんて、この男はいったい何を考えているんだ？

まあ、そんなことはどうでもいい。

「特に問題が起こらなければ、来週も同じ時間に報告を待っている。ところで、ミスター・マンスーリ」

「はい」

サイボーグの目のように、ディミトリの青い目から冷たい光が照射されたかに見えまう必要などないということらしい。

こちらの返事も待たずにディミトリは通信を遮断した。王は農民に礼儀正しくふるまう必要などないということらしい。

おれはその場に座ったまま、自分の部屋の簡素な壁を見つめた。しばらくしてからわれに返り、片方の手で顔を覆う。「くそっ」

おれの気分、現在の状況、そして天使のような顔を持つ死神の目をしたロシア人富豪の本性といったすべてを、このひと言は見事に表現していた。

5

エヴァ

変化のない毎日で、昨日と今日の区別がつかない。

島での時間はほかの場所よりもゆっくりと流れるようだ。朝の始まりは遅く、けだるい午後はいつのまにか湿気の多い熱帯の夜へと変わっていく。仕事をしているときだけ、数週間前にハビエルズでナズと会った夜のことを考えずにすむ。とてもすてきな時間で、彼と一緒にいると、とても自然体でいられた。そして、またもや危ないところを助けられた。

だがナズは突然立ち去った。

ウエイトレスがわたしの偽名を口にしたときの恐怖がかき消えた瞬間を思いだす。ナズがその場の雰囲気を変えてくれた。それにもかかわらず、最後は唐突に席を立ち、わたしの視線を避けながら不自然な言い訳をして姿を消した。

だからといって、ナズを責められない。初めて会ったとき、わたしは銃を構えて裏通りから姿を現したのだ。そして偽名がばれた……あの日に言われたように、やはりナズはわたしを娼婦だと結論づけたのだろう。

何はともあれ、そんな誤解だけはすぐに解けてほしい。

これまでの出来事を思い返すと憂鬱になる。まだ二回しか会っていないが、彼はわたしがこの島に逃げてきて以来、初めて気を許せた相手、かつ人生において初めて安心感を抱ける男性だ。

ナズが結婚しているかどうか知りたい気持ちを抑えようとするが、うまくいかない。結婚指輪ははめていないが、そんな既婚者は少なからずいる。妻の話は出なかったけれど、こちらからも家族について尋ねなかった。互いに心惹かれるものがあるとわたしは思ったが、ナズはただの女たらしなのかもしれない。ふたりの関係を特別だと感じるのは、わたしだけの希望的観測にすぎないのだろうか。

そもそも彼のほうはわたしのことなど深く考えていない可能性だってある。

とにかく膝も痛くなってきたし、今すぐ立ちあがって気分を変えたほうがいい。

ため息をつきながら、祈りを捧げるために一時間ほど座っていた会衆席の長椅子から腰をあげ、胸の前で十字を切って祭壇の奥の壁を見る。

そこには飾りけのない木製の十字架があり、その両脇の簡素なステンドグラスの窓は朝の光を受けて輝いていた。この国にはキリスト教徒が多く、たくさんの教会がある。わたしはそのなかでも質素な祈りの場所のほうが好きだ。建物が小さくて静かで、献金の額で信者の扱いを差別しないところがいい。なぜなら誰もが同じように貧しいのだから。

日曜礼拝に到着すると、いつもお辞儀をしてディミトリを迎えていたグリエフ神父の姿をかき消すために、目をきつくつぶった。お辞儀をするのには理由があった。ディミトリからの献金はすべて資金洗浄（マネー・ロンダリング）のためだったが、それでも神父はその献金をありがたく思っていたからだ。

『マタイによる福音書』では、〝金持ちが天国に入るよりも、ラクダが針の穴を通るほうがたやすい〟と言っている。だがディミトリは抜け穴を見つけていた。

彼はどこにでも抜け穴を探しだす。相手が神であろうが関係ない。天国でも地上でも、ディミトリは必ず逃げ道を見つけだせた。そこが彼がきわめて危険な人物だった理由のひとつだ。

いや、ディミトリは今も危険だ。過去形ではない。怒りに燃えたディミトリは今も存在していて、必死でわたしを見つけようとしているはずだ。

そんな考えを振り払うと、神の加護を求めて最後にもう一度静かに祈り、会衆席から通路に出てひざまずいた。それから教会をあとにして、近くのファーマーズマーケットに向かった。まぶしい日差しに目を細め、肩に感じる太陽のぬくもりや、あたりいっぱいに漂うプルメリアの香りを楽しむ。今日は仕事が休みなので、ランチに魚介（セビチェ）のマリネを作るつもりだ。

彼に気づいたのは、鮮魚店の店主とティラピアの鮮度について話しているときだった。

マーケットの反対側にある果物店の前でこちらに背を向けて立っている。値段が高いので、わたしは利用しない店だ。彼は積まれているマンゴーを手に取っては戻しながら品定めしている。ベージュのカーゴショーツに白のTシャツ、サンダルという目立たない服装だ。

だがその広い肩幅でナズだとすぐにわかる。漆黒の髪に、彼が動くと見え隠れする両腕の内側に走るタトゥー。

あまりの驚きに、わたしはその場に立ちつくしたままナズを見つめた。鑑賞していたというほうが正しいかもしれない。

なんてきれいな形のヒップだろう。

　このマーケットでナズのヒップに見とれているのは、わたしのほかに誰もいない。ミケランジェロならきっとナズのヒップを彫像にしているはずだ。硬く引きしまって、丸みを帯びていて……彼が振り向こうとしている！

　目をそらす間もなく、ナズがこちらを見る。わたしが立っている場所を正確に知っているかのように、彼はすぐに気づいた。視線がぶつかりあう。

　ナズが顎の筋肉を緊張させ、眉間に皺を寄せた。

　わたしに会いたくなかったらしい。

　あわててナズから目をそらし、買いたい魚を指さした。支払いをして紙に包まれた魚を受け取ると、野菜を売っている行きつけの店に向かう。セビチェの材料をそろえなければならない。心臓が早鐘を打ち、胃が重くなるのを感じながら、急いで買い物をする。

　落ち着きなさい。深呼吸をして。振り返ってはだめよ。

　バッグに手を突っこんで小銭を探していると、近づいてきたサンダルの足音がわたしの隣で止まった。

「前回会ったときから、体重が減っていないみたいだな」トマトを手に取りながら、ナズが言う。

わたしはナズを見あげた。先ほどの険しい表情が消えて笑みが浮かんでいたので、そっと息を吐いた。「サーカスから電話があったわ。わたしを主役として迎えてくれるんですって。芸名は〝驚きのエレファントガール・エヴァ〟よ。あなたも勧誘するつもりらしいわ。〝人並み外れて無礼な野獣〟というところじゃない？　特別な檻を作ってくれるそうよ」

「〝人並み外れて魅力的な野獣〟だ」ナズがまぶしいほどの笑顔でわたしの顔を見る。

肋骨（ろっこつ）の内側で心臓がひっくり返ったみたいに感じる。動揺を隠そうと、顔をそむけた。「冗談じゃないわ。あなたの魅力なんて、猫のトイレと同じくらいよ」

ナズがのけぞって笑う。野菜が並んだ台の奥に立つ女性も驚くほどの大笑いだ。

ああ、この人は本当にハンサムだ。力強い首筋を見つめたり、浅黒い肌にうっとりしたりするまいとしたが無理だ。わたしは無駄な抵抗をやめて、堪能することにした。これが彼と会う最後の機会になるかもしれない。すべてを目に焼きつけなければ。ベッドでひとりになったときのために。

「久しぶり」ナズが笑顔で言う。黒い目がきらきらしている。

「そうね」

「元気かい？」

「ええ、変わりないわ。あなたは?」

「おれもだ」ナズがうなずく。

「わたしは娼婦じゃないのよ」

ナズを客だと思って応対しようとしていた女性の店主は向こうへ行ってしまった。

ナズが眉をあげ、けげんな顔をする。「そんなことを言うために、おれに会いたかったのか?」

「結婚しているの?」

彼が声をあげて笑いだす。「相変わらず唐突だな。めちゃくちゃだよ。洗練された会話というものを教えてやる必要がありそうだ」

「それは、イエスという意味? それともノーってこと?」

わたしの表情に気づき、ナズが笑うのをやめる。「ノーだ」すぐに口調を変えて言う。「それってプロポーズしてるのか?」

「ノーよ」わたしはナズに笑顔を向ける。「あなたを驚かせることができてうれしいわ。そんなことは不可能だと思っていたから」

すっかり気持ちが晴れて、トマトを選ぶのに戻った。

「ところで、テルマ」ナズが店主にも聞こえるような大声を出した。「エアルームトマトとローマトマトのどっちがおすすめかな？　いつもどっちがいいのか決められないんだ」わたしにだけ聞こえるように声を落とす。「それにしても、ひどい名前だよな。きみがテルマでおれがダドリーだなんて」

はっとして、ナズを見あげた。

彼がウインクする。

この人がわたしにウインクしてみせるなんて。

「おめでとう」わたしは冗談を口にできるくらい気持ちが落ち着いてから言った。「言葉を失うほどわたしを驚かせたのは、あなたが初めてよ」

「それはうれしいな。何か賞でももらえるのか？　ガーター勲章のブルーリボンかい？　いや、トロフィーのほうがいい。アカデミー賞で授与されるような。マントルピースの上に飾ったら、すばらしいはずだ。いや、そもそもおれの家には暖炉がない。ということは、ブルーリボンのほうがおれには向いてるな」ナズは黄色いエアルームトマトを手にして店主に言った。「これと同じくらいのを三つほしいんだ。選んでもらえないかな？」

店主がうれしそうにうなずく。ナズがこちらに向き直ったので、わたしが彼を真剣な目で見つめていることに気づかれた。

「うわっ、すさまじい形相だな。頭でっかちなきみはいったい何を考えてるんだ、テルマ？」ナズが指をパチンと鳴らす。「おれにあてさせてくれ。デザートのことだろう？　太った女性たちはいつも甘い物のことを考えているからな」わたしの頭越しにマーケットを見まわした。「たしかドーナツを売ってる店があったはず――」

「前回会ったとき、〝親切ね〟って言おうとしたのよ」

ナズがわたしの顔を見て頭を振る。「ああ、まるで言葉を使ったモグラ叩きゲームみたいだな。次に何が出てくるか予想もつかない」

「〝あなたって本当にいい人ね〟と言ったけど、それは〝親切な人ね〟と言うつもりだったの。このふたつの言葉は意味が違うわ」

ナズはわたしの顔をじっと見ながら、顎を動かしている。そして大きく息を吸いこみ、顔をそむけた。「そうだな。おれはいつでも聖人だ」

とげとげしい口調だ。わたしの言葉が気に障ったらしいが、何が悪かったのか理由がわからない。

「ごめんなさい」わたしは小声で言った。困惑して、喉が締めつけられる。「怒らせるつもりはなかったの」山積みになったトマトの上に紙幣を置き、ナズに背を向ける。しかし三歩も行かないうちに、ナズの大きな体が目の前に立ちはだかった。

「待てよ。そんなにそそくさと行かなくてもいいじゃないか」

わたしはみじめな気持ちで爪先を見つめながら、その場に立ちつくした。どうして友達になれるかもしれないなんて思ったのだろう？　ナズの言うとおりだ。わたしの会話はめちゃくちゃだ。やることなすこと失敗してしまう。

「なあ」ナズが指を軽く曲げた手をわたしの顎の下に入れ、顔をあげさせた。わたしの表情を目にして、やさしいまなざしになる。「くそっ、悪かったよ。おれの顔色なんか気にしないでくれ。とんでもない愚か者なんだから」

「あなたはとんでもない愚か者なんかじゃないわ。親切でユーモアにあふれたすばらしい人よ。わたしのほうが慣れてなくて……」わたしは唇を湿らせ、ナズから目をそらした。言葉を続けることができない。

「ハンサムというのが抜けてるな」ナズがやさしい声で言った。

わたしは喉のつかえを取り除こうと唾をのみこんだ。「そうね、ごめんなさい。〝並外れたハンサム〟だったわね」

「そのとおり。洗練された会話が下手な女性にしては記憶力がいいな」

ナズを見ると、心臓がひっくり返るような感覚がふたたび戻ってきた。「昔から言われるように、〝象（エレファント）みたいに非常に記憶力がいい〟ってところね」

ナズは唇を嚙みしめている。目を輝かせ、笑いをこらえながらうなずいた。「〝驚きのエレファントガール・エヴァ〟だったな」

「うるさいわね、野獣のくせに。檻のなかに戻りなさい」

「トマトを忘れてますよ、お客さん！」

振り向くと、野菜を売っている店の女性が茶色の紙袋を差しだしていた。

「待っていてくれ」ナズが店に戻って支払いをする。

わたしは彼のヒップをじっと見るのはやめなさいと自分に言い聞かせた。その代わりに顔をあげ、目を細めて太陽を見る。

「思いついたことがあるんだ」こちらに帰ってきたナズが言う。

「あら、だったら警戒するようマスコミに言っておかないと」

「生意気だな」言葉とは裏腹に、ナズは笑顔だ。口元、目、そして体全体で笑っている。彼はとてもあたたかくて心が広い。こんなやさしさをナズのように大柄で強い男性から示されると、警戒心が取り除かれていく。

相手を求める気持ちが高まってくる。恋しさと欲望にさいなまれて息が苦しい。

「あなたの思いつきって、もっとふたりで一緒に過ごそうということ？　わたしはあなたが好きよ」

ナズがゆっくりとまばたきする。そんな様子に笑いを誘われた。彼が冷静になろうと必死になっている姿を見るのはもっとおかしかった。

ナズの気分が変わらないうちに言わなければ。

わたしはまっすぐに彼の目を見ながらはっきり口にした。「つまりあなたのことが本当に好きなの。あなたに惹かれてるのよ。あなたはわたしをどう思っているの？」

ナズはトマトの入った袋を危うく落としかけた。「まいったな」彼がささやく。

「人生は短いのよ、ナズ。苦しみだってたくさんある。わたしは死ぬときに後悔したくない。あなたを好きだという気持ちを伝えないと、絶対に悔いが残ると思ったの」

ナズの呼吸が乱れる。彼は顎を緊張させ、わたしの口元を見た。それから、ふたたび目を見つめる。「きみはおれに結婚しているかと質問したが、おれはまだきみに確かめていない」

はぐらかされたようで、少しがっかりする。「もしわたしが既婚者だったら、こんなことを言ってないわ。結婚は神聖な行為だもの」

「つまり、ノーという意味か？」

その表情はわたしの言葉が信用できないと語っている。わたしが嘘をついていると考えているらしい。

心が傷ついて、ナズの向こうずねを蹴ってやりたくなった。

「断じてノーよ。わたしは結婚していない。結婚歴はないわ。それにもし結婚したら、生涯を通して夫に添い遂げるつもりよ」

ナズが頭を後ろに傾け、目を細めてこちらを見る。

「わたしの言葉が信じられないの?」

「きみみたいな美しい女性が独身だなんておかしいだろう」ナズがかすれた低い声で言う。ふいにその目に力がこめられた。「きれいで賢くて、まさに……完璧なのに」

わたしは背中をやさしく撫でられている猫のような気分になった。「つまり、あなたもわたしのことが好きなのね」胸の高鳴りを感じながら彼を見あげてささやいた。

ナズが目を閉じ、覚悟を決めるように大きく息を吸う。「おれは……おれは……」

「どうしたの、ナズ?」わたしは磁力で引き寄せられるようにナズに近づいた。

目を開けたナズは、わたしがすぐ目の前に立っているのに気づくと、青くなって一歩さがり、あわてて言った。「おれは禁欲を誓っているんだ!」

わたしは長い時間、口をぽかんと開けたままでいた。ようやく気を取り直し、なんとか話を続ける。「そんなことは思いもしなかったわ」

ナズが額を手で覆いながら、うめき声をあげる。「思いもしなかったのはおれも同

「宗教的な理由からなの？」

「お願いだから気にしないで。あなたの選択を尊重するわ。残念じゃないと言えば嘘になるけど、ちゃんと理解したから。それってつまり……」勇気を振り絞って尋ねる。

じだ」

ナズが笑い声をあげたが、楽しいからではない。屈辱を感じているようだ。そして話の展開が信じがたいとばかりに頭を振った。「そうなんだ。宗教的な理由で禁欲を誓った。だから今は独身だ。セックスはしない」

なぜ皮肉っぽい口調なのか理解できない。この話自体もよくわからない。だけど出会ったばかりの相手に私生活に関するなかでも特にこみ入った話をするのは気が進まないのだろうと解釈した。

まさにそうに違いない。わたしはナズの気を引こうとして、公衆の面前で彼を好きだと言った。そのせいでナズは予期せぬ打ち明け話をするはめになり、わたしに申し訳なく思いつつ、自分でも当惑しているのだろう。

わたしったら、半径二千キロ圏内におそらくひとりしかいないであろうセックスを禁じられた男性を好きになるなんて。しかも自ら進んで。

まったく、わたしらしい。でも悪運も運のうちだと考えよう。

ナズをなぐさめて、場の雰囲気を明るくすることにした。「正直なところ、ほっとしたわ。もうあなたとのファーストキスがいつになるかなんてよけいな心配をせずにすむんだもの。これからは女同士の親友みたいになれるわね！」

ナズは目を閉じて、何かぶつぶつ言っている。

わたしは真面目な口調になって話を続けた。「よく聞いて。あなたの選択を尊重すると言ったのは嘘じゃない。実はわたしも宗教に関して敬虔なの。もし信仰がなかったら、過去七年間のまさに地獄のような日々を耐え抜くのは不可能だったわ」

ナズが目を開け、わたしを見据えた。まばたきすらしない。わたしはそんな視線に気まずさを覚え、早口になった。

「もうこの話題は口にしないと約束する。あなたは自分のことを話したがらない性格みたいだし。でももし可能なら、あなたと友達になりたいと心から思ってるの。わたしは友達が少ないから。正直に言うと、ひとりもいないのよ」自分の言葉にみじめになったが、咳払いをして気を取り直す。「たまに会って話をする相手ができればうれしいわ」

ナズは何も言わない。不自然に押し黙ったまま、わたしの顔をじろじろ見ている。

彼のそんな態度に、わたしは不安になってきた。

「もちろん……あなたもそうしたければだけど」

ナズは痛々しいほどに考えをめぐらせている。今や当惑しはじめているのはわたしのほうだ。

「じゃあ、こうしましょう。電話番号を渡しておくわ」バッグからペンを取りだし、魚を包んである紙を少しちぎって番号を書く。「会いたいと思ったら、電話をかけて。連絡したくなければ無理しないでいいから」

ナズはわたしが差しだした紙切れを、手榴弾(しゅりゅうだん)でも見るような目つきで凝視している。わたしが受け取ってもらえないのではないかという恐怖と闘っていると、ようやくナズは紙切れを手に取った。半分に折りたたみ、カーゴショーツのサイドポケットに入れる。

わたしはほっとした顔になったことがばれないうちに、背を向けてその場を立ち去った。

今日はこれ以上恥ずかしい思いをしたくない。

6

ナズ

これまでの人生で危ない目にあったのは一度や二度ではない。撃たれもしたし、刺されもした。常軌を逸した殺害目的で、運転していた車に最高速度で衝突されたこともある。そしてつい先月はドラッグの密売をしているギャングに追われるはめになった。

エヴァに電話をかけるのをためらっている理由は、そんななかでももっとも厄介な仕事のせいだ。

彼女がくれた小さな茶色の紙切れはベッド脇の壁に画鋲でとめてある。囚人が刑務所の外の世界にいる恋人の写真を貼るように。それを目にすると、自分にないものを思い知らされる。決して手にできないもの。忘れるべき人を。

おれの仕事がエヴァの行動を逐一監視するものでなければ、話はもっと簡単なのに。

来る日も来る日も、彼女が出かけるのを見張る。食事、買い物、仕事をしているところをこっそり観察する。ほつれた髪を耳にかけ、体を動かして服をなじませているのを物陰から見る。エヴァのそばで足を止めたり、通りすがりにじっと見たりする男たちにも注意を向ける。

こんな状態では、刑務所のなかにいるほうが気が安まるだろう。エヴァとのあいだには鉄格子と刑務官が立ちはだかっているので、今のように意志の力を振り絞る必要もない。

意志というものは揺らぎ、弱まり、まったく姿を消してしまう可能性もある。

それでもおれは自分を兵士だと思っている。本当はつまらない男なのに！　見ているだけで反吐が出そうだ！

マッコール曹長から面と向かって屈辱的な言葉を聞かせてもらいたいくらいの気分だ。どういうわけか、基礎訓練のときに彼から罵り言葉を浴びせられると、さらにやる気がわいたものだ。マッコールのほうが間違っていると証明するためだろう。

軍隊は少年を男にするすべを知っている。弱さを根こそぎ取り除く方法を。残念ながら、おれの魂の奥底には弱さの小さな種が残っていたのだろう。どうしてもできないことがあるからだ。

エヴァに。

ついて。

考えるのを。

やめられない。

日が経つにつれ、なおさら悪化していく。

三週間我慢したが、ついに耐えきれなくなった。

「もしもし？」

目を閉じて心臓が激しく打つのを聞きながら、会話を始める準備を整えた。「やあ、エヴァ。おれは――」

「ナズ！　電話をかけてくれたのね！」

くそっ、エヴァはうれしそうだ。それどころか感激している。この女性に駆け引きという考えはないらしい。本心と裏腹な言葉もない。彼女の感情や考えはすべて顔に出て、声に表れる。何も隠せないし、そもそも隠そうともしていない。

そんなところがとても魅力的だ。携帯電話など放りだしてビーチに面したアパートメントの前に茂るプルメリアの木にのぼり、二階にあるテラスのガラスを割ってエヴァの部屋に侵入してすぐにでも口づけたい。

まったく、ひどいありさまだ。

「ああ」ベッドに腰かけて床を見つめながら、そっけない口調で言う。今は午後の遅い時間だ。傾きかけた太陽の光が窓から差しこみ、室内は蒸し暑い。自分が汗びっしょりになっているのは、そのせいだと考えることにした。

「電話をかけてきてほしいと思っていたの」エヴァがやさしい声で言う。

すぐに電話を切れ。こんなことは許されない。いったいおまえは何をしてる？　頭がどうかしたのか？

どちらもしゃべらずに沈黙が流れ、エヴァが咳払いをした。それが心を落ち着けようとするときの彼女の癖だったと思いだす。そんなちょっとしたエヴァの所作を知っていると思うだけで胸が苦しくなり、もっと知りたい欲求に駆られる。

彼女のすべてを知りたい。

電話を切れ！

「セントロにあるシネポリスで、ちょうどモンティ・パイソンの『ライフ・オブ・ブライアン』を上映しているのよ。信じられないでしょう？　そんなわけで、あなたのことを考えてたの。一緒に見に行けたらいいなって」

おまえは何も言うな。エヴァが口にするはずだ。

「ねえ、ちょっと。なんとか言ってよ」

楽しそうな声を耳にして、おれは自分を戒めるのをあきらめた。「アフリカカワラツバメとヨーロッパアマツバメのどっちだ？」

「もう、いやね、ビッガス・ディカスったら！」

意外な言葉にあっけに取られたが、すぐに吹きだす。「きみにはまいるよ、まったく」

モンティ・パイソンの映画の内容など、すっかり忘れていた。同性愛者で滑舌の悪いポンティオ・ピラトがローマから来た〝特別な友人〟について話そうとして、ビッガス・ディカスという名前を口にするのだが、その発音を聞いた百人隊長がこらえきれずに笑いだしてしまう場面があった。それだけでなく、ローマを〝ウーム〟としか発音できないのも失笑を買う。モンティ・パイソン作品のなかでも十本の指に入る名シーンだ。

「よく言うわよ。あなたこそ、脚のあいだが巨人症にかかったと言ってはばからないのよ。宗教に敬虔な人にしては口が悪いわね」

「きみだって、信仰に篤いわりに罰あたりな映画が好きだな」

「この映画は罰あたりじゃなくて、皮肉が効きすぎているだけ。それに神は人間に笑ってほしいと思っていらっしゃるのよ」

「それはどうかな」

「本当よ！　だからこそダックスフントや、ワインを飲みすぎても許される水曜日（ワイン・ウェンズデイ）をお創りになったんだわ」そこまで言ってから、エヴァは口調を変えた。「それに加えて、カーゴショーツをはく大人も」

おれは息ができなくなるまで大笑いした。言葉にならない気持ちがあふれ、頭がくらくらする。幸福に似た、それよりももっと激しい感情だ。「カーゴショーツは実用的なんだ！　男らしいし！」

「あら、完全に間違っているわよ、ダドリー。ショート丈のカーゴショーツは九〇年代に出現したなかでも最悪のファッションだわ。二十一歳以上の成人男性がはくなんて、恥ずべき行為以外の何物でもないのに」

「女性のハンドバッグと同じだ！　必要なものを入れておくポケットが必要なんだよ！　かっこいいじゃないか！」

「あんなにたくさんのポケットは必要ないわ。それにかっこよくないという、有無を言わせぬ絶対的な理由があるのよ。覚悟はいい？」

「いいぞ」まだ笑いがおさまらない。「言ってみろよ」

「ジェームズ・ボンドは決してはかない」

おれはベッドに寝転んで天井を見あげた。「わかったよ。一本取られた」

「やったわ！」エヴァが喜ぶ。「わたしの勝ちね！　これであなたは一緒に映画に行くことになった。わたしの最強の知性にあなたは完敗したんだから」

「おいおい、ちょっと待ってくれよ、アニー・オークリー。きみが最強だなんて、誰も認めてないぞ。おれこそが、すべてにおいて最強（スーペリア）だ。特殊能力みたいなものだ。スーペリアマンの登場だ。高いビルもひとっ飛び。まあ、実際は平屋建てくらいかな。いや、ごみバケツかもしれない。だがどこかのスーパーヒーローみたいに、青いタイツははかない。そこのところはちゃんと一線を画してるんだ」

携帯電話の向こうから聞こえる声が小さくなった。「あなたに会いたかったわ、ダドリー。わたしは……わたしは本当に……」エヴァが深く息を吸いこむ。「電話をありがとう。あなたの声が聞けてとてもうれしい」

おれは目を閉じた。エヴァも目を閉じているのだろうと想像したが、実際にはわからない。しばらくのあいだ、ふたりともが互いの息遣いに耳を澄ましていた。

外で犬が吠（ほ）えている。砕け散る波の上を旋回するカモメの寂しげな鳴き声が、胸の真ん中にある何かに響いた。心のもっとも奥深くにある、秘めた欲望を隠した場所だ。

この瞬間が重大な意味を持つものに感じられる。そしてその理由をなんとしても理解したい。

エヴァについては何も知らないに等しい。まだ三回しか会ったことがない。だがなぜか心のコンパスの針がゆっくりと彼女を指し、それが正しい方角だと告げている。

「おれたちは友達以上にはなれない」おれは唐突に、不自然なくらい大きな声で言った。

一瞬、間を置いてからエヴァが言う。「ちょっと、落ち着いてよ、ロミオ。わたしが友達以上の関係になりたがっているなんて、いったい誰が言ったの？　あなたが恥ずかしい格好をしているせいで、外で一緒にいるところを人に見られるのさえ気に入らないのよ。映画館は暗くてちょうどいいから、あなたを誘ったの」

「悪かったよ。くそっ、おれが言いたかったのは、つまり——」

「わかってるわ。あなたは禁欲の誓いを立てている。ちゃんと話しあったじゃない」

エヴァが軽くからかう声になる。「誘惑するような真似はしないって約束するわ」

「わかった。じゃあ、イスラム教徒が着るブルカで全身を覆ってきてくれ」

「それって褒め言葉だと受け取っていいの？」

「くそっ」声に出してしまった。「きみの醜い姿を隠してくれという意味だ。きみが映画館の係員を怖がらせて、追いだされたら困るからな」

エヴァが穏やかに笑う。「そんなことには絶対にならないわ。今夜はどう？　七時からの上映があるの」

やめておけ。行くな。まだ断るには遅くない。頭のなかに浮かんでいる正論を無視して、おれは気がつくとかすれた声で返事をしていた。「わかった。楽しみにしてるよ」

「よかった。ポップコーンはあなたが買ってね」

「どうしておれが買うんだ？　男だからか？　きみみたいな現代的な女性が性差別を助長するような言葉を口にするなんて」

「男だからじゃないわ。巨大だからよ。あなたみたいな巨人の食欲を満たすには、多額の資金が必要だわ。わたしにそんなお金はないの。映画館の前で待ちあわせましょう、ダドリー。遅れないでね」

エヴァが電話を切ったあとも、おれは天井を見あげてにやけていた。

最悪の決断にもかかわらず、ひどくうれしかった。

映画館の前を行ったり来たりしながら二十分ほど経った頃、エヴァがやってきた。

小さな白いヒナギクの模様の黄色いコットンのワンピースを着ている。彼女はまるで希望や太陽の光といった、この世界の清らかでよきものを体現しているかのようだ。

「すてきね」茶色のリネンのパンツに白い半袖のリネンシャツを着ているおれを見て、エヴァが言う。「大人になったみたいよ。カーゴショーツ姿じゃないから」

「あれは全部燃やした。きみのブルカは？　ブルカがないと、おれは目から出血してしまう」

ふたりで互いの冗談に笑う。

「待った？　わたしのほうが早いと思ったのに」

「いや、全然」思わず嘘を口にする。「おれも来たばかりだ。信じられないことに、行列ができている」チケットを買う人々が並んでいるほうを頭で示す。

「大丈夫よ。チケットはもう買ってあるから」エヴァがハンドバッグを軽く叩いてみせる。「電話を切ったあと、買いに来たの」

おれが感心したように片方の眉をあげると、エヴァは頬をほんのりと赤らめた。だが彼女は弁解じみたことは口にしなかった。わざわざ事前にチケットまで用意するほど、おれとの時間を楽しみにしていた気持ちを隠そうとはしない。

「何も言わないで」エヴァが澄ました顔で、おれの腕を取る。

チケット売り場の行列の前を通ると、多くの人々が振り向いた。エヴァを守らなければならないという衝動に駆られたが、深く息をして心を落ち着ける。彼女はおまえのものじゃない。おまえのものになる可能性もない。それに〝禁欲を誓っている〟のを忘れたのか？

どうしようもない愚か者だ。

苦しまぎれにあれほど間抜けな言い訳を口にしたなんて、自分でもいまだに信じられない。しかし、あのときはエヴァのせいで頭が大混乱していた。目を開けると、彼女がすぐ目の前に立ち、欲望と希望に目を輝かせておれを見あげていたので、話の流れを変えることを言う必要があった。

エヴァが納得するかどうかは、一か八(ばち)かの賭けだった。

それにしても、あんな言い訳を口走った自分を呪ってやりたい。

映画館に入ると、売店でポップコーンと飲み物を買った。レジの小太りの男は憧れのスターを前にしたかのようにエヴァに見とれていた。だがおれがにらみつけると、あわてて目をそらした。それからおれたちはなかに入って席を探した。

ふたり並んで楽しくポップコーンを食べはじめてもいないうちから、エヴァにまた誘われたらノーとは言えないだろうと思えてきた。

ただ映画を見るだけでなく、デートのような危険な誘いであったとしても。服を着て出かける準備をしているときには、これが最初で最後だと自分に言い聞かせた。今夜のことは一度限りだと。明日になったら荷物をまとめ、アメリカに帰ると告げるつもりだった。そうすれば、エヴァに会いたいという誘惑に駆られずにすむはずだ。

だがこうして彼女と一緒にいて、肘掛けを共有し、甘くあたたかな肌の香りを感じていると、自分の気持ちに嘘をつけなくなる。エヴァの提案を受け入れるのはきわめて危険な行為で、悲惨な結末になることは想像にかたくない。

「最後に映画を見に来たのはずいぶん前だわ」ポップコーンを口に放りこみながらエヴァが言った。口から外れたポップコーンがいくつか転がって、胸の谷間に入る。

「あら」彼女が胸に挟まったポップコーンを取ろうとすると、指がべとべとなので肌に溶かしバターがついてしまった。バターでつやつやと光る胸のふくらみを見ていると、これを舌でなめることができるなら人殺しもいとわないとまで思えてくる。

ああ、神よ。あなたはおれを破滅させるおつもりですか?

映画館が薄暗いので、顔が熱くなっているのをごまかせるのが幸いだ。胸から目をそらし、ペーパーナプキンを渡してやる。「きみの食べ方ときたら、まるで五歳児みたいだな、テルマ」

エヴァが笑いながらナプキンを受け取る。「ナチョスじゃなくてよかったわ。今頃はチーズで髪をべとべとにしているところよ」

「どこにも連れていけないな」おれはとてつもなく強く意志の力を振り絞り、彼女が胸の谷間を拭くのを見ないようにしながら言った。

ほどよく日焼けして、バターで光るはちきれそうな胸を。

ちょうど照明が消えて予告編が始まったので助かった。しかしエヴァを盗み見ないでいるのが新たな試練となる。スクリーンの光に照らされながら一生懸命に映画に集中し、ときおり指をなめながら無意識にポップコーンを食べ、飲み物のストローを口にくわえる。そんなふとした無防備な姿がどれほど官能的に見えるか、エヴァはまったくわかっていないに違いない。彼女がこちらに身を寄せておもしろいせりふについてささやくたびに、おれは歯を食いしばった。脚を組み替えるのを目にするごとに、うめき声をあげそうになる。そんなことにエヴァは気づいてすらいないのだろう。

映画が終わる頃には、おれは頭がどうかなってしまいそうだった。

建物の外に出ると、大きく息を吐き、手で髪をかきあげながら胸いっぱいにあたたかい夜の空気を吸いこんだ。深呼吸を繰り返し、鼻腔に残るエヴァの香りと胸に広がる欲望を消し去ろうとする。

「大丈夫？」エヴァはけげんな顔をしている。おれがうまい言い訳を探していると、向こうから好都合なことを言ってくれた。「ずっと座っていたから、脚が痛くなったの？」

おれの脚を見おろして心配してくれている。

憐れみではなく、思いやりだとわかっていた。だが脚を気にされるのは気に食わなかったので、そっけなく言った。「ときどき筋肉が凝るんだ」

「マッサージして凝りをほぐしてあげるわ。こう見えて、手の力が強いのよ」

聖母マリアのごときやさしさだ。

エヴァの話し方には誘惑するようなほのめかしはいっさいなかったが、おれの下腹部は個人的に招待を受けたと解釈し、目を覚ましてあたりを見まわそうとしている。

「いや、大丈夫だ。ありがとう」

おれの口調は不自然なほどにきっぱりとして、相手を拒絶する響きがあったらしい。エヴァが顔をそむけ、感情を抑えようとしているのを目にして、ようやく気づく。

「映画は楽しかったかい？　以前に見たときと同じくらいおもしろかったか？」

くそっ、エヴァの気持ちを傷つけてしまった。自分の下腹部にばかり気を取られていないで、あの顔を見てみろ。

「エヴァ」おれは静かな声で言った。彼女が警戒の目でこちらを見たので、おれは本当に申し訳ない気持ちになった。口調を変えないように気をつける。「悪かった。きつい声を出すつもりはなかったんだ。脚を気遣われて、きまり悪くなった。それだけだ。きみがいい人だってことはわかってる」

おれの表情を見て真摯に謝っていると納得したらしく、エヴァは顎をあげて笑顔になった。「〝いい人〟ですって？」わざと不快そうな声を出す。「〝そんなことを言われるくらいなら、刺されたほうがまだまし〟だわ」

エヴァにからかわれるのが大好きだ。おれが口にした言葉をそのまま突きつけてくるのがたまらない。心の内を率直に見せ、強がらないところが気に入っていた。

エヴァは屈強なわけではない。たしかに強くはあるものの、屈強だとは言えない。有能で独立心があり、頭の回転が速いけれど、傷つきやすくもある。やさしくて愛おしい。

こちらの命取りになるほど魅力的な性格だ。

おれは目を閉じ、崖から飛びおりる覚悟を決めた。「アイスクリームは好きかい？」

おれが目を開けると、エヴァは輝く笑みを浮かべていた。真昼の太陽のように明るい笑顔だ。「もちろん好きよ。わたしのヒップが大きいのは知っているでしょう?」

おれは腕を差しだした。「それじゃあ、テルマ、アイスクリームを食べに行こう」

7

エヴァ

ふたりでたくさんしゃべり、笑いながら街灯のともった通りを歩く。夜風が心地よく、一緒にいられるのが楽しい。まるで鋼鉄のかたまりのような上腕二頭筋の揺るぎない強さをてのひらに感じる。

このがっしりとした腕を強くつかみたい。歯を立てたい。硬い筋肉に顔を押しつけ、嚙み、キスをしたい。本当にたくましい腕だ。

しかし関心を抱いたこともない男性の筋肉の質になど興味はないと言わんばかりに、わたしは素知らぬ顔でナズの腕に軽く手を預けていた。

「ねえ、見て！」通りの反対側をこちらへ向かってくる女性を指さした。彼女が手にしたリードの先につながれているのはダックスフントだ。舌を口の端から垂らし、気取った様子でちょこちょこと歩いてくる。その顔はまるで笑っているようだ。

「きみは本当にダックスフントが好きなんだな」ナズが苦笑する。

「ええ、そうなの。とてもかわいいでしょう。あの顔を見てよ！　それにホットドッグみたいな体形！」わたしはナズの顔を見あげた。「ちょっと待って。どうしてそんなことを知ってるの？」

ナズがやさしい顔でこちらを見る。「きみが何度も口にしてるからだよ」

「本当に？」わたしは眉をひそめ、いつのことか思いだそうとした。

「ああ。鍼治療がいやだと言ったおれをからかったときや、今日の午後に電話で話したときにも。人間が笑うのを望んでいるから、神はダックスフントを創ったんだと言ったじゃないか。今だって、クリスマスの朝を迎えた子どもみたいに喜んでるし」

「驚いた。象並みの記憶力を持っているのはわたしだけだと思っていたのに」口調はふざけていたが、ナズがわたしたちの会話の細部まで覚えていてくれたのがひそかにうれしかった。

しかし、そこによけいな意味を持たせないように自分を戒めた。ナズは元警察官だ。軍にいたこともある。普通の人が見過ごしてしまうことでも心にとめておくよう訓練されているに違いない。

ほかには何に気づいているのだろう？　いったい何を覚えているのだろう？　ひと

りのときにはわたしのことを考えるのだろうか？　わたしがナズを思うように。

「触らせてもらうか？」ナズが言う。

「飼い主はいいって言うと思う？」

「きいてみよう」ナズは歩道からおりると、わたしを促して通りを渡った。笑みを浮かべ、犬を連れて歩いてくる女性に手をあげて挨拶する。「こんばんは（ブエナス・ノチェス）」それからスペイン語で犬を撫でてもかまわないかと尋ねた。

女性は笑い、わたしたちの前で足を止めた。「いいわよ（スィ）！　とても人懐っこいの（エル・エス・ムイ・アミガブレ）」

わたしは膝をつき、ベルベットのような毛並みの頭を撫でた。犬はうれしそうにハアハアと息をして、くりっとした黒い目を輝かせている。わたしは飼い主に名前をきいた。

「セニョール・ソーセージ」彼女の返事に、わたしは思わず吹きだした。わたしが笑い転げているので、犬が興奮して、短い脚でスカートを引っかきながら飛びついてくる。

「かわいいわね」耳の後ろをかいてやりながら、セニョール・ソーセージに声をかける。「本当にいい子だわ。わたしもあなたみたいなすてきな子がほしいな」

飼い主の女性と会話が弾んだが、わたしは立ちあがった。ひと晩じゅうでも道路脇にうずくまってこの子と遊んでいたいけれど、これ以上、散歩の邪魔をするわけにはいかない。

セニョール・ソーセージの飼い主が、奥さんに犬を飼わせてあげたらいいのにとナズに言うのを耳にして、わたしは顔だけでなく頭皮までかっと熱くなった。

「ペットを飼うのは許されないのよ」わたしは口走っていた。

女性がナズの顔を見る。

ナズはわたしの顔を見た。

「つまり、アパートメントでは無理だから」わたしは小声で言ったが、それは本当の理由ではない。

ぎこちない沈黙が流れると、犬を連れた女性は感じよく別れの言葉を口にして、セニョール・ソーセージとともに行ってしまった。

犬が姿を消すと、わたしはどこに目を向ければいいのかわからなくなった。

「さあ、テルマ、機嫌を直すんだ」ナズが静かに言って、わたしの腕を取る。

わたしは彼と歩きながら、こんな男性と人生をともにするのはどんな感じだろうかと考えた。ナズは秘密を詮索せず、何も打ち明けられない相手をそっとしておいてくれる。強引さや意地悪さがない。やさしさと弱さは別物だとちゃんと理解している。

失敗した人に対して暴力をふるわない男性だ。

わたしたちはアイスクリーム・パーラーに着くと、長い冷蔵ケースの前でアイスクリームを買って、通りに面したカウンター席に座った。目の前を通り過ぎる人々を眺めながら、特に言葉を交わすことなくアイスクリームを食べた。するとナズがダブルサイズのチョコレート・アイスクリームのカップにスプーンを差して、食べるのを中断した。

「ききたいことがある。だからといって、きみが何も言いたくなければ黙っていてかまわない。説明の必要もない。おれには強引に聞きだす権利はないし、今後は二度と同じ質問を繰り返さない。ただ、ずっと気になっているんだ」

わたしは深呼吸をした。アイスクリームのコーンを持つ手が震える。勇気を出してナズに目を向けると、彼はなんとも言えない表情でわたしを見ている。好奇心と心配、そして怒りが混じりあったような顔をしていた。

「そいつはいったい、きみに何をしたんだ？」静かだが、有無を言わせぬ口調だ。

わたしはアイスクリームのコーンをカウンターに落としてしまった。

「ああ、大変」わたしの声は怯(おび)え、かすれていた。

「大丈夫だ。新しいのを買ってこよう。すぐに戻る。きみは……」

わたしは顔をあげてナズの顔を見た。

「おれと一緒にいれば安全だ。それだけは、ちゃんとわかっておいてくれ。いいかい？」ナズが小声で言う。

目に熱い涙がにじむ。わたしは言葉が出ず、うなずくしかなかった。頬の内側を嚙み、鼻で呼吸しながら必死で泣くのを我慢する。

ナズはそれ以上何も言わずに背中を向けると、心が折れそうになっているわたしを残して冷蔵ケースへと向かった。わたしはカウンターに肘をつき、てのひらで額を抱え、目を閉じて呼吸に集中した。鼓動が痛いほど激しい。

ナズはアイスクリームを手に、ほどなく戻ってきた。新しいアイスクリームをわたしに手渡し、汚れたカウンターをきれいにする。わたしが心を落ち着けられるように、わざと時間をかけてくれた。

ようやくわたしの隣に座ると、彼は外を見ながらふたたび自分のアイスクリームを食べはじめた。

「すべて表情に出ていたなんて、自分がいやになるわ」わたしは新しいコーンを見つめながらささやいた。

「ほかの人にはわからない」

それ以上は何も言わないが、ナズはわたしのような女性を以前にも見たことがあるのだろう。おそらく警察官だったときに。ドメスティック・バイオレンスはよくある話だ。傷だらけになって、すくみあがっている女性に会う機会はしょっちゅうあったに違いない。

唇をなめ、勇気をかき集める。「わかった。きかれたから、すべて話すわ。だけど、わたしを気の毒に思ったりしないで。憐れみは不要よ。わたしは逆境を乗りきった。こうして生きているの。わたしみたいな幸運に恵まれなかった女性がたくさんいるにもかかわらず」

ナズが顎をこわばらせているのを目の端にとらえる。

「あらゆることをされたわ」わたしは率直に言った。

こちらに顔を向けたナズはわたしを凝視している。

「彼はわたしにあらゆることをした。あなたが想像もつかないようなことを。残虐で恐ろしい行為をなんでもやってのけた。なぜなら彼にはできたから。強大な権力を握っているから誰からも止められない。そのうえ、わたしにはノーと言えない理由があった。病気の母を盾に取られていたの。治療費や薬代をすべて支払って、母の苦痛をやわらげてくれる医師や投薬治療を手配してもらっていた。わたしが逆らえば母が苦しむという構図が作りあげられていたの。彼はわたしたちをいたぶるのに牛追い棒を使うのが好きだった。何をされたかは言わないでおくけど」声がかすれ、その先を続けるまでにしばらくかかった。ようやく話しはじめると、険しい口調になっていた。「愛する人を守るためなら、人はどんな苦しみにも耐えられると言っても過言じゃないわ。自分だけのためなら、とうてい無理なことでも」

ナズの顔には恐怖が広がっている。

そんな彼を目にするのがつらく、わたしは顔をそむけてアイスクリームを口にした。この話のせいで、墓で眠っていた亡霊がよみがえってうろつきはじめたらしい。

ディミトリ。邪悪な専制君主。彼から逃げだせたなんて、いまだに信じられない。天気を予想するように、ディミトリの機嫌を推し量るすべを学んだ。地図を読むように、彼の邪悪でねじくれた思考回路を覚えた。地雷の埋まった平原を安全に歩く専門家になった。どんな言動が笑顔を、あるいは平手打ちをもたらすのか予見できるようになった。

狂暴な男の気まぐれに怯える女性たちの例にもれず、わたしも相手の機嫌を取る達人の域に達した。

いつも笑みを絶やさずにお世辞を口にしていると、そんな自分がいやになった。息ができなくなるほど自己嫌悪が募った。しかし骨折したいと望むのでもない限り、反抗するなど不可能だった。脱出も無理だ。何度か試みたが、母が見せしめに虐待を受けるはめになった。娘が反逆すると母親が罰を受ける。わたしたちはそんな罠にはまりこんでいた。

母が亡くなり、わたしたちはやっと牢獄から抜けだせた。

「そいつを殺してやる」しばらくして、ナズが歯を食いしばりながら聞こえないくらいの小さな声で言った。

「そう思っているのはあなただけじゃないわ。だけど残念なことに、ゴキブリはなかなか死なないのよ」わたしは空疎な笑い声をあげるしかなかった。

ナズの視線を強く感じたが、彼の顔を見ると泣きだしそうだったので、外の通りを眺めるのに意識を集中させた。偽名など使わずに生きている人々をひたすら見つめつづけた。

五分ほどして、ナズが口を開いた。彼の言葉に新たな衝撃を受けた。

「おれの妻は乳癌で亡くなった」

わたしは驚いてナズを見た。わたしがしていたように、ナズは窓の外にまっすぐ目を向け、通りを行きかう幸せな人々を見つめている。

「小さな腫瘍がひとつだけだと医者から言われた。簡単に治ると思ったよ。小さい腫瘍くらいで普通は死なない。手術をして、化学療法や放射線治療を受け、一年ほどですべて完了する。髪ももとどおりに生えそろう。〝まあ、大変だったけど、想像したよりましだった。これから先もふたりで生きていけるんだな〟闘病生活を振り返って、こんなふうに言うんだ。だが、おれたちは言えなかった。完治が可能に思えた小さな腫瘍は、悪性だと判明した。化学療法が終わらないうちから、肺への転移が見つかった。リンパ節や背骨にも。そのせいで第二腰椎がもろくなって骨折し、さらに手術や放射線治療が繰り返された。そしてある日、医者がやってきて、息ができなくなるようなひと言を告げた。目の前のすべてが色を失ってしまう言葉だった。まさに世界の終わりを宣告されたんだ」ナズが目を閉じる。「末期癌だと」

わたしは手で口を覆った。店内が急に狭くなり、気温が上昇したかに感じられる。ナズの腕に触れたいと思ってもできなかった。

ナズが唾をのみこみ、低い声で話を続ける。「一番よく覚えてるのは、自分が恐怖におののいていたことだ。ずっと恐ろしくてしかたがなかった。彼女の隣に横たわって暗闇のなかで寝息に耳を澄ましていると、怖くて身動きできなくなった。おれにできることは何ひとつないからだ。治してやれない、病気の進行を止められない。ほかの誰より、何より愛している人が苦しみ、痩せ細って子どもみたいに小さくなっていくのを、ただ見ているしかなかった」妻のことを語るなかで初めて、声が震える。「神に懇願したよ。代わりにおれを天に召してくれと。だが見てのとおり、こうして生きている」

「ナズ」わたしは呼吸を整え、涙をこらえた。「気の毒に」

ナズが大きく息を吐いて、手で顔を覆った。「ずっと昔の話だ。おれは若くして結婚したからな。だがファーマーズマーケットで出会ったときに、きみが結婚は神聖な行為だと言ったのを聞いてから、ずっと亡くなった妻のことを考えていた。おれもきみの意見に賛成だ。セヴァンとの愛がおれの人生において、たったひとつの清らかで聖なるものだった」

彼の顔を見ると、わたしの目から涙がこぼれ落ちた。

「ああ、くそっ。悪かったよ」ナズがうめき声をあげる。

「気にしないで。わたしは大丈夫」わたしは泣きじゃくりながら言った。涙がとめどなく流れる。まわりの人からけげんな顔で見られるほどで、大丈夫からはほど遠い。

腕を引っ張られ、ナズの胸に倒れこんだ。そっと抱きしめられながら、わたしは彼の胸に顔をうずめて泣いた。ナズのすてきなリネンのシャツが台なしだ。

「こんな深刻な打ち明け話をするには、まだ早すぎたな」ナズがささやく。

「いいえ、とても美しい話だわ。わたしが弱虫なの。ご、ごめんなさい」

「きみは弱虫なんかじゃない」

わたしは顔をあげ、涙に濡(ぬ)れる目で彼を見た。

ナズはやさしくほほえみながら、頬の涙を親指でそっとぬぐってくれた。「だが、きみは醜い泣き虫だ。まったく。つぶれたトマトみたいな顔をしてるぞ。絶対に女優にはなれないな」

わたしは唇を震わせ、鼻をぐずぐずさせながら、彼が渡してくれたペーパーナプキンで涙を拭いた。「わたしがなれないのはトークショーの司会者だったと思うけど」

「どっちもだな。芸能界で成功するのはまず無理だろう。まあ、ラジオならいいかもしれない。マイクの後ろに隠れたら、きみの醜い顔を誰にもさらさずにすむからな」

「わたしの顔が醜いなんて思っていないんでしょう」わたしは小声で言った。

ナズがわたしを元気づけるためにからかうのをやめた。わたしの髪や口元、涙で濡れた顔全体をじっと見る。「ああ、思っていない」

彼のやさしい声には悲しみがにじんでいる。目も寂しそうだ。だけど互いに自分の一番つらい過去を語りあうと、自然とそんな表情になるのだろう。

わたしは大きく息を吐き、胸を張って笑顔を作ろうとした。弱々しくても、笑みは浮かんでいるはずだ。「さんざんなアイスクリーム・デートになったわね、ダドリー。これがトラウマになって、二度とアイスクリームを食べられないかもしれないわ」

ナズの目にいたずらっぽい光が戻ってきた。「ちょうどいいじゃないか。それ以上体重が増えたら、きみを部屋から出すのに屋根を壊してクレーンで吊らなければならないよ、おデブちゃん」

ふたりで笑いあう。時間が止まったみたいだ。笑顔が消えても、互いの目を見つめていた。ナズが唇をそっと開いたので、わたしは一瞬、キスをされるのかと思った。けれども彼は顔をそむけ、ため息をついただけだった。

「送っていくよ」ナズが立ちあがる。

彼は目を閉じて冷静な声を出していたが、わたしに差しだした手は震えていた。

8

ナズ

おれは徒歩でエヴァを送っていった。だが階段をあがってドアの前までは行かなかった。彼女にキスしたい誘惑に抗(あらが)えそうにないからだ。歩道から手を振って見送った。

それからすぐに家まで走って帰り、なかに入るなり携帯電話を手に取った。

夜遅くにもかかわらず、ボスのコナーは最初の呼び出し音で電話に出た。「やあ、そっちはどうだ?」

「問題発生だ」

コナーが間髪をいれずに言う。「解決方法はある。どうしたのか言ってみろ」

「エヴァリーナとディミトリ・イヴァノフは夫婦じゃない」

今度は間が空いた。電話の向こうでコナーは目を細め、おれでさえも震えあがるような表情を浮かべているのだろうと想像する。「言いたいことはふたつだ」

「言ってくれ」

「第一に、彼らの法的関係など、こっちの知ったことじゃない。われわれは仕事をするために雇われたのであって、書類を調査するためじゃない」

くそっ。

「第二に、そのことを知った経緯は？」

「彼女がおれに言ったんだ」

コナーが悪態をつく。「そう言いだすんじゃないかと思ったよ」

おれはじっとしていられなくなり、キッチンのコンロの前を行ったり来たりした。

「嘘をついたほうがよかったというのか？」

「いいわけがないだろう！」コナーが声を荒らげた。

「わかった。この報告は事実だ」

「あの女と寝たのか？」

「いや」おれは歯ぎしりしながら答えた。

「もしそうなら、おれや組織全体が窮地に追いこまれる。何より、それはおまえの身を危険にさらす行為だ」

はっきりと言葉にはされていないが、これは脅迫も同然だ。脅されるのは気に入らないものの、自分が引き起こしたことだ。感情を抑えながら、冷静な声で言う。「エヴァリーナとはベッドをともにしていない。監視しているときに、彼女がたちの悪い連中に襲われそうになった。そこに介入して助けだした。もしそうしてなかったらエヴァリーナは今頃死んでいるか、少なくとも全員からレイプされているはずだ」

コナーは黙って聞きながら、じっくり考えている。「続けろ」

「エヴァリーナはおれの目的を知らない。次の仕事に移る前のちょっとした休暇で島にいると言ってある。だがここは小さな町だから、偶然顔を合わせることが多いんだ」おれは向きを変え、反対方向に歩きだした。

「偶然顔を合わせる」コナーがおれの言葉を繰り返す。

「ファーマーズマーケットで目が合ったんだ。わざとじゃない。状況から考えて、無視できなかった」

バーで会ったのと、アイスクリーム・パーラーでのデートの話は省略した。コナーに殺されるのはごめんだ。コナー・ヒューズは理性的ではあるが、最大級に危険な男でもある。たとえば、おれが彼の会社やスタッフの命を危うくする行為に及んだと見なされたとしよう。そんな事態が生じたら、おれは自分を銃で撃つだろう。そうすれば少なくとも、コナーの銃弾が体に撃ちこまれるのを目にしなくてもすむ。

「つまりファーマーズマーケットで出会ったとき、エヴァリーナは自分が結婚していないと立ち話を始めたってわけか？　そんな話題になった理由のほうに興味がある」

「それは……最初に向こうのほうから、おれが既婚者かどうか質問してきたんだ」

「つまり、彼女はおまえを好きなんだな」

おれは目を閉じ、おれに惹かれていると言ったエヴァの顔を頭に思い浮かべたが、すぐにかき消してコナーとの話を続けた。「そうだ」

「驚くにはあたらないな。おれの妻もおまえがセクシーだと言ってる」

おれは目をしばたたいた。慎重に言葉を選ぶ。「その件に関して、おれからは何も言えない」

「賢明な返答だ」コナーが忍び笑いをもらす。

コナーがおもしろがっているようなので、おれはほっと息をついた。彼の妻に会ったのは、メトリックス・セキュリティ・サービスの三回目にあたる最終面接のときだけだ。だが一度会えば、彼女を忘れることはない。名前はタビーという。見事な赤毛の女性で、とんでもない服に身を包んでいる。太いベルトかと見まがうようなミニスカートをはき、胸のふくらみのせいでハローキティが横に伸びた、ぴちぴちのTシャツを着ていた。タビーは部屋に入ってくると、おれの目の前に立ち、こちらの顔をじっと見ながら言った。「あなたが今までしてきたなかで、もっとも恥じている行為について話して」

これが面接で、自分が試されていることは承知していた。おれはタビーに真実を語った。他人はおろか、妻にさえ話したことのない内容だ。

おれの話が終わったとき、彼女は涙をあふれさせまいと険しい目になっていた。タビーは部屋を出ていくと、ドアを開け放したままにして、外で待っていたコナーに言った。「彼が希望する給料の倍額を支払って」

そして今に至るというわけだ。

タビーはある種の天才だ。コンピュータと人の心を見透かすのに長けている。コナーは――これまで会ったなかでもっとも大柄で大胆不敵な最強の男は――この女性を黄金の馬車に乗って天から降臨してきた女神のようにあがめている。だからおれも、タビーに関しては言動に細心の注意を払っていた。

これまでのところ、コナーの銃弾は飛んできていない。

「話を聞く限り、何が問題なのかわからない。監視対象と接触したのは気に入らないが、おまえが何者かはばれてないし、今回の仕事が失敗に終わるという結果にもなってない」コナーがいったん口を閉じ、無言の圧力をかけてくる。「ただし、おまえの話がこれで全部ならな」

「まだ全部じゃない」

コナーがため息をつく。「そう言うと思っていた」

「エヴァがディミトリのもとから逃げだしたのは、退屈した資産家の妻の気まぐれなんかじゃない。彼女は虐待されてたんだ」

ふたたび無言の圧力が伝わってきた。「エ、エヴァ?」

くそっ、自分の不注意に気づいた。「エヴァリーナだ」言い直したが、遅かった。

電話の向こうから聞こえてくるコナーの声が険しくなる。「おまえをこの件から外す。午前八時ちょうどに現地を――」

「ここから離れない」おれは大声を出した。

長い沈黙がおりる。

「状況を理解していないようだな」コナーが抑制のきいた声を出す。「はっきり言おう。おまえが監視している女はクライアントの妻で――」

「交際相手だ。いや、元交際相手だ」

「うるさい、黙れ!」コナーが怒鳴りつけてから、もとの口調に戻って話を続ける。

「おまえが監視している女の夫は、わが社の長年のクライアントである男の息子だ。何年にもわたるつきあいがある。金持ちというだけでなく、権力も握ってる。人脈も幅広い。クライアント自身は潔白だが、息子は違う。どういう意味かわかるか？」

おれは目を閉じ、大きく息を吐いた。「マフィアか」

「ビンゴ。賞品は出ないぞ。そう、マフィアだ。ロシアン・マフィアを相手にしたことはあるか？」

「ヴィゴ・モーテンセン主演の『イースタン・プロミス』は見た。これは相手にしたうちに入るか？」

「冗談を言ってる場合じゃない」コナーが静かに言う。「やつらはまともな人間には想像もつかない方法で敵を殺害する。ちょっと失望させられただけで、相手を殺すことだってある。おれは父親に頼まれたからディミトリの依頼を受けた。それに監視対象への接触は不要という条件だったからだ。わが社の業務に見合った安全な仕事だ。ディミトリが飽きるまでのあいだ、せいぜい数カ月ほど監視と報告を続けるだけだ。あとは向こうが自分の手下を派遣して彼女を連れ戻す。だがおまえの話からすると、おまえは対象に接触しただけでなく、同情もしてるらしい。今のところはまだ寝てはいないが、エヴァリーナに魅了されている。それも熱烈に。間違っているというなら言ってくれ」

おれの顔は真っ赤になっていた。息もできないほどで、自分でも腹立たしい。大きな声になるのを止められない。

「クライアントを怒らせたくないという理由だけで、虐待されている女性を虐待者のもとへ送り返すと言ってるように聞こえるが。間違っているというなら言ってくれ、コナー」

プツッという音が聞こえるのを覚悟した。電話の接続が切れて話を打ちきられ、最終的には不本意ながら大口径の銃で頭を撃たれ、脳みそが壁に飛び散るのだ。だが電話の向こうから聞こえてきたのはコナーのうなり声だった。

「お手あげだ、まったく。心やさしきマザー・テレサを雇ってしまうとはな」

そのとき、とっぴな考えが頭に浮かんだ。起死回生のロングパス（ヘイルメリーパス）みたいなものだが、うまくいく予感がした。

「この件をどうするか、奥さんに相談してくれ。タビーにこの話を伝えて、どう動くべきか意見を聞いてみてほしい。どんな結果であろうと、彼女の意見に従うから」

おれの言葉に対し、思わず電話を耳から離してしまうほど怒りに満ちた大きなうめき声が返ってきた。壁のペンキがはがれ落ちそうなくらいの汚い悪態が続く。

電話を切るという天才的な考えが浮かび、おれは素直に行動に移した。ディミトリへの定例報告が翌朝に予定されていたので、それまではコナーもおれを生かしておくという確信があった。

九十パーセントは正しいはずだ。

それからきっちり一時間後に携帯電話が鳴った。画面にコナーの電話番号が表示されている。「もしもし」おれは冷静さを装い、そっけない態度で応答した。

「ハーイ、ナーシル。タビーよ」

「あ、ああ、タビー。コナーかと思った」

「今の彼とは話さないほうがいいわ。あなたを殺したがってるもの」タビーが陽気な声で言う。

おれはビーチ沿いに借りている小さな一軒家のリビングルームで、窓のそばに立っていた。だが座ったほうがいいと判断し、ソファへ向かう。ゆっくりと腰をおろし、彼女の言葉を待った。

「でも心配しないで。そんなことはするなって説得したから」

いくぶん呼吸が楽になった。「きみはやさしい人だ」

「やさしいからじゃなくて、戦略なの。これであなたはわたしに借りができた。そのうちに返してもらうから。だけど今はあなたの問題に集中するわよ」

「コナーから何も聞いてないのか？」

「もちろん聞いてるわ。わたしはあなたから話が聞きたいの。あなた自身の言葉で。それから、ナーシル」

「なんだい？」

タビーの声が低くなる。「今回は最初から最後まで全部話すのよ。事実を省略しようとしても、わたしにはわかるんだから。それと覚えておいて。コナーの〝殺したいやつリスト〟に名を連ねるのは最悪だと思ってるでしょうね。ところが、わたしのリストに載るほうがもっと大変よ。想像することすら恐ろしい目にあうから」

おれよりも三十センチは背が低く、五十キロも体重が軽い女性なのに、どうしてこんなに怯えさせられるのだろう？

「了解だ」

おれの真剣な口調に満足したのか、タビーが明るい声で言う。「さあ、話を始めて」

おれは深呼吸をした。一瞬、エヴァとのやり取りをいくつか省略したい思いに駆られたが、すぐに思い直す。おれはタビーに一部始終を話した。エヴァと会ったこと、会話の内容、心によぎったすべての思いを白状する。聖書に手を置いて誓ってはいないものの、これは宣誓証言と同じだ。

三十分ほどして、すべてを話し終えた。ふたりのあいだに短い沈黙がおりる。それからタビーは話の本筋とは関係のないことを言いだした。「あなたを雇うのは正解だってわかってたわ」

「それは……どうも」

「この件について、問題はたったふたつしかない。とはいえ、どちらも重大よ」

「そんな言い方をされると怖くなるな」

「第一の問題は、エヴァリーナがあなたに真実を伝えているかどうか。婚姻関係の有無じゃない。それはこちらで簡単に調べがつくから。虐待を受けていたというほうよ」

「彼女は本当のことを話していた」おれは躊躇なく言った。

「これで第二の問題が確実になったわね」タビーの声には笑いが含まれていた。

「第二の問題って？」

「あなたよ」

おれは次の言葉を待ったが、タビーは詳しく話そうとしない。

「すまないが、意味がわからない」

「最後に女性とつきあったのはいつなの、ナーシル？」

首筋がかっと熱くなる。「おれは彼女と寝ていない」

「そんなのはわかってる。質問に答えなさい」

「それは控えさせてもらう」

「あなたに選択権はないの」

「おれが下半身でものを考える男だと思ってるのか？」おれは思わず声を荒らげた。

タビーがくすくす笑う。「わたしが何を考えているか知恵を絞ってみたのね。答えはノーよ。あなたの洗練された表現を借りて言うと、あなたが下半身でものを考える男じゃないことは知ってる。この件に関して使っているのは、脚のあいだについているものじゃなくて、もっと誠実かつ厄介な臓器よ」

おれは立ちあがり、その場をうろうろと歩きはじめた。かごに閉じこめられた鼠（ねずみ）の気分だ。

「現時点ではまず、虐待されていたのが事実かどうか確認する必要がある。きれいな女のかわいそうな打ち明け話に引っかかる男はあなただけじゃないわ」タビーがきびきびと言った。

「彼女は、嘘を、ついて、いない！」

タビーがため息をついた。かわいがっているのに駄々をこねる幼児を相手にしているような口調で言う。「もう少しだけ冷静になって、勇敢な王子さま。今は白馬の手綱を緩めておくのよ。口答えしないで、これから言うことをちゃんと聞きなさい」

おれは歯を食いしばり、床を見つめながらタビーの言葉を待つ。

「エヴァリーナが嘘をついていると判明した場合、何もする必要はないわ。なぜならその瞬間に、あなたの彼女への気持ちは冷めるから。あなたは嘘つきを愛するような男じゃない」

おれは目を見開いた。愛するだって？

話が完全に別の方向へ向かっているが、おれはよけいな口は挟まなかった。こんな茶番は早々に終わらせたい。

「だけど虐待されていたというのが嘘じゃないとわかったら……」タビーが気味が悪いほどやさしい声になる。「そのときは、この依頼は無効になる。そしてディミトリ・イヴァノフは、だます相手を間違えたと後悔するはめになる」

タビーの声には背筋が寒くなる響きがあり、すぐに反応するのがためらわれた。

「エヴァはどうなるんだ？」

タビーがわずらわしそうな口ぶりになる。「あなたの忠実な白馬に彼女とふたりでまたがって、夕日に向かって走り去ればいいのよ、おばかさん！　まったく、一から十まで説明させないでくれる？」

急に心が軽くなり、おれは思わず笑った。「その意見に千パーセント賛成だ。これからどうすればいい？」

「ディミトリへの報告は明日の朝でしょ？」

「そうだ」

タビーが明るく言う。「それは予定どおりにしなさい」

「なんと報告するんだ？」

「特に変わったことはないと言えばいいのよ。新しい写真があるなら、それを送って。不審がられるような行動は控えてね。こちらでも動いて、すぐに報告するから」

「了解」

「それでいいわ。ところで、ナーシル？」

「なんだ？」

「この電話を切ったら、すぐにあなたの家に盗聴器が仕掛けられていないかどうか調べて。そしてこのプリペイド式携帯電話を破壊するのよ」

背筋に冷たいものが走った。「おれも危険だというのか？」

タビーはすぐには答えず、慎重に言葉を選んだ。「権力を握っている虐待者のことはよく知ってるの。やつらに共通する性格は偏執的なことよ。エヴァリーナを監視しているのはわたしたちだけじゃない可能性がある」

くそっ。タビーが言わんとしていることを理解して、恐怖に襲われる。「その場合、ディミトリはおれが彼女に連絡を取ったことを把握しているだろう。毎週する報告で、事実をすべて伝えていないことも。あいつはどうして見て見ぬふりをしてるんだ？」

「なぜある種の少年たちは蠅（はえ）の羽をむしるのが好きなのかわかる？」タビーが静かな声で言う。

「わからない。どうしてだ？」

「考えてみなさい。気をつけるのよ。近いうちに連絡するわ」

通話が切れる。

タビーの質問の答えは何時間もしないうちにわかった。

なぜならやつらにとって、羽をむしるのは楽しいからだ。

9

エヴァ

わたしは眠れなかった。

ベッドに横たわって天井を見あげながら波の音を聞いているうちに、淡い灰色の壁に朝日が差してきた。体は感情を逆撫でし、脈拍は速くなり、胃が締めつけられ、てのひらに汗をかいていたが、不思議なほど心はすっきりしている。ひとつの思いが燃えているだけだ。

ナズがほしい。

これまでに望んだ何よりも彼がほしい。ディミトリから逃げたい願望は別として。

いや、もしかするとそれ以上かもしれない。以前の地獄のような生活に戻るのと引き換えにナズと一夜を過ごせると言われたら、その申し出を受け入れてしまうだろう。

わたしはナズの姓を知らない。住まいも知らない。たしかなのはナズと一緒にいるると感じられる。

と安心でき、これまでにないような視線で見つめてもらえるということだ。彼はわたしの魂の奥底まで見通せて、しかもそこに存在するものを好きでいてくれると感じられる。

舞いあがってしまうような、それでいて複雑な気持ちだ。この島でのナズの生活は、次の仕事が始まるまでの一時的なものだ。わたしみたいに、ここにずっととどまりつづけるのではない。あと数日か数週間で彼は去ってしまう。

それに加えて、禁欲の誓いという問題もある。

今ではナズもわたしに惹かれていると確信できた。疑問の余地はない。だけど彼の宗教的信条を揺るがすのはわたしの望むところではなかった。ナズのような高潔な人に対しては、ことさらそう思う。彼の固い誓いを破らせるつもりはない。それは間違っているし、そんなことをすればわたしが自分を嫌悪してしまう。

とはいえ、ナズがわたしを見つめるまなざし。そしてわたしの口元を見る目つき。それはアダムがイヴのてのひらにのったリンゴを見たときと同じではないだろうか。強い欲望とひどい恐れが交錯しているに違いない。

聖人も罪人も誰もが知っているように、禁断の果実は人を惑わす。

七時に携帯電話が鳴ったとき、わたしはまだベッドに入ったまま天井を眺めていた。

発信者の名前は表示されていない。

起きあがって、心臓が激しく打つのを感じながら通話ボタンを押す。「ナズ」

「エヴァ」ナズはときおり出すような低い声をしている。寝起きなのだろうか。「どうしておれだとわかったんだ？」

「名前が表示されない着信はあなただけなのよ」わたしは笑ったが、精神的なところから来るめまいがする。「正直に言うと、電話をかけてくれるのはあなたひとりなの」

「起こしてしまったかな？」

「いいえ、眠れなかったわ。ひと晩じゅう、ベッドのなかで目を開けていたの。あれこれ考えながら」

どうしてそんなことを言ってしまったのだろう？　ばかみたいだ。ナズはきっと、おかしな女だと思っているはずだ。

「おれもだ」ナズが声を落として言った。

大きく息をするのよ、腹の底から。ちゃんとできるから。さあ、早く。「眠れなかったの？　それとも、あなたもずっと考えていたの？」わたしはささやいた。

「その両方だ」ナズが間を置かずに答えた。そして聞こえないくらいの小声で言う。

「くそっ」

目を閉じて、彼の呼吸に耳を澄ます。気がつくと、手のなかで粉々にならないのが不思議なくらい強く携帯電話を握りしめていた。ついにこらえきれなくなって口にする。「あなたに会いたいわ。いつ会える？」

ナズのうめき声が聞こえてきた。「一度くらい、恥じらってみせられないのか？　おれは死にそうだよ」

「ごめんなさい。いいえ、今の言葉は撤回する。わたしは謝らないわ。あなたが死にそうになっているのは申し訳なく思うけど。わたしは……つまりわたしは……」動揺しながら息を吐きだす。「急に言葉が出てこなくなったわ」

「これでおれの気持ちがわかっただろう」ナズがざらついた声で言う。「きみと出会ってからずっと、おれはうまく話せないんだ」

ああ、どうしよう。わたしの心臓はどうなってしまったのだろう。胸から飛びだしそうだ。

わたしは焦りはじめ、恐慌をきたしそうだった。立ちあがって部屋のなかをうろうろしながら緊張を振り払おうとするが、同じところを錯乱したようにぐるぐるまわる結果になった。

「あなたはいつコスメルを発つの？　あとどれくらい一緒にいられる？　あなたが

行ってしまうまでに、できるだけ一緒に過ごしたいわ」

またもやうめき声が聞こえたが、今度はもう少し小さかった。

わたしは壁にかけられた、ひび割れの入った小さな鏡に映る自分の姿を見つめた。目に力が入り、顔がほてっている。今にも卒倒しかねない女性のようだ。「今度はちゃんとブルカを着ていくから」

ナズは降参したらしい。「そんなことをしても無駄だ。きみは修道女のローブを身につけていても官能的に見えてしまうんだから」彼が言葉に詰まる。「くそっ」

「どうしたの？」

「修道女姿のきみを思い浮かべてしまった。告解をしに行かないと。今すぐ」

わたしは笑いだした。ナズも笑いだしたので、ふたりの緊張は完全に解けたのだとわかった。ナズがわたしの好きなからかい口調になる。

「わかったよ、テルマ。おれはきわめて重要なスーペリアマンとしての活動を削って、ダックスフントを偏愛する不器量な女性と過ごす時間をひねりだそう。そうだな、十時から十時十五分までなら空けられそうだ。都合はどうだい？」

「すばらしいわ」わたしはにっこりした。「午前十時から午後十時十五分までならいいわよ」

「一時間も一緒にいれば、きみはおれに退屈する。おれは短い時間を過ごすのに適した男だからな」

「あなたといて退屈することなんてないわ。あなたの顔を見ているだけで、残りの人生を有意義に送れるくらいよ」

ナズが沈黙したので、わたしは思わず口走った言葉を思い返して怖くなった。夢見る少女のような口調だったのが何よりひどい。まるで初恋に酔いしれている女子生徒だ。

わたしは何をしてしまったのだろう?

少しして、ナズが静かな声で言う。「怖がらなくていい」

わたしはベッドに腰をおろし、空いているほうの手で顔を覆った。「怖がってなんかいないわ」

「おれには嘘もつかなくていい」

今度はわたしのほうがうめき声をあげる番だったが、すすり泣きに近い声しか出せなかった。

「いつも相手の意に沿えないわけじゃないんだ」ナズがわざとらしい飽き飽きした声で続ける。「どれほどうんざりするか、きみにはわからないだろうな。女性がしょっちゅうおれの足元にひれ伏す姿を目にするのが」大げさにため息をついてみせる。

「驚異的にハンサムでカリスマ性があるのにも困った点があるんだよ。きみだけに教えてやろう。玄関から出るだけでひと苦労だ。群がる女性たちにもみくちゃにされるから。信じられないだろうが、一番たちの悪いのが、髪を青く染めたおばあさん連中だ。つい昨日も祖母とそっくりな女性から言い寄られたんだから」

「それは大変ね」わたしはほっとして笑顔になった。「そういえば、歯のない女性から口でしてもらうのが最高だって聞いたことがあるけど」

ナズはわたしの言葉に唖然（あぜん）としたようだが、すぐに爆笑した。「本当かい？　最新号の『老年のエロス』で読んだんだろう？」

「いいえ、わたしの元交際相手が言ったのよ。わたしの歯を全部へし折ってやるぞって脅迫しながら」

ナズの笑い声が消え、うなり声になった。「くそ野郎め！」

あまりにも激しい嫌悪に満ちた声に、わたしは驚いた。そして元交際相手のことなど口にした自分に怒りを感じた。今日は心を落ち着けて話をするのが難しい。

「そんな声を聞くと、よけいに興奮してしまうわ」さらに不自然なことを口にしてしまった。

「つまり、おれが怒っているのが好きなのか?」

「いいえ、あなたがわたしを守ろうとしてくれているのが」

ナズがこちらに聞こえるほど大きく深呼吸をする。「それが男というものなんだ。残念だが、多くの男たちは女性を守るのと独占するのとはまったく違うことを知らない。だからこの世の中にはくそ野郎が大勢いるんだ」

わたしは目を閉じ、身動きひとつせずにナズの言葉をじっと噛みしめた。彼の存在を全身で感じようとする。わたしが抱いている〝男らしさ〟に対する概念をいとも簡単に書き換えてくれた、このハンサムな男性の存在を。

「ナズ」

「なんだい?」

「質問があるの。あなたを困惑させるつもりはないけど、おそらくそうなってしまうような質問が」

「なんだって。答える気をなえさせてくれて感謝するよ。それでどんな質問なんだ?」

「禁欲の誓いについてよ。キスをするのもだめなの?」

咳よりもつらそうな、妙な音が聞こえてきた。

「もちろんわかっているわよ。またもや、あなたの足元にひれ伏す女の登場よ」わたしは間を置いてから、また話しはじめた。「ごめんなさい。禁欲の誓いを尊重するって、たしかに約束したわ。でもわたしの話を聞いて。ゆうべずっと、あなたのことを考えていたの。あなたと一緒にいると、わたしは自分に自信が持てる。幸せを感じられる。うまく言えないけど……信頼のようなものかしら？　あなたはわたしに人に対する信頼を取り戻させてくれるの。ちょっとした冗談や、すてきな笑顔で。そんなふるまいを他人にできるのはとてもすばらしいことよ。尊い行為だわ。そしてわたしはあなたを尊敬し、称賛する一方で……」咳払いをしてから、思いきって口にする。「欲望も感じているの」苦しげな声が電話の向こうから聞こえたが、無視して続ける。「あなたはとても魅力的だわ。誰かがあなたのヒップを彫像にするべきよ」

「おれのヒップを？」ナズが驚いた声をあげる。

わたしはそれも無視する。「あなたにキスをすることが許されるのかどうか知りたいの。心からキスをしたいと願ってるから。もしだめなら、この電話で今のうちに言って。そうすればわたしはアパートメントにこもって、ひとりで自己嫌悪に浸れるから。それにあなたも公衆の面前でいやな顔をしながら、わたしの唇を避けるはめにならずにすむわ」

「たしかに」ナズが考えた末に口を開く。「きみは控えめな女性からはほど遠い」

わたしは小声になった。「軽いキスでもいいの。舌はなしで。もちろん舌を使うほうがいいけど、あなたが望まないのなら強要はしない」

「本気で言ってるのか？」ナズは驚きを隠せない様子だ。「きみは、〝女性のための基礎講座〟を受けたことがないのか？ 〝男を誘う方法〟を教える授業があっただろう？」

「わたしは恥ずかしがったりしないのよ。時間の無駄だから」

「まったく、あきれるよ」

「そんなわたしを嫌いじゃないでしょう？」

「嫌いじゃないだって？」ナズがかすれた声でわたしの言葉を繰り返す。「くやしいけれど、大好きだ」

高まる興奮と愛しさが体じゅうを駆けめぐる。わたしはベッドから立ちあがったが、頭がふらついて、またすぐに腰をおろした。「ああ、心臓発作を起こしそうだわ」

「そうだな」ナズが皮肉をこめた声で言う。「おれにもその感覚がわかるよ」

「ここに来る？ 今日はどうするの？ いつできる？」

苦笑いが伝わってきた。ナズはあきれて頭を振っているのだろう。「まったく、先が思いやられるな。最初の質問の答えはノーだ。そっちへは行かない。危険が大きすぎる」

「危険ですって?」

「ベッドがある」その言葉の真意を理解させるためか、ナズは少し間を置いてから話を続けた。「今日どうするかについては……自然のなかを散策するっていうのはどうだ? トゥルムにあるマヤ文明の遺跡を訪ねたいとずっと思っていたんだ」

「ここから二時間もかかるわよ。フェリーにも乗らないと」

「じゃあ、すぐに支度を始めたほうがいいな、テルマ。どれくらい時間が必要だ?」

「三十分くらい」

「十分だ。クラクションを鳴らすよ」

わたしは腹を立てるふりをしながら、ナズはまだわたしの危険なベッドが頭から離れないのだろうと思った。「クラクション? ドアをノックするくらいの礼儀はないの? クラクションを聞いたらすぐさま表に飛びだせってことよね?」

「スーペリアマンは不器量な女のためにわざわざ車から降りたりしない。ブルカを忘れるなよ。きみの青白い肌が日に焼けると大変だから」

通話が切れたあとも、わたしは頭がどうかしたみたいににやにやしていた。そして、あわててバスルームへ走った。

十分後にクラクションが三回鳴るのが聞こえたとき、わたしはすでに玄関のドアの内側に立っていた。すぐにドアを開けて外に出ると後ろ手に乱暴に閉め、階段を一段抜かしで駆けおりた。

だが階段をおりきったところで、またのぼることになった。ドアに鍵をかけ忘れた。ナズが待つ黒のコンバーチブルのジープに飛び乗ったときには息が切れていた。助手席に座ってドアを閉め、彼を見る。

ナズとひとしきり見つめあってから、わたしは口を開いた。「スカートをドアに挟んじゃったわ」

「きみは気に入っているらしいが、そんな不格好なジャガイモを入れる麻袋を着るのをやめたら、よけいな心配をしないですむぞ」

「これはサンドレスで、ジャガイモを入れる麻袋じゃないわ」

彼の視線がわたしの胸からウエスト、そして脚へとおりていく。スカート部分がドアに挟まったままなので、膝のはるか上のほうまで脚がむきだしだ。ナズがかすれた声で言う。「何を着ていようが、きみは……」

「わたしがどうなの？」胸をときめかせながら、その先を促す。

ナズはわたしを見つめてほほえんでいる。「きみはとんでもなくひどいと言おうとしたんだ。目にするのも苦痛だよ。きみと出かけるという慈善活動に対して、政府から助成金が出てもいいくらいだ。少なくとも税額控除くらいはね」

わたしもほほえみ返す。「あなたの慈善活動は人類への希望だわ。ところでキスをしてもいい？」

ナズはハンドルに腕をかけて体を前に倒し、笑い転げている。

その姿を見ながら、わたしは失望のため息をつかないようにこらえた。彼は黒のTシャツを着て、色あせたジーンズをはいている。この二、三日ほどひげを剃っていないらしく、顎が黒ずんでいた。肌の色は浅黒く、体は筋肉質で、どこから見てもセクシーだ。

わたしはナズの肩をつついた。「笑うのはさっさと終わりにしてくれない？　あなたにキスをしたいから」

ナズが笑いを抑えきれないまま顔をあげる。「きみは何があっても絶対にスパイにはなれないよ」

わたしは鼻に皺を寄せてみせた。「わたしはスパイになりたいと思ったことなんか一度もないわ。嘘をつきつづけて生きるなんて絶対にできない。そんなことができるなんて、いったいどんな人なの?」

なぜかはわからないが、わたしの言葉を耳にして、ナズの笑顔が消えた。寸前まで空を飛んでいたクレー射撃の標的が撃ち落とされたような唐突さだ。つらそうに顔を曇らせている。「人にはいろいろあるんだ」

突然のナズの態度の変化に驚いたが、わたしは明るい口調で続けた。「冗談じゃないわ。人の性格はふたつにひとつよ。嘘つきか、嘘つきでないか。倫理的か、倫理的でないか。どっちつかずなんて、ありえない」

「雪のように潔癖な倫理観だって、ゆがめざるをえない状況があるんだよ」

今やわたしは紛れもなく動揺していた。ナズの真剣さに驚く。「それはどんな場合?」

「愛と戦争だ」暗い声で言ってから、ナズは車のエンジンをかけた。

車は何ごともなかったかのように進んでいく。わたしは困惑と動揺を隠せないまま、彼の横顔を見つめた。そして視線を前に戻し、通り過ぎていく色とりどりの雑多な景色を見るともなしに見た。どうしてナズの態度が急変したのかわからない。過去のどんな出来事を思いだしたのがきっかけで、つらそうな顔をしているのだろう。だがそれがなんであれ、彼に話すつもりはないらしい。
そんなことを考えていたので、ナズが道路脇に車を停めたときにはふたたび驚いて
しまった。
彼がハンドルを握る手を見つめながら言う。「きみに話がある」
そう言ったきり、顎をこわばらせ、指の関節が白くなるほど強くハンドルを握りし
めたまま身動きひとつしない。わたしはやさしく声をかけた。「ナズ」
ナズがこちらに顔を向ける。
「あなたが愛のためや戦時中に何をしたとしても、わたしに無理に打ち明ける必要は
ないのよ。あとどのくらいコスメル島に滞在するつもりでいるの？」
ナズが唾をのみこんで言う。「正直なところ、まだわからない」
わたしは彼の言葉にほっとした。少なくとも、すぐに去るつもりはないらしい。次
の火曜日、あるいは翌月のフライトを予約しているなら、そう言ってくれるはずだ。
「一緒に過ごせるあいだは、せめて……ふたりで目いっぱい楽しみましょう。悲しい
打ち明け話は無理にしなくてかまわないから。過去の亡霊は眠ったままにしておくほ
うがいいときもあるのよ」わたしの声はいっそう穏やかになった。「あなたはいい人
だと知ってるわ。わたしにとって大切なのはそれだけよ」

ナズがわたしの顔を見つめた。それから顔をハンドルにうずめ、繰り返し打ちつける。

「あなたの問題がなんなのかわかっている?」

顔をハンドルに預けたまま、ナズがこちらを向く。

「あなたにはキスが必要なのよ」ナズが口を開く前に、わたしは体を寄せて、ざらついた頰に軽くキスをした。助手席にきちんと座り直し、笑顔を見せる。「さあ、これでいいわ。ドライブを続けましょう」

ナズがゆっくりと身を起こし、腕を伸ばして大きな手でわたしの顔を包みこんだ。目を見つめて言う。「きみはいまいましい天使だ」

これ以上ないほどのやさしさで、彼が唇を重ねてきた。

ほんの控えめなキスだったが、わたしは目を閉じた。まさに体じゅうに電気が走ったようで、まぶたがピクピクと動いているところを彼に見られたくなかった。目を開けると、ナズがやさしさにあふれる顔をしていたので、かえってナイフを突き立てられたような痛みを心臓に感じた。

わたしをこんなふうに見つめてくれた男性はいなかった。まるでわたしがその人の宝物か褒美であるかのように。

ナズにとって唯一の大切な人、またはこれから先に大切になる人であるかのように思わせるまなざしだ。

わたしは息もうまくできないまま言った。「〃いまいましい天使〃ですって？　それは天使の階級のなかでも上位の堕天使か何かなの？」

「気のきいた冗談を言えば、またキスをしてもらえるとでも思っているのか？」ナズが親指でわたしの頬をさする。

「まさにそのとおりよ」

「厚かましいにもほどがあるな」悪口を言いながらも、ナズはわたしの口元にキスをした。わたしのうれしげなため息を聞き、反対側の口元にもキスをしてくれる。「恥知らずで、ふしだらなところもある」ささやきながら唇を重ねてくる。

わたしは彼のTシャツをきつくつかんだ。息をあえがせているのかもしれないが、自分ではわからない。頭が正常に働かなくなっている。

その瞬間、横を通り過ぎる車にクラクションを鳴らされて、飛びあがるほど驚いた。ナズが顔をあげてにらみつけると、ピックアップトラックの荷台に乗った若者たちがわたしたちをひやかしながら手を振った。ナズがわたしに向き直ったときには、これでひとまずキスはお預けなのだとわかった。

ふたたびナズは何かを考えはじめた。〝愛と戦争〟とどんな思いで口にしたのであれ、それは彼の目の奥に存在する暗いものだった。

ナズが運転席に座り直す。走る車の助手席で、わたしは熱帯の日差しのあたたかさを肩に感じていた。

それにもかかわらず、背筋の寒さは消えてくれなかった。

10

ナズ

〝ディミトリがきみを監視するためにおれを雇ったんだ〟

危うくエヴァに打ち明けてしまうところだった。言葉が口先まで出かかっていた。しかし彼女から〝無理に打ち明ける必要はない〟、さらには〝あなたはいい人だ〟とまで言われてしまい、これまでにないほどの自己嫌悪に陥った。

おれの行為は許しがたいものだ。コスメル島にいる理由が発覚すれば――そして確実に発覚する日は来る――エヴァはおれを軽蔑するだろう。裏切りに傷つき、今まで見せてくれていたやさしさは消え去り、嫌悪感へと形を変える。だが、おれにそんな変化を阻止するすべはない。

それどころか、これは自業自得だ。

彼女に嫌われるときが刻々と近づいている。

トゥルムまでのフェリーでは乗船時間も短く、何も起こらなかった。観光客に人気のビーチリゾートであるプラヤ・デル・カルメンで下船し、レンタカーを借りる。

「フェリーターミナルからバスに乗ればいいんじゃないの？」レンタカー会社のカウンターでエヴァが言った。

「スーペリアマンは公共交通を利用しないんだ」おれは冗談で返し、エヴァを笑顔にさせた。

だが、もっと実際的な理由がある。バスでは尾行を振りきれない。

ディミトリがエヴァの監視に別の者も雇っているかもしれないとタビーが口にして以来、その可能性が頭から離れない。自宅に盗聴器は仕掛けられていなかったが、だからといって安心はできない。今朝のディミトリへの定例報告では、おれがエヴァに電話をかけた件を問いただされたときに備え、もっともらしい言い訳を準備した。しかしディミトリはまったくいつもと変わらない様子だった。質問は抑制されているもののの、異様なまでの無言の圧力を感じた。そして感情が読み取れない目。

悪人は大勢見てきたが、あの男には人をぞっとさせる何かがある。

「ねえ、ぼうっとしないで」エヴァがおれの顔の前で指をパチンと鳴らす。

「ああ、悪かった」

われに返って、エヴァのほうを見た。おれたちは太陽にきらめく真っ青な海を見おろす断崖に立っていた。背後にはマヤ文明の要塞の崩れかかった遺跡がそびえている。エヴァの髪は日差しに輝き、目にはほほえみが浮かんでいる。そんな姿を見ていると、おれは激しい衝動に襲われた。彼女を腕に抱きすくめ、息も絶え絶えになるまで口づけを交わしたい。

この女性が自分のものになるまで。

「どうしてそんな目でわたしを見るの？」

「きみが美しくて、キスをしたくてたまらないからだ」欲望が冷めやらぬまま、かすれた声で無意識に答えていた。

おれの言葉に驚いたらしく、エヴァは目をみはり、口をぽかんと開けている。しかしすぐに唾をのみこんで、静かに言った。「なぜためらっているの、ダドリー？」

おれたちの周囲には人がたくさんいる。観光客たちが草で覆われた丘を歩きまわり、遺跡を背に自撮りをし、岩の上で日光浴をしているイグアナの大きさに感嘆の声をあげている。

ふたりが置かれている状況を考えると、このキスが最後のキスになる可能性が高い。おれはゆっくりと口づけを交わしたかった。エヴァを味わいつくし、あらゆる細部を記憶に残したい。

　まわりに人などいてほしくない。

　エヴァの手を取り、断崖から離れた。足早に歩いて、誰もうろついていない小さな遺跡のほうへ向かう。彼女の手はおれの手を強く握っているので、こちらの切迫した気持ちはすでに伝わっているはずだ。おれたちは短い草のなかをどんどん歩いていった。

　四角い遺跡が見えてくる。この海辺の城郭都市で古代マヤ人が使っていた建物のひとつだろう。背の高い出入り口に足を踏み入れると、なかは薄暗く、ひんやりとしている。天井は崩れておらず、床には表面がざらついた石が敷かれていた。人の気配はない。緑のツタが絡まりながら壁を這(は)い、おれたちに驚いたオウムたちが原色の鮮やかな羽をはばたかせ、甲高い鳴き声をあげながら逃げていった。

　エヴァがおれの後ろで足を止め、手を放す。

　おれは振り向いた。エヴァは明るい出入り口を背にして立っているので顔が陰になっているものの、髪は背後からの光に照らされて輝いている。そんな姿を目にして、おれは胸が締めつけられた。

　こちらが一歩近くと、エヴァが一歩さがる。おれの表情から何を読み取っているのかわからないが、彼女が目を見開き、首筋の脈が大きく打っているのが見える。

おれがさらに歩を進めると、エヴァがまた後退するので、おれはそこで足を止めた。

「おれが怖いのか？」

「怖くないわ」エヴァがぎこちない笑い声をあげる。

「それならどうして逃げるんだ？」

「壁を背にしたかったの。支えてくれるものが必要なのよ。うれしすぎて、気を失ってしまいそうだから」

おれは胸がいっそう強く締めつけられた。

「そのままそこにいてほしい」エヴァの視線を受けとめながら言う。見つめあっていると、まるで互いの体に触れ、ふたりのあいだに電流が循環しているような感覚になる。気温は三十度を超えているのだろうが、腕には鳥肌が立っていた。おれがなおも一歩近づくと、エヴァは両手を差しだして大きく息を吸いこんだ。

「心臓が早鐘を打っているのが指先にまで感じられるわ」静かに驚きの声をあげる。

「わかるよ。おれも同じだから」

また足を踏みだし、腕を伸ばせば届く距離になる。エヴァは震えはじめていた。

「心臓発作ってこんな感じなのかしら」おれが手で頬に触れると、彼女はささやいた。

「だが、これほどいいものじゃないだろうな」おれはエヴァの髪に手を差し入れた。彼女が唇を嚙みしめる。

おれがさらに近づくと、エヴァはおれの胸に手を置いた。心臓がどれほど激しく打っているかわかるだろう。彼女の息遣いもおれと同様に乱れている。

「ああ、どうしよう」エヴァがかすれた声で言う。「あなたがしようとしているこのキスが、キスをする前と同じくらいすばらしい体験であればいいと願ってるの。ショーツが燃えあがりそうなほど熱くなっているわ」

「この場でショーツの話を持ちだされるのはつらすぎるよ」おれはエヴァの顎に唇で触れながらささやいた。「われを忘れないように、必死で自分を抑えてるんだから」

耳たぶのすぐ下の敏感な場所に鼻をこすりつけ、エヴァの肌の香りを吸いこむ。エヴァが身を震わせた。おれがエヴァの頭を抱きかかえると、彼女はおれの胸に指先を食いこませた。脈打つ首筋に口を這わせられたエヴァがはかなげな声をもらし、体を弓なりにする。

その小さな声に、おれの体全体に火がついた。

片方の手でエヴァの頭を後ろから支え、もう一方の手を顎の下に入れ、顔をあげさせて唇を重ねる。

エヴァがそっと口を開く。舌を触れあわせると、電気が流れたかのような衝撃が走った。やわらかな女性らしい声を喉の奥で響かせるのを耳にして、おれのなかで野生動物の本能が目覚めるのがわかった。

暗がりのなかでゆっくりと熱い口づけを交わす。エヴァを壁に押しつけてスカートをまくりあげると、彼女を貫きたいという欲望が体じゅうを駆けめぐる。エヴァがこちらの肩に腕をまわしてきたので、彼女の胸がおれの胸に押しつけられる。乳房の先端が硬くなっているのをありありと感じ、おれは口づけながらうめき声をもらした。

下腹部がこわばっている。

「わたしの全身にキスをしてほしいの」エヴァがささやく。唇は離したが、腕のなかで息を切らして目を潤ませている。「服を脱がせて、体じゅうにキスをして。そうするって約束して」

「そうすれば、キスをする前と同じくらいすばらしい体験になるのか?」おれは笑いとあえぎが混じった息を吐いた。

ゆっくりとまばたきしながら、エヴァが舌先で唇をなめる。「ドラッグ入りの歯磨き粉でも使ったの?　くらくらしてきたわ」

エヴァがベッドのなかでどんなふうにふるまうのか想像がついた。官能的かつ敏感でしなやかに反応し、快感とともに相手の体に完全に身をゆだねるのだろう。よけいな遠慮や照れ笑い、恥じらいなどはない。彼女は自分にふさわしい相手とためらいなく愛を交わし、自分も愛され、そしてその男を王のような気分にさせてくれる女性だ。

胸が痛むくらいにそんなエヴァがほしい。

だが、決しておれの手には入らない。女王は嘘つきを王とは認めないからだ。

「エヴァ」

彼女の名前を呼ぶ声はかすれていた。

「ああ、ごめんなさい……先走りすぎたみたい」エヴァが体をこわばらせる。おれが言葉の意味がわからずに眉をひそめると、彼女が言った。「あなたの禁欲の誓いを忘れてはいないわ」

そのことか。おれは目を閉じ、額をエヴァの額につけた。口を開くと自分の嘘が露見してしまいそうで、何も言えない。卑怯で勝手な男だと自覚しつつも、もう少しのあいだ彼女とこうしていたかった。

真実が明るみに出て、すべてが永遠に形を変えてしまうまで。

エヴァはうつむいておれの顎の下に頭を入れると、おれの肩に置いていた腕をおろしてウエストにまわした。「いいのよ。こうしているのも、さっきのキスと同じくらいすばらしいから」一瞬、口ごもった。「いいえ、かなり違うわね。でも、これもとてもいいわ」

おれはエヴァの髪に口づけ、きつく抱きしめた。彼女の体はおれの体とぴったり合う。まるでおれのために創造されたかのようだ。おれの体で硬い部分は、エヴァのほうではやわらかい。エヴァの全身に手を這わせ、ふくらみやくびれをすべて記憶して、まっさらなシーツに体を横たえ、秘密のすべて、そして隠れた場所のすべてを知りたい。その美しさを隅々まで堪能したい。

「あなたの心臓、とんでもなく激しく打ってるわ」エヴァがおれの胸に耳を押しつける。

「ドラッグ入りの歯磨き粉を使ったのは、きみのほうかもしれないな」

エヴァが顔をあげた。唇の端を持ちあげ、目を輝かせている。おれは一瞬、息の吸い方を忘れてしまいそうになった。

「あなたにもよく効いたの？」

長い髪を指で梳き(す)ながら、そのシルクのような手触りを忘れまいとした。まるで手のなかを水が流れていく感触だ。「今度は褒め言葉がほしいんだな」

「そうよ。言って」

思わず笑いがこぼれた。魔法をかけられたようにエヴァに魅了されている。その愛しい笑顔とかわいらしい唇で魔法の言葉をささやかれると、完全にお手あげだ。ふたりで訪れているこの古代遺跡のように、自分のなかにある古く硬いものが崩れはじめていた。

目を見つめてささやく。「完璧だったよ。これからの人生で毎日、おれはこのキスを思いだす。そしてきみのことを。きみが今、向けているまなざしを忘れない。きみがどれほど美しく、キスができたおれがどれほど幸せかをずっと覚えている」

エヴァが眉間に皺を寄せた。唾をのみこみ、目をしばたたく。おれは自分が何か間違ったことを言ったのかと心配になって一瞬うろたえたが、彼女が口を開いた。「あなたはどうしていつも、わたしが聞きたい言葉を言ってくれるの?」

エヴァは背伸びをして、おれに口づけた。

やさしいキスだった。唇を重ねるだけの、甘く清らかなキスだ。だがたったそれだけで、おれの体を揺さぶる大きな力があった。

外から人が話し、笑う声が聞こえてきたので、おれたちは体を離した。中年のアメリカ人のグループが入ってきて、見るものすべてに歓声をあげている。

「まあ、なかは暗いのね!」

「外の暑さよりはましだな！」

「日焼け止めは塗ったの、ハル？」

「その質問は五回目だぞ、ロイス。答えはイエスだ」

「あら、こんにちは！」

女性のひとりがようやくおれたちに気づいた。彼女はくたびれたラフィアの帽子をかぶり、その下から縮れてふくらんだブロンドをのぞかせていた。ゴールデンレトリーバーの顔が大きくプリントされた派手なピンク色のTシャツを着ている。

「こんにちは」エヴァの手を握って横によけながら、おれは挨拶した。

観光客たちは外に向かうおれたちを見つめている。「ここには何か見ておくべきものがありますかね？」ブロンドの女性の夫がエヴァの胸に目をやりながらきいてきた。白いソックスにサンダルを履いて、突きでた下腹に不格好なバッグをつけている。

彼もカーゴショーツをはいているのを見て、気がめいった。

エヴァが暗い部屋の隅を指さす。「あちらの壁のレリーフは一見の価値がありますよ」

「まあ、レリーフがあるのね」ブロンドの女性が奥へと急ぐ。残りの人々もあとに続いた。

「うまいぞ」明るい日差しのなかに出てから、おれはエヴァに言った。「なかでレリーフを探しまわって、きっと長い時間うろうろしてるはずだ」

「そのあとは土産物の店に行くんでしょうね」エヴァがおれを見た。にんまりして、いたずらっぽく目を輝かせている。

「言わないでくれ」おれはため息をついた。

「なんのことかわからないわ」エヴァが無邪気な口調で言いながらおれの腕を取る。

「おれの服装の趣味をこれからもずっと蒸し返して笑うつもりだろう」

「そうできればいいわね」少し間を置いて、エヴァが静かに言った。

彼女の言葉は未来のことを意味しているに違いない。ふたりの未来。つまり存在しない未来を。

車のなかでエヴァが嘘つきを断罪するのを耳にしていなければ、おれの正体がばれて仕事の内容が発覚しても、彼女は最終的には許してくれるだろうと自分に言い聞かせることができた。しかしこの数カ月間のおれの取ってきた行動は、エヴァの信用を裏切る行為だ。彼女はおれとディミトリのあいだに大差はないと見なすはずだ。

エヴァが三八口径の拳銃を取りだし、おれの頭に銃弾を撃ちこまなければ、それだけでも幸運なのだと思わなければならない。

「憂鬱な気分のあなたを元気づけるにはどうすればいいの？」

エヴァは眉をひそめておれを見ている。彼女の言うとおりだ。おれは憂鬱な気分を引きずっている。今日はデートとしては完璧な日で、なおかつこれが最後の機会になる可能性があるにもかかわらず、おれはそれを台なしにしようとしている。

エヴァに笑顔を見せて、陽気に言う。「おれはきみが食べているところを見るのが好きだ。知ってるだろう、テルマ？　食事をしながら、サーカスの出し物について聞かせてくれ。ピーナッツを投げて食べさせてやるから。象はピーナッツが好きだろう？」

彼女は笑いながら髪を後ろに払った。「いいわよ、野獣さん。何か食べに行きましょう。わたしの皿には前足を近づけないでね。いったん食べはじめたら、わたしは止まらないわよ」

おれたちは手をつないで車まで歩いた。一、二度、エヴァが顔をしかめてまわりを気にしているのに気づいたが、おれがつないでいる手を強く握ると、彼女は頭を振ってすぐ笑顔になった。

フェリーターミナルに戻る途中で、エヴァが見つけた沿道の店に入った。道路脇で焼かれているバーベキューチキンを食べるのは気が進まなかったが、意外においしかった。色あせた緑色のパラソルの下に置かれた、ぐらつくテーブルに席を取った。暑いなか、ときおり蝿を手で払い、楽しくしゃべって笑いながらビールを飲んで食事をした。

おれの人生で最高の食事になるだろう。

出し抜けにエヴァが言った。「レバノン人だと思うんだけど」おれの顔をまじまじと観察している。「それともモロッコ人かしら」

「素人探偵にしては鋭いな。驚いたよ」

「正しいのね？　どっちなの？」エヴァが顔を輝かせる。

「両方だ。母がレバノン人で、父がモロッコ人だ」

エヴァは手を叩いて喜んでいる。「あなたはエキゾティックな顔立ちをしているもの。ナイフの刃のようなとがった頬骨ね。あなたの祖先は三日月刀を振りあげて日の光に輝かせながら、黒光りする牡馬(ぼば)で風紋の美しい砂漠を疾走していたんでしょうね」

おれは思わず笑った。「『アラビアのロレンス』の見すぎだよ」

「あなたの英語にはなまりがないわ」エヴァが手羽をかじりながら言う。

「きみのロマンティックな想像に水を差して申し訳ないが、おれはワシントンＤＣ生まれなんだ」

「アラビア語も話せるんでしょう？」エヴァは腕のタトゥーをじっと見ている。

「それからアルメニア語、トルコ語、フランス語もね。母は語学教師なんだよ」

「なるほど。ハンサムでユーモアがあって、五カ国語も話せるのね。心のときめきを抑えられないわ」

おれは肩をすくめた。「軍では重宝される」敵の言語に堪能な者をアメリカ政府（アンクル・サム）はリクルートする。

「お父さんは何をされているの？」

政府転覆だと危うく口にしかけたが、ぎりぎりで思いとどまった。「中央情報局（CIA）で働いている」エヴァが眉をあげるのを見て、言葉を足す。「デスクワークのほうだよ」

嘘をまたひとつ積み重ねてしまった。

「きみのことも教えてくれ」会話を安全な方向に誘導する。「どこの生まれだ？」

「ロシアよ。サンクトペテルブルクに近い、キリシという町なの」エヴァは目の前の皿に目を落としたまま、手羽をその上に置いてペーパーナプキンで手を拭いた。

おれは国籍に関心がないふりをしたが、もっと詳しく聞きたかった。「そうなのか？　きみの英語にも、まったくなまりがないな」

「許されなかったから」エヴァはビールを飲んでから静かに言った。

首の後ろの産毛がちくちくする。「どういう意味だ？」

「つまり、わたしの元交際相手が徹底的に矯正したの。彼はどんなささいな欠点も許さなかったわ。横柄な態度を取ったり反抗したりするのはもちろん、少しでも怠惰や不注意だと見なされることも受け入れなかった。ベッドを整えなかったというだけの理由で、腕の骨を折られたこともある。もちろん彼の英語にはなまりがあるし、彼自身は几帳面（きちょうめん）でもない。でも、そんなことは関係ない。彼はわたしを服従させたいの」エヴァが顔をあげ、おれを揺るぎない目で見る。「それ以上に、失敗したわたしを折檻（せっかん）するのが好きなのよ」

おれは手にしていたチキンを思わず取り落とし、エヴァを見つめた。

「最初のうちは失敗も多かった」エヴァは淡々と事実を述べているようで声は冷静だが、顔は青ざめていた。「わたしはすぐに慣れたの。学ぶのは早いから」目を閉じて、大きく息を吐く。「彼と出会う前に、美しい顔の下には怪物が隠れていると学んでいなかったのが悔やまれるわ」

どう言えばいいのか、何をすればいいのかわからない。怒りがこみあげ、何かを叩きつぶしたい気分になったが、そんなことをしても無意味だ。

これほど自分を無力に感じたのは、妻が亡くなるのをただ見守るしかなかったとき以来だ。

テーブル越しにエヴァの手を握った。おれを見あげる彼女に言う。「きみの過去を変えられない自分のふがいなさに腹が立つ。だが、神に誓うよ。もし今後、誰かがきみを傷つける、または傷つけようとする、あるいはそんな考えをめぐらせただけで、おれはそいつを殺してやる。これは単なる気休めじゃない。おれは文字どおり、そいつの息の根を止めてやる。素手で殺すのもいとわない。わかったか？」

涙で目を潤ませながら、エヴァが震える声で言う。「わたしは頭がどうかしているみたい。だってこれまでの人生のなかで、あなたが言ってくれた言葉が一番ロマンティックに聞こえるんだもの」

エヴァはテーブルに身を乗りだして、おれにキスをした。

おれはテーブルの向こうから彼女を引き寄せ、その髪に顔をうずめた。腕をまわしてくるエヴァをきつく抱きしめる。おれの体に身を預け、胸に顔を押しつけてすすり泣く彼女をじっと抱きすくめていた。

「ありがとう、ナズ」おれにすがりつきながら、エヴァがささやく。「わたしを安心させてくれてありがとう。人を信頼できるようになるのがどれほどすばらしいことか、あなたにはわからないでしょうね」

信頼。

おれは正真正銘、自分を憎むことになった。

11

エヴァ

ナズはわたしの震えがおさまるまで抱きしめ、背中をやさしくさすってくれながらため息をついた。

それは重く悲しい響きがあった。わたしは彼の気分を落ちこませている。背中を伸ばし、なんとかほほえもうとする。ナズの暗い目をのぞきこむと、苦痛の色が浮かんでいたので驚いた。「ごめんなさい。今日のわたしは気まずくなることばかりしてるわね。もっと楽しい話をしましょう」

わたしは自分の席に戻ろうとしたが、ナズはわたしを抱きしめる腕に力を入れた。

「謝らないでくれ」彼の声はかすれている。「そんなことをされたら、もっと悪くなる」

ナズの言葉の意味はわからないが、わたしのせいで苦しんでいることは確かだ。

「わかったわ」わたしは彼にささやきかけ、頬にキスをした。

子どもをなだめるように、ふたたびきつく抱きしめられたので、わたしはナズの体と力強さにすっかり身を任せた。しかし彼は先ほどまではなかった緊張感を漂わせていた。新しくビールを注文するかと尋ねる声にも固さがある。

わたしは顔をあげ、頭をナズの腕に預けながらその顔を見た。「いいえ、新しいキスがほしいわ」

「いくらでも好きなだけしてあげるよ」ナズが小声で言いながら唇を近づけてくる。

彼は口元をこわばらせている。ふたりのあいだにおかしな空気が流れはじめた。わたしが過去の話を持ちだしたからだ。いまだにディミトリの影に脅かされなければならないなんて。しかも一万キロも離れたこの場所で。

この居心地の悪さを消し去りたい。辛辣な言葉でわたしをからかう反面、奇跡を前にしたような目で見つめてくれるナズに戻ってほしい。わたしが危険なまでに、まさに生きているのだと感じさせてくれるナズに。

わたしは彼の耳元に口を近づけた。「わたしのアパートメントに帰っても、服は着たままでいると約束するわ。だから一緒に——」

「だめだ」

有無を言わせぬきつい口調に、わたしは顔が赤くなった。

わたしがうろたえていることに気づくと、ナズはまるで胸を刺し貫かれたかのように苦悶(くもん)の表情を浮かべた。

「行きたくないからじゃないんだ。ああ、いやがってるなんて思わないでくれ。ただ単に行けないんだ。無理なんだよ、エヴァ。きみにそんなことはできない」

もちろんできないだろう。ナズは誓いを守ろうとしている高潔な男性だ。それだけではなく彼は遅かれ早かれ、島から去ってもとの生活に戻っていく。

どれほどわたしは愚かなのだろう。しかも自己中心的だ。してはならないと自分を戒めている行為をしようと、ナズの固い誓いを破らせようとしている。そして何より、彼の未来にわたしの居場所はない。

ふたたび謝ろうとしたが、言葉に出す前に口を閉じた。ナズに謝るなと言われたので、これ以上よけいなことをしたくない。黙ってうなずき、喉の奥に感じるかたまりをのみこんで、涙に曇る目で彼の胸を見つめた。

「スイートハート」ナズがわたしの顔を手で包みこむ。「うつむかないでくれ。エヴァ、お願いだ。おれの目を見てほしい」わたしが顔をあげると、彼は苦しげな声を出した。「くそっ、どうしてこんなことになるんだ」

「わたしに悪態をつかないで」わたしは震えだした。

「すまない。本当に悪かった」ナズがわたしを抱きしめ、つらそうに息を吐きだす。彼もまた震えていることに気づき、わたしは驚いた。頬に触れているナズの首筋は熱があるように熱い。

わたしのせいだ。ナズが動揺しているのは、欲望に駆られたわたしが強引に迫ったからだ。なんとかしなければならない。

腕のなかから出て、ゆっくりとナズの席の反対側にある椅子に座る。深呼吸を繰り返して息を整え、テーブルの上に両手を置いた。苦痛をたたえた彼の目を見る。

「もう謝らないわ。謝る代わりに、あなたに約束する」いったん言葉を切った。ナズは身構え、その先を聞きたいのかどうかわからないという顔になっているが、わたしは大きく息を吸いこんでから口を開いた。「二度とあなたをこんなふうに困らせないわ」

ナズが歯を嚙みしめながら目を閉じる。

わたしの言葉が通じていないようだ。

「結局はあなたに選択を強要してしまった。キスをするように迫って、あなたを不愉快にさせた。今後はあなたの意志を尊重して、何より誓いを優先させるから」

ナズはひびが入ってしまいそうなほどの強い力でテーブルの縁をつかんでいる。ふいに立ちあがると、激しく息を吐きだし、しつこい蟻を振るい落とすように手を振りながら、道路脇を行ったり来たりしはじめた。

煙のあがるバーベキューコンロの前に立つメキシコ人の年配女性がナズをちらりと見て、わたしに不審そうな目を向けてくる。

わたしは席を離れ、テーブルのごみを近くにあった金属製の大きなごみ箱に捨てた。ほかにすることを思いつかないので、ジープに戻って助手席に座り、ナズが考えを整理し終えるのを待つ。

しばらくしてナズが来た。何も言わずに車を発進させる。運転を続け、無言のままレンタカー会社の駐車場まで戻った。エンジンを切ると、わたしのほうを見ずに静かな声で話しはじめる。「今回の件で、おれは自分を嫌悪しているんだ」

「なんですって?」わたしはナズの言葉だけでなく、苦々しげな口調にも驚愕した。

「あとになっておれを思いだすときに、どうか信じていてほしい。おれは……おれは決して……」フロントガラスを見つめたまま、言葉をのみこむ。

「ねえ、ちょっと」

ようやくナズがこちらに顔を向ける。彼が動揺を隠しきれない目をしていることに、わたしは驚いた。

「それ以上言わなくていいわ、ダドリー。あなたの思いはわかっているから」ナズの頰に手をあてる。

「本当か？」ナズの目があまりにも真剣なので、わたしは息ができなくなった。

ふたりのあいだに何か大きなことが起ころうとしている。実際に起こったとしても、ほとぼりが冷めるまでは目をそむけていたい。さもないと、心が麻痺してしまいそうだ。きちんと向きあうのは、ナズが島を去り、ある程度の時間が経過してからにしたほうがいいだろう。

失恋のときが近づいていると感じているにもかかわらず、わたしは明るい声を出した。「ええ、本当よ。さあ、もう機嫌を直して島に帰りましょう。それから少し昼寝をするといいわ。昼寝のあとには、どんな事柄でもたいしたことがないと思えるようになるから」

ナズが息を吐きだした。首を曲げて、頰にあてられているわたしの手に頭を預け、少しのあいだ目を閉じる。次に目を開けたときには、いつもの光が戻っていた。

「きみと時間を過ごすのはとても退屈だ。サーカスのなかでもきみが一番つまらなそうだな、テルマ。観客が居眠りしてしまうんじゃないか？」

「野獣のあなたがピカピカに光る檻を乱暴に揺すっているのを見る頃には、観客もたっぷりと睡眠がとれているはずよ」

ふたりとも笑顔になる。

「そうだな」ナズがうなずく。「昼寝はいい考えだ。おれはその前におむつを交換しなければならないし」

わたしは鼻に皺を寄せ、顔をしかめた。「まあ。きっとひどい光景でしょうね」

「おれにおむつかぶれができてもいいのか？」

「おかしなことばかり言ってないで、さっさと車から降りなさい」

「帰りにベビーパウダーとお尻拭きを買ったほうがいいな。すっきりしたいから」

わたしはあきれた顔をして車から降りた。ナズも運転席から降りるとわたしと手をつないで、車を返すためにオフィスへと向かった。彼はそのまま手を放さなかった。フェリーに乗っているあいだも、まるで海で溺れている人が救命胴衣にすがりつくように、ずっとわたしの手を握っていた。

アパートメントに戻る車中で、ナズはまた黙りこんだ。暗雲が立ちこめるように憂鬱な空気が広がっていくのを感じても、わたしはどうすることもできなかった。車を停めたときには、ナズの表情は険しくなっていた。

「今日はどうもありがとう」

「ああ」ナズはわたしを見ようともしない。

「あの、また連絡するわね」

「ああ」

まったく、いいかげんにしてほしい。わたしはだんだん腹が立ってきた。「ナズ」

ナズが警戒した目でこちらを見る。

「何か言いたいことがあるなら、はっきり言って。機嫌が悪くなって黙りこまれるのは好きじゃないわ」

彼の表情が緩んだ。口元のこわばりは解けたが、警戒した目つきはそのままだ。頭を振り、ようやく話しはじめる。「きみが言うように、機嫌が悪いだけだ」

ナズが本当のことを言っていないとわかったので、わたしは彼をにらんだ。心に重くのしかかっているものがあるみたいだが、それを言葉にするつもりはないらしい。

残念なのは、今日はすばらしい一日になるはずだったのに、ナズのせいですっかり台なしになろうとしていることだ。

さらに最悪なのは、ナズがかたくななことだ。

「わかった。おむつ交換がうまくいくといいわね」

車を降りて後ろ手にドアを閉める。一度も振り返らずにアパートメントの階段をあがり、玄関の鍵を開けた。なかに入るとリビングルームの真ん中に立ち、頭を抱えて大声を張りあげ、たまっていた不満を爆発させた。

気持ちが少しすっきりしたので、ゆっくりと冷たいシャワーを浴びることにした。シャワーから出て髪をタオルで乾かしているときに、ふと気になって、玄関のほうに耳を澄ました。少しのあいだ、じっと様子をうかがう。たしかに物音がしたが、もう何も聞こえない。

不審な物音が聞こえたと思ったせいで鼓動が速くなっているのではない。過去七年間にわたって日々、二十四時間ずっと味わってきたのと同じ感覚が戻ってきたからだ。トゥルムの遺跡でも、わたしはときおりその感覚を抱いた。

わたしは見張られている。

息が苦しくなった。バスルームのドアの内側にかかっているシルクのバスローブを取ると、急いで着て腰紐(こしひも)を締める。洗面台の上に置いてある三八口径の銃をつかみ、静かにバスルームを出てリビングルームへ行った。

ソファの後ろのカーテンは閉まっているが、窓がひとつ開いていた。カーテンが海風にそよいでいる。この窓を開けたままにしておいただろうか？

振り向いて玄関のドアを見る。鼓動が激しく乱れた。

帰ってきたときに、鍵をかけたかどうか覚えていない。

できるだけ静かにリビングルームの隅まで移動すると、壁を背にして拳銃を構えた。

鼓動が激しすぎてかすかな物音を聞き分けるのが難しいが、じっと動かずに待つ。

ベッドルームがひとつしかない小さなアパートメントなので、誰かが侵入しているとしたら、すぐにわかるはずだ。

木のきしむ音が玄関の外から聞こえ、悲鳴をあげそうになる。心臓が激しく打つのを感じながら壁に沿って移動し、ドアについたのぞき穴から外を見た。

張りつめていた心が緩み、膝から崩れそうになる。

広げた両腕を戸枠について、うなだれて立ちつくすナズの姿があった。

わたしがドアを開けると、ナズが顔をあげてわたしを見た。つらそうな表情だ。

「帰れなかった」声が弱々しい。「三十分近く、こうして立っていた。早く立ち去れと自分に言い聞かせても、できなかった」わたしが銃を手にしているのに気づくと、絶望した声で言った。「いっそきみがその銃を使ってくれたほうが、ふたりのためになるだろうな」

わたしはナズのTシャツをつかんで室内に引き入れ、ドアを乱暴に閉めた。彼に抱きつき、首元に顔をうずめる。

ナズがわたしの体に腕をまわし、濡れた髪のにおいを吸いこんだ。胸の震えが伝わってくる。「ジャスミンだ」彼はささやくと、心に抑えこんでいたものを吐きだすように大きく息をついた。

鼓動が落ち着くまで、ふたりで抱きあって立っていた。わたしはナズから離れてソファの前のテーブルに銃を置き、玄関の鍵をかけた。わたしが振り向くと、目の前にナズが立ちはだかっていたので驚いた。彼が腰をかがめてわたしを抱きあげ、ベッドルームに向かう。

心臓が破裂しそうだ。「わたしたちは……できないんじゃ……」

「何もしない」ナズが大股で歩きながら、ぶっきらぼうに言う。「だからといって、ふたりで横になることもできないわけじゃない」

横になる？ こんなに薄いバスローブの下に何もつけないままで彼の横に寝かせておいて、その気になるなと言うつもり？

「おれには昼寝が必要だときみが言ったんだ」わたしが戸惑っていることに気づいたらしく、ナズが言い訳するように口にする。そしてわたしをやさしくベッドに横たえた。

ナズも靴を脱ぎ捨ててベッドに寝転ぶ。わたしに背を向けさせて頭の下に腕を入れ、こちらの膝の裏に自分の膝をつけて、後ろから体をぴったりくっつける。わたしの髪をもう一方の手で梳きながら、安堵したように息をついた。

「どういうことなの？」驚きがようやくおさまってきた。

「愚か者は昼寝の前にいちゃつくのが好きなんだよ」ナズがわたしのうなじにそっと口づける。

「まあ、知らなかった」

「かまわないかな？」

わたしは腕のくぼみに頭を預け、ナズの脚に素足を絡めて目を閉じた。「もちろん、かまわないわ」またもやうなじにキスをされ、体に震えが走る。「ただ、そんなふうにされつづけたら、困ったことになるわね」

「困ったこと？」

ナズの声には笑いが混じっている。意地悪な人だ。自分が相手をどんな気持ちにさせているか、承知のうえで言っているのだ。「からかわないで。わたしは今まで……」

「今まで……？」ナズが真剣な口調になる。

わたしは勇気を振り絞って話しはじめた。「わたしは今まで、こんなふうに男の人に欲情を覚えたことがないの。唯一の男性は……」咳払いをして気持ちを奮い立たせる。頰が燃えるように熱い。「今まで……元交際相手が唯一の男性で……だから……いつも苦痛でたまらなかった」

わたしの言わんとすることを理解して、ナズの息遣いが変わった。彼がわたしを抱きしめる。

「そいつと出会ったとき、きみはバージンだったのか？」

わたしはつらい記憶を追い払いながらうなずいた。「二十歳までずっと母と暮らしていたの。世間知らずだったのよ。ロシア正教会系の女子校に通っていたから、大学に入るまでまわりに男の人はいなかったし、興味もなかった。踊りに集中していたの」

「きみはダンサーなのか？」

「バレリーナよ」

ナズが何か考えこむように沈黙してから言う。「ああ、なるほど」

「サンクトペテルブルクにあるマリインスキー・バレエ団に入ることができたの。世界でも一、二を争うバレエ団で、そこで踊れるのはとても名誉なことなのよ。プリマになることしか頭になかった。四歳でバレエを始めてからずっと」

わたしは喉に重苦しいものがつかえ、話を中断しなければならなかった。

ナズがわたしの肩をやさしくつかむ。「それからどうしたんだ?」

わたしは深呼吸をした。これから口にすることは、思いだすだけでもいとわしかった。

「ディミトリと出会ったわ。わたしは『火の鳥』の舞台に出演していたの。十三人の王女のうちのひとりで、決して大きな役ではなかった。だけどその初演を見に来ていたディミトリが決めたのよ……」声が震える。「バレリーナを自分のコレクションに入れることに」

「コレクション」ナズが長い沈黙を破って言った。低い声は危険な響きに満ちている。

「ディミトリのような男はいろいろな種類のおもちゃで遊びたいのよ。わたしは彼のお気に入りだったけど、いつもほかの女性たちもいたわ。そのなかでもわたしが一番長かった。普通は一、二年するとディミトリが飽きるの。彼女たちがどうなったのか、わたしにはわからない。ある日突然……姿を消してしまうから」

わたしの体の震えがおさまるまで、ふたりで静かに横たわっていた。ナズの憤りが伝わってくる。注意深く息を整え、わたしの腕を握る手に力を入れまいとしているのがわかる。そんなナズをよりいっそう好きになった。

ようやく彼が口を開いた。「おれはニューヨークに暮らしている。マンハッタンだ。行ったことはあるかい？」

「ないわ」

「行ってみたいか？」

「ええ」心臓が激しく打ちはじめる。

息が苦しくなるほど強く、ナズがわたしを抱きしめた。ひげがざらつく熱い頬が首筋に押しつけられる。「よし」彼がかすれた声で言う。「さあ、こっちを向いてくれ。きみの目を見たい」わたしはナズの腕のなかで仰向けになった。彼がわたしの体を引き寄せる。顔にかかった髪をそっと払いのけ、大きな手をわたしの頭の横についた。やさしさに満ちた目で言う。「これからはもう恐怖に怯える必要はない。何が起ころうとも、きみの安全はおれが守る。いつでも。なんとしても」

わたしは胸がいっぱいになった。喉が締めつけられ、目に涙が浮かびそうになる。

「そんなことは約束できないでしょう」

「おれは約束する。顔をそむけないでくれ。エヴァ、おれの目を見て」

泣きださないように頬の内側を噛みながら、ナズを見つめる。

「おれがきみに差しだせるものはない。金持ちになる見込みはないし、小さなアパートメント暮らしだ。高額の年金もないし、不動産や預金もない。だが、きみを守ることはできる。それがおれにできる唯一のことだ。今この瞬間から、おれがきみを守る。どんな脅威からも。必要であれば命を懸けて。わかったかい?」

ナズの目はやさしかったが、声には断固とした決意がにじんでいる。彼の言葉に二言はないと信じられた。

ただ、ナズが何かを隠しているのは確かだ。

「いいえ、正直に言って、わからないわ」涙があふれているのを見せまいと、わたしは彼の胸に顔をうずめた。

「それでもかまわない。そのうちにわかるから」ナズが吐息をつき、わたしを抱きすくめる。

そのままふたりで横たわっていた。太陽が地平線に隠れはじめ、ベッドルームの壁に影が落ちる。ナズのあたたかくたくましい体の重みを感じる。

しばらくしてナズの体から力が抜け、彼が眠りに落ちかけているのがわかった。それでもわたしを抱きしめる腕の力は緩んでいない。

「あなたが言ったことは間違ってるわ。あなたはかけがえのないものをわたしに差しだしてくれている。でも、それは守ってくれることじゃない」

「じゃあ、それはなんなんだ?」ナズがわたしに体を押しつけ、髪に鼻をこすりつける。

「あなた自身よ」

ナズが声にならない苦しげな音を喉の奥から発する。それとも喜びを表したのだろうか。判断がつかない。だけど、もうどうでもいい。ナズはわたしと唇を合わせ、ベッドに火がついてしまいそうなくらい熱いキスをくれた。これまでずっと、ふたりを破滅させかねないほどふくれあがっていた熱を互いにぶつける。

ナズが上になり、わたしは脚を広げて彼の腰に絡めた。ナズがわたしの髪を探る。ふたりでむさぼるように口づけを交わし、すぐにわれを忘れた。

その瞬間、携帯電話が鳴った。ナズが体を硬直させる。

ジーンズの後ろのポケットの携帯電話がふたたびけたたましい音をたてる。わたしたちは息を弾ませて見つめあった。ナズがゆっくりとまばたきしたあと、われに返った。目には恐怖の色が浮かんでいる。

ナズが体を離すと、わたしは打ち砕かれた気分になった。一瞬で彼のあたたかさと重みが消え、わたしはベッドに横たわったままひとり残された。ナズはこちらに背を向け、小さな声で自分を罵っている。

「もしもし」キッチンへ行って、そっけない声で電話に対応した。相手の話をひとしきり聞いてから低い声で言う。「今、外なんだ。十分後に家からかけ直す」

わたしはうつむいて顔を枕に押しつけ、思いきり叫び声をあげた。

12

ナズ

おれはタビーとの電話を終え、髪をかきあげた。息を大きく吸うと、体を震わせながらキッチンのなかを何度か往復して頭を冷やす。

エヴァを相手に自制心を失うところだった。

彼女の薄いバスローブをはぎ取って一線を越え、許されない行為に及ぶところだった。エヴァを監視し、嘘をつき、自分を偽るよりも許しがたいことだ。

高潔な人間として。

だがおれに高潔さのかけらでもあったなら、ディミトリに雇われているとすでに打ち明けているはずだ。ディミトリに虐待を受けていたとアイスクリーム・パーラーで言われた時点で、エヴァに真実を告げるべきだった。

そうする代わりに、セヴァンが亡くなったいきさつを話した。つらい話をすれば対等の立場になれると言わんばかりに。

自己嫌悪が急速にふくれあがる。

ベッドルームに戻ると、入り口で立ちつくした。まっすぐ立つために、戸枠をつかんで体を支えなければならなかった。

エヴァはうつぶせになり、両手で上掛けを握りしめていた。髪が肩から背中にかけて広がっている。淡い水色のバスローブは開いた脚の付け根あたりまでめくれあがって両脇に垂れている。その真ん中にハート形のリンゴのような完璧なヒップがあった。

それは薄いシルクで覆われているだけだ。

「スイートハート」砂利でうがいをしたかのように、声がざらついている。

くぐもった声を出し、片方の足でベッドを蹴るのがエヴァからの返事だった。

とてもかわいらしい仕草だ。だがバスローブの下でヒップが揺れるのを目にすると、欲望をかきたてられ、拷問にかけられているかのようにつらい。うめき声をあげそうになるのを懸命にこらえる。「帰らなければならなくなった」

「聞こえたわ」エヴァが顔をあげ、腹立たしそうに言う。「さっさと行きなさいよ」

彼女はふたたび枕に顔を押しつけた。

くそっ。ベッドに近づき、横たわるエヴァを見ながら、ベッドに腰をおろしても自分を抑えていられるかどうか自問自答した。

立っているほうがいい。すでに欲望に流されて危ういところだったじゃないか。愚か者め。

「できるだけ早く戻ってくるよ。おれが――」

「なんのために？」エヴァが起きあがり、非難の目でおれを見る。「これ以上わたしを混乱させたいの？　隠しごとをしているくせに、また別のきれいごとを並べ立てるつもり？　わたしに欲情していると思わせておきながら、次の瞬間には無関心になって、わたしの気持ちをもてあそびたいの？」

「誤解しないでくれ」おれは歯を食いしばった。「おれはずっときみがほしいと思ってる。きみを見ているだけで、抑えがきかなくなりそうなんだ」

言葉が出なくなった。エヴァのバスローブの前がはだけ、息が止まりかける。目を閉じたが、遅すぎた。彼女の体は完璧だ。先端がピンク色の豊かな乳房が一瞬で脳裏に焼きつき、永遠に消えそうにない。

「きみの……バスローブが」なんとか声を絞りだす。

はっと息をのむ音に続いて、すぐに不満げなため息が聞こえた。そっけない言葉が続く。「もう目を開けていいわよ」

おれが言われたとおりにすると、エヴァはバスローブの襟元をかきあわせていた。頬を赤らめ、唇を嚙みしめながら頭を傾けている。腹を立てるのと同時に当惑しているのだろう。

エヴァは本当に美しい。

「きみにすべて話すつもりだ」感情がこみあげてきて、声がかすれる。「ただ、今はまだ無理だ。その前にはっきりさせるべきことがある。準備も必要だ。だが絶対に全部打ち明ける。約束するよ」

エヴァの体から怒りが消えたが、彼女はまだ困惑しているようだ。「準備？」緊張しているらしく、普段よりも声が高くなっている。

おれは奥歯を嚙みしめた。しかしそれに気づいたエヴァが不安そうな顔をしたので、おれは深呼吸をして表情を緩めた。落ち着いた静かな声で、彼女の目を見て話す。

「一緒にニューヨークへ来てほしい。おれと暮らしてみて、この先もふたりでやっていけるかどうか考えてくれないか。きみがよければ、おれのそばに一生いてほしい」

エヴァが驚きに目をみはる。顔は青ざめ、開いた唇から動揺と不安が混じった吐息のような音がもれた。喜びのせいだと思えなくもないが、それは希望的観測だろう。賽（さい）は投げられた。あとはどんな転がり方をするか、黙って見守るしかない。

「今すぐ答えなくていい。だが、これはおれの——」

「イエスよ」

かろうじて聞こえるほどかすかな声だった。あと少し距離があったら、わからなかったかもしれない。だがたしかにエヴァの返事を聞いたし、その顔に愛情が広がるのも見逃さなかった。

そんな姿を目にして、膝の力が抜けた。

ベッドの横にひざまずき、エヴァを胸に抱く。彼女も身を寄せてきて、おれの肩に腕をまわしてため息をついた。おれは首筋にキスをされ、きつく目を閉じた。エヴァを抱く腕に力をこめる。

「ここから電話をかければいいじゃない。盗み聞きしたりしないから。そうすれば帰らずにすむわ」

できるものならそうしたい。しかしタビーはコンピュータから安全な衛星通信サービスを使用して連絡するよう指示してきた。「なるべく早く戻る。約束するよ」

「今夜はここに泊まれる？」

おれが顔をこわばらせたので、エヴァはあわてた。

「ソファで寝ればいいわ。ベッドルームのドアには鍵をかけておくから」

「そんなものは打ち破る」

エヴァがおれの耳元に口を寄せる。「それでもいい」

おれは体を離してエヴァの顔を両手で包みこんだ。「よく聞いてくれ。ほかの何よりきみがほしい。次の呼吸よりも、きみのほうを手に入れたい。きみも同じ気持ちであることを神に祈ってるよ。だがきみがすべてを理解するまで、それは現実にならない。きみはまだ全部を知らない」

「そんな言い方をされると怖いわ」エヴァがおれの顔色を見つつ、おそるおそる言う。

「あと少しだけ、おれを信じていてくれ。頼む」

エヴァの目にためらいの色が浮かぶ。彼女が立ちあがり、腕組みをして歩きだすのをおれはじっと見守った。

エヴァはすぐに立ちどまってこちらを見た。「わかったわ、こうしましょう。あなたに二十四時間あげる」

抑制された事務的で落ち着いた口調だ。おれは眉をひそめ、続きを待った。

「わたしたちが強く惹かれあっていることは否定できないわ。でも、こんな秘密めいた会話は奇妙だと思わざるをえない。不安だわ。わたしは男の人に関しては勘が働くから、これは見過ごせない。大きな問題よ。あなたを信じているけど、論理的にはそうするべきじゃない。あなたと一緒にニューヨークへ行きたい。その気持ちは本当だけど、わたしからすれば、それは高速で走る列車に飛びこむのと同じくらいのリスクがある。すべてを考えあわせたら……特にあなたの今の言葉を聞いたあとでは、じっくり考えもせずにあなたについていくのではなく、さっさと逃げるべきなのよ」

エヴァは顔をそむけたが、深く息を吸いこんでから、ふたたびこちらを見た。彼女の目は光にきらめく宝石のごとく輝いている。

「だけど、わたしはあなたを信じる」

鉄球に激突されたような衝撃だった。散弾銃で胸を撃ち抜かれたような感覚でもある。

「あなたはわたしを守ると言ってくれたわね。その言葉を信じるわ。あなたのわたしに対する気持ちも信じる。わたしが間違っていたとわかったら、そのときはしかたがない。今のところは疑わしいところも好意的に解釈しておくわ。ただし、わたしができるのはそこまでよ。明日の夜までにあなたがわたしに言うべきことを言えなければ、あなたを愛しつづける理由はなくなる」

思った以上に胸の内を明かしてしまったのを後悔するように、エヴァが突然黙りこんだ。仮に話が続いていたとしても、血液の流れる音が大きく耳に響いていたので、おれにはそれ以上何も聞こえなかっただろう。

エヴァが立っているところまで二歩で行き、その唇に口づけた。

熱く激しいキスをするおれに、エヴァが身を預けてくる。彼女の体の震えをすべて感じ、さらにはあえぎ声まで聞こえるくらいに強く抱きしめる。エヴァはおれの首に腕をまわし、ほしいものをほしいだけ与えてくれた。おれが彼女を味わい、欲望の熱に焼かれ、息を弾ませてめまいに襲われながら唇を離すまでずっと。

「野獣さん」エヴァがかすれ声で言い、やさしくほほえむ。

この瞬間に死んだとしても、悔いなど残らないくらいに幸せだ。

「二十四時間だな。約束は守る。ドアに鍵をかけて、誰が来ても開けるんじゃないぞ。ちゃんと戻るから」

もう一度キスをすると、ホルモンのせいで何も考えられなくなる前に、向きを変えてエヴァのアパートメントを出た。

自宅へ戻るまでずっと目に映っていたものは、おれを信じると言ってくれたときの彼女の顔だけだった。そして脳裏に浮かぶのも、おれに信頼を寄せてくれている彼女の美しい目だけだった。

明日の今頃にはエヴァが示してくれた信頼もすっかり消え失せていると思うと心が

痛んだ。

「待ってたわよ！　調子はどう、ナーシル？」

タビーはずっと笑顔だが、その横にいるコナーは苦々しい顔をしている。コンピュータの画面がこれほど鮮明でなければ、コナーがおれの命を奪いかねない表情をしているのを目にせずにすんだのに。黒曜石のようなコナーの目は、おれの目よりも色が濃い。そこにはおれに対する憎悪がずっと浮かんでいる。

「特に変わりない。話とはなんだ？」

「話とは」コナーが陰鬱な声で言う。「エヴァリーナとディミトリについて、おまえの報告が正しかったということだ。ふたりは夫婦ではなかった」

すでにわかっていたが、裏づけが取れて安心した。何よりこれでコナーに殺される可能性はほぼなくなった。おれは頭に手をやった。早く続きが聞きたい。「虐待の件はどうだった？」

タビーとコナーが顔を見あわせる。口火を切ったのはタビーだ。「それも確証をつかんだわ」

「どんな確証だ？」思わず声を荒らげる。

コナーが口を開きかけたが、タビーが彼の腕に手を置いたので、結局は何も言わなかった。タビーが話しはじめる。「病院のカルテよ。詳細は必要ないでしょ」少し間を置いた。「彼女からどこまで聞いてるの?」

「腕を折られたと言っていた。ディミトリは牛追い棒を使うのが好きだとも。エヴァの母親も虐待を受けていたらしい。そしてほかにも女性たちがいたと聞いている。ディミトリの〝コレクション〟だそうだ。ハーレムを作っていたようだな」

「そうね」タビーの声は冷静だが、暗い響きが混じっている。

おれはコナーを見た。コナーが言う。「おまえは知らないほうがいい」

「そのとおりだろうが、なんとしても知りたい」

「おまえが聞いてもなんの役にも立たない」

おれはタビーに目をやったが、おれに同情を示している様子はない。もう一度、コナーへの説得を試みる。「もしタビーに関する重大なことで、〝おまえが聞いてもなんの役にも立たない〟と第三者から言われたらどうする?」

「最期の祈りを唱えさせてやる。そのくそったれは死ぬ運命だからな!」コナーがぴしゃりと言った。

タビーが天井を見あげてため息をつく。

「よかった。これで話が通じるようになった」

「ああ、くそっ」一瞬、間を置いて、コナーが小声で言う。

タビーが愛情をこめて夫を見つめる。「ナーシルとの話はわたしにさせてって言ったでしょ、ハニー」

「そんなふうに言うな」コナーが不機嫌になる。

「それはどういう意味？」

「冷静に話もできない間抜け扱いするなという意味だ」

「あら」タビーがコナーの広い肩に腕をまわし、頬にやさしくキスをする。「わたしがあなたを天才だと思ってるのはちゃんとわかってるでしょ？　あなたの口が好きなことも」

「そうなのか？」コナーがしぶしぶ妻の顔を見る。

「もちろん」タビーがコナーにもう一度キスをする。コナーが不満そうな顔をすると、またキスをした。「わたしはあなたの口も、その口がしてくれることも全部愛してる」

「いいかげんにしてくれ！　まだこっちの話の途中だ！」

「悪いわね、ナーシル」タビーがコナーの首にまわしていた腕をほどく。コナーがこちらをにらみつけるが、おれは自分の身を案じているどころではない。

「状況を詳しく知る必要がある」おれはふたりを見ながら言った。「自分のために、そしてエヴァのために。もしおれが質問すればエヴァはすべて答えてくれるだろうが、すでに終わったつらい出来事をふたたび思いださせたくない。それにディミトリを始末するときには、自分がどれほどの悪党の息の根を止めようとしているのか理解しておきたい」

コナーが椅子の背もたれに体を預け、目を細める。「その女性を連れだすというのは戦争を始めるということだ。わかっているんだろうな?」

おれの返事には一瞬のためらいもなかった。

「エヴァはそれだけの価値がある女性だ。そっちのほうでおれを切り捨てて無関係だとするのであれば、甘んじてそれを受け入れる。あなたたちふたりに出会えて光栄だった。一緒に仕事をする機会を与えてもらったことに感謝してる。だが今、一番大切なのはエヴァだ。彼女を守ることが最優先事項だ」

タビーが胸に手をあて、椅子の上で跳ねながら小さく歓声をあげている。

コナーがうめき声をあげて手で顔を覆う。「この男はくそがつくほどロマンティックなやつだ」

「自分は違うなんてふりをするのはやめなさい!」タビーがコナーの腕にパンチした。

コナーが熱いまなざしでタビーを見る。彼女を肩に担ぎあげ、ベッドに連れていきたいと思っているのがよくわかった。この通話はさっさと終わらせたほうがいい。

「つかんだ情報は全部メールで送ってくれ。目を通したら、また連絡する」

「こっちへの報告なしに勝手に動くなよ」欲望のみなぎる目で妻を見つめながらコナーが言った。

通話が切れ、画面が暗くなる。

すぐにメールの着信音が響いた。おれはファイルを開けて読みはじめた。

五分後にはウイスキーが必要になった。

報告書に添付された写真を目にして、飲んだウイスキーを吐きそうになる。

記述は詳細で、多くの看護師や医師たちがエヴァの〝事故〟について記録していた。

悪夢を見ているように、医学用語が画面からおれに襲いかかってくる。

骨折。打撲。血腫。添え木。

やけどの写真が映しだされると、おれは反射的にノートパソコンを閉じた。長いあいだ深呼吸を繰り返しながら、脳に刻みこまれた映像を研磨剤で消してしまいたい気持ちに駆られた。

次に怒りがこみあげてきた。ディミトリの命を奪うだけではとうてい足りない。腕や脚を胴体から引きちぎってやる。

手早く簡単な方法では気がおさまらない。

そう心に決めるとさらにウイスキーを注ぎ、歯を食いしばってノートパソコンを開いた。

一時間後、タビーから送られてきた報告書のすべてに目を通し終えた。おれはコナーに連絡し、この島からできる限りすみやかに脱出できるよう手配してほしいと頼んだ。

必ず守るとエヴァに約束した。依頼主がどんな怪物かわかった今、彼女をここから逃がし、やつの手の届かないところにかくまう必要がある。

今夜のうちに。

13

エヴァ

わたしはバスローブを脱いでジーンズとTシャツに着替えると、気持ちを落ち着けるために水を飲んだ。そして待った。

さらに待つ。

数時間後、もう朝までにはないだろうとあきらめかけた矢先にナズからの電話がかかってきた。彼の声を聞きたいばかりに喜んで電話に出る。しかしナズの声から伝わってくる緊張感に、何かただならぬ事態であるのがわかった。

「エヴァ、話をよく聞いて、言うとおりにしてほしい」

「なんだか穏やかじゃないわね。どうしたの？」

ナズが大きく息を吸って話しはじめる。「荷造りをしてくれ。必要なものだけ詰めて。あとは途中で話すから」

心臓が激しく打ちはじめる。わたしは携帯電話を握りしめ、ベッドの端に腰をおろした。「途中って、どこへ行くの？」

「今夜、島を離れる。これからすぐに。迎えに行くから――」

「ちょっと、待ってよ！　島を離れるですって？」

ナズが喉の奥でうめき声をあげる。「きみも一緒にニューヨークへ行きたいと言ったからそうするんだ。フライトはきっかり一時間後だ」

わたしはすぐに落ち着きを取り戻した。「もっとちゃんとしたやり方があるでしょう、カウボーイ。説明から始めて」

ナズが声を荒らげる。「そんな時間はない――」

「じゃあ、時間を作りなさいよ」わたしは彼の話をさえぎった。「何がどうなっているのか説明を受けるまで、わたしはどこにも行かない」

悪態が聞こえた。ナズの足音もするので、髪をかきあげながら部屋のなかを行ったり来たりしているのだろうと想像できた。

「会ってから話す」ようやくナズが言った。「ちゃんと顔を見ながら話を聞いてほしいんだ」

「あら、またしても穏やかじゃないわね」

「そうだな。状況は改善するどころか悪くなってる」ナズが暗い声で言う。「とにかく荷造りをしてくれ。三十分後に迎えに行く」

彼は電話を切った。

わたしは手にした携帯電話を見つめた。吐き気がして胃が口から飛びだしそうだ。

〝状況は改善するどころか悪くなってる〟いったいどういう意味だろう？　何をすればいいのか、まったくわからない。ハムスターが回し車に乗って同じ場所をぐるぐるとまわっているように、わたしの思考も何かを思いついては打ち消すのを繰り返してばかりいた。

ナズは法を犯しているのだろうか？　まさかドラッグのせいで？　初めて会ったとき、ナズはマリファナを買おうとしていた。休暇中ではなくて、警察から逃げるためにこの島に潜伏しているのかもしれない！

「警察から逃げている犯罪者が、どうしてわたしを守るなんて言うの？」じっと座っていられないので立ちあがって、誰もいない部屋のなかで声に出してみた。「なぜわたしにアイスクリームを買って、亡くなった奥さんの話をするの？　ふたりともその気になっていたのに、どうして先に進もうとしないの？　犯罪者だとしたら、なぜ紳士的にふるまうの？　親切で、しかも禁欲を誓っているし……」

宙を見つめて考えた。予期せぬ筋書きが浮かんでくる。まさか。だけどもし本当なら、想像しうる限り最悪の事態だ。

いいえ、まさか。いくらなんでもばかげている。

考えてもみなさい。ナズはお金がないと言っていた。差しだせるものがないと。そして、宗教的な理由で禁欲の誓いを立てていると。

わたしに向かって、修道女のローブを身につけていても官能的に見えると言った。

修道女姿のわたしを思い浮かべたから告解をしに行かなければとまで。

禁欲の誓い、告解、修道女。そんなことばかり言うなんて、いったい彼は何者なの？

ソファに座ってぼんやりと壁を見つめながら、そんなことはありえないと自分に言い聞かせる。ナズが玄関をノックしたときにも、まだそうしていた。

携帯電話をソファの前のテーブルに置き、玄関のドアを開けに立つ。

全身黒ずくめのナズがリビングルームにずかずかと入ってきて、あたりを見まわした。「荷物はどこだ？」肩越しに振り返って言う。

わたしはゆっくりとドアを閉め、ナズを見つめた。

わたしがその場に立ったまま不審げな表情で自分を見ているのに気づき、彼は目を閉じた。「くそっ」

「白状して」わたしは言った。「どんな話でも聞くから。バンドエイドを貼って隠していないで、全部さらけだして」

「ここを出て、次の目的地へ向かいながら説明する」

「今すぐ聞かせてほしいの」

ナズがドアのそばにある木製のテーブルに目をやった。わたしのすぐ近くにあり、その上には三八口径の拳銃が置かれている。

「あなたを撃つつもりはないわ、ナズ」

「そうとは限らないだろう」ナズが静かに言う。

「撃たないって約束する。話して」

「エヴァ……」

「すべてを聞くまで、わたしはどこへも行かない！」ナズをたじろがせるくらいの大声を出した。

ナズが大きく息を吐きだし、部屋のなかを歩きはじめる。「わかったよ。ただ、途中で何もしないで、最後までちゃんと聞いてくれ」もう一度息を吐きだすと、向きを変えてまた歩きだした。「おれはメトリックス・セキュリティ・サービスという会社で働いている」

「仕事を辞めたばかりだと言ってたじゃない」

「そんなことはすぐにどうでもよくなるから聞いてくれ」ナズは咳払いをすると、腰に手をあててまた方向を変えた。「つまりその会社の仕事というのは……仕事の内容は警備保障なんだ」

「社名を聞けば想像がつくわ。要点を話して」

ナズはわたしの表情をうかがうように見てから、また悪態をついた。「ソファに座って聞いたほうがいいと思う」

「はぐらかそうとしても無駄よ。さっさと話すほうがいいと思うわ」

「わかった。だが、おれを撃たないと約束したのを忘れないでくれ」

全身の産毛が逆立つ。ナズが動揺した様子で歩きまわるのを見ていると、心臓が激しく打ちはじめ、手が震えだした。

「おれはある人物を監視するために雇われた。だからこの島にいる」わたしがヒステリックに笑ったので、ナズがじろりと見る。「どうしたんだ?」

「じゃあ、あなたは聖職者になるわけじゃないのね」

「なんだって?」ナズは目が飛びだしそうなほど驚いている。

「ちょっと待って。あなたは人を見張ってるの？　つまり……ボディガードとして？」

ナズの表情が驚きから警戒に変わる。「というより、監視役だな」

わたしは震えがひどくなり、座りたくなってきた。しかしナズが何を言いだすのであれ、立っているべきだという気がした。ぎこちなく息を吐く。「嘘をつかれていたとわかって、傷ついていないとは正直なところ言えないわ。ただ、あなたは嘘をつく必要があったんでしょう？　守秘義務か何かがあるの？　相手は有名人？　彼らが今夜この島を離れるから、あなたも去るというの？」

「全然違う」ナズの顔色が悪くなっている。日焼けをしていてもわかるくらいに顔が青い。

「じゃあ、どういうこと？」

ナズが舌先で唇をなめる。「こんな事態になったことで、おれが自分を憎んでいると言ったことだけは覚えておいてほしい。お願いだから、それだけは忘れないでくれ」

彼の言葉の何かに、わたしは心の深いところにある恐怖を呼び覚まされた。口がからからに乾き、立ちつくしたまま動こうにも動けない。わたしは小声で言った。「話はもうこれ以上聞きたくない」

ナズが目を閉じる。ふたたび目を開けたとき、そこには苦悶の色が浮かんでいた。彼がかすれた低い声で言う。「おれが監視するように命じられていた相手は……きみなんだ」

心臓が止まった。吸いこむ空気が雪のように冷たい。全身が冷気に覆われて、骨の髄まで凍ってしまいそうに寒い。なんとかしゃべろうとしたが、まるで墓からよみがえった亡霊のような不気味な声しか出なかった。

「依頼主は誰なの？」

「エヴァ。エヴァ、お願いだ」

ナズの声はとても小さかった。懇願する目でわたしを見ている。こちらに差しだした手が震えている。

わたしにはわかった。

指をパチンと鳴らすようにわかった。

思わずあとずさりしたので、ドアにぶつかった。その勢いで戸枠が揺れる。わたしは冷たい恐怖に襲われながら立ちすくんでいた。部屋の反対側にいるハンサムな嘘つきを見ていると、胸が苦しくなる。わたしはナズを信用していた。それなのにこの金目当ての男は嘘ばかりついていた。

ナズがこちらに向かって足を一歩踏みだすのを目にすると、胸の悲しみが爆発した。

わたしは叫んだ。「ディミトリのもとには帰らないわ！　絶対に！」

ナズがさらに近づくと、わたしは拳銃に向かって突進した。

14

ナズ

エヴァが動くのを見て、おれは次に何が起ころうとしているのかすぐにわかった。だからこそ、彼女にはソファに座っていてほしかったのだ。撃たれてもしかたがないとわかってはいるが、実際にそんな行動に出られると心が傷ついた。

エヴァは約束してくれたはずだった。

最初の一発は頭上一メートルほどの化粧ボードの壁にあたった。おれはすでに部屋のなかほどまで来ていた。しかしまだエヴァを取り押さえられず、二発目が発射された。今度は大きくそれてリビングルームの窓を撃ち抜いたので、ガラスが粉々に砕け落ちる音に耳が痛くなった。火薬のにおいが鼻を突く。

おれはようやくエヴァの手首をひねりあげ、拳銃を落とすまで玄関のドアに叩きつけた。エヴァはおれに向かって大声で叫び、泣きながら股間を蹴ろうと暴れつづけている。

おれはエヴァの両腕を背面にまわさせ、両脚のあいだにおれの膝をねじこんで壁に押しつけながら、体重をかけて動けないようにした。そうしてから大声で言い聞かせる。「落ち着け、エヴァ！　きみをディミトリのもとには帰さない！　やめろ！」

エヴァが猛烈な勢いでロシア語をまくし立てているので、おれは悪態をついているのだろうと推測した。

「おれはもう仕事から外された！　きみをやつのところに連れていったりしない！」

「嘘つき！」エヴァは顔を真っ赤にして震えていた。涙が頬をとめどなく流れ落ちる。「あなたみたいな嘘つきには反吐が出るわ。手を離してよ！　神に誓って、脳みそを銃で吹き飛ばしてやる――」

「いいから、黙れ！」エヴァの顔に向かって怒鳴りつける。

エヴァはまだしゃくりあげているものの、叫ぶのはやめた。互いに胸を突きあわせ、エヴァは敵意をむきだしにしながら激しい呼吸をしているが、おれのほうはやっと落ち着きを取り戻した。歯を食いしばって話しかける。

「この仕事の依頼を受けたのは、まだきみと知りあう前だ。ディミトリはきみが妻で家出したと言った。おれはやつがきみに何をしてたか知らなかった。何ひとつ知らなかったんだ」

　エヴァは自由になろうとしておれの腕のなかで暴れていたが、すぐに震えながらぐったりした。目を閉じ、小鼻をふくらませて呼吸している。こんなにおれを殺したがっている人物と最後に相対したのがいつだったか思いだせない。そもそも、これほど憎まれたことがあっただろうか。

「きみをこの島から連れだす」おれはエヴァに聞こえるように言った。「そしてニューヨークへ行く。安全な場所に。それからどうするかは、きみが自分で決めればいい。きみの人生はきみのものだ。わかるか？　おれはもうディミトリのために働いてない。おれは、本当に、知らなかったんだ」

　エヴァが追いつめられた猫のような声をあげて、おれの耳を噛もうとした。耳たぶに歯を突き立てられる寸前に、かろうじて逃れる。

「わかったよ、おれの言葉を信じなくてもいい。だがきみの意志とは関係なく、今夜のうちにこの島から脱出する」

「あなたとなんかどこにも行かないわ！」

「ディミトリはきみがこの島にいるのを知ってるんだ、エヴァ。きみの住まいも。いつ来てもおかしくない！」

エヴァは裏切りに激怒し、嫌悪感でいっぱいの目でおれをにらみつけている。

「じゃあ、わたしを放してよ。わたしの人生はわたしのものだと言ったでしょう。証明して。さっさとその手をどけて、玄関から出ていかせて」

「きみひとりではメキシコから出国できない」

「パスポートならある――」

「ディミトリはきみの偽名を知ってるんだ！」

エヴァの顔から血の気が引く。彼女はおれを怪物であるかのような目つきで見つめた。

「おれが知らせたんじゃない。ディミトリはすでに知っていた」必死で説明する。

「メトリックスに依頼してくる前から、ディミトリはすべて知っていたんだ。きみが誰から偽造パスポートを買ったのか知らないが、そいつはやつの手先だ。きみがこの島に来るのを突きとめてから、ディミトリは監視のためにおれを雇った」

エヴァはふたたびあふれだした涙をこらえながら、大きく息を吸いこんだ。「嘘よ、そんなのは不可能だわ。わたしは細心の注意を払って……」

彼女の体から力が抜けてきた。ひどい力で締めつけていたことに気づき、おれは逃げださないかどうか様子を見ながらエヴァの手首をつかんでいる手を緩めた。エヴァが動こうとしないので、ひと息つく。

「聞いてくれ。ディミトリに次の報告をするまで、あと一週間ある」

「報告？　そんなことをしてたのね」

「それだけあれば、かなりの距離を逃げられる。新しいパスポートを取得して――」

「くたばれ」エヴァが苦々しげに笑う。

「そしてきみの安全を確保する。ディミトリが二度ときみを見つけだせないようにするから。信じてくれ」

エヴァが唇を震わせ、おれの顔を見あげる。「信じてくれですって？　冗談のつもり？」

「いや、違う」おれたちは互いを凝視した。おれはエヴァにキスをしたくてたまらなかったが、それがいい結果を生まないことだけは確かだ。おれは彼女の目を見据え、静かに言った。「きみに言ったことはすべて本当だ」エヴァがうめき声をあげながら顔をそむけるので、おれは彼女の耳元に口を近づけて話を続けた。「ひと言残らずすべて。信じてもらえるかどうかはわからないが、おれは自分と同僚たちの命を危険にさらしている。きみを保護するために」

「あなたの保護なんかいらない」エヴァの声は震えている。「何ひとつしてほしくない。二度と顔を見なくてすむように、さっさと解放してもらいたいだけよ」

「頼む」おれの声はかすれていた。「頼むからきみを安全な場所まで連れていかせてほしい。そのあとはきみの好きにすればいい。とにかくメキシコを脱出しなければならない。今夜。今すぐに。わかったか？」

エヴァの体の力が抜ける。彼女はおれから顔をそむけ、また泣きだした。おれは手でエヴァの顔をこちらに向けて目を合わせた。

「スイートハート」

エヴァは唇を嚙んでいる。

「本当に悪かった」

彼女は目をきつくつぶって首を振った。「聞きたくない」小声で言ってから目を開ける。そこには怒りの炎がみなぎっていた。「さあ、わたしから手を離して」

そうするには胸が押しつぶされそうなほどの覚悟が必要だった。心臓が燃えるようだ。しかしおれはエヴァの顔を見ながらあとずさりし、言われたとおり手を離した。

エヴァは自らの体に腕をまわし、自分がどこにいるのかわからないような当惑した表情で室内を見まわした。

彼女はショック状態にある。用心しなければならない。おれはできるだけやさしい声で尋ねた。「スーツケースを持ってるか？」

エヴァがベッドルームを見る。「ダッフルバッグがあるわ。ベッドルームの……クローゼットのなかよ」

おれはほっとした。助けを受け入れようとしているらしい。「服を詰めてくる。歯ブラシも。ほかに必要なものは？」

エヴァは唇を舌先で濡らしている。まだ震えがおさまらず、顔色も悪いが、落ち着いてきたようだ。「バスルームの洗面台の下にある、コーヒーの缶のなかにお金があるの」

「それも取ってくる。ソファで待っていてくれ」

エヴァは震えながら深く息を吸い、足早にソファまで行って腰をおろすと、ぼうっとした表情で床を見つめた。

おれは床に落ちている拳銃を拾いあげてウエストバンドに差し、エヴァを視界の隅にとらえながらバスルームに向かった。クローゼットにあった黒のダッフルバッグを出して、ジーンズとワンピースを二、三着ずつ入れた。小さい木製の引き出しを開け、Tシャツとショーツをわしづかみにして放りこむ。エヴァはおとなしくソファに座っているので、おれはバスルームへ行き、洗面台の下の扉を開けた。

洗剤やトイレットペーパーはあるが、コーヒーの缶は見つからない。

「コーヒーの缶はどこだ？　洗面台の下にはないぞ」おれは大声できいた。

返事がない。

急いで立ちあがってリビングルームへ走る。

そこには誰もいなかった。玄関のドアが開きっぱなしになって揺れている。

「くそっ」

おれはダッフルバッグをつかんで外に出ると、階段を駆けおりて通りを渡った。まだ遠くには行っていないはずだ。ビーチのほうを見ると、長い髪を旗のようにたなびかせているエヴァの姿が見えた。ダッフルバッグをジープの後部座席に投げ入れ、走って彼女を追う。懸命に腕と脚を動かし、ビーチと道路のあいだの樹木の茂みでエヴァを見失わないように集中する。

おれが背後からつかむと、エヴァは叫び声をあげて砂に倒れこんだ。おれもつられて、ふたりで体を絡めて転倒する。エヴァは山猫のように暴れておれを振り払おうとしたが、おれは彼女の手首を頭の上にあげて地面に押しつけ、動けないように腰にまたがった。

エヴァは胸を大きく上下させて、おれをにらみつけている。鋼鉄さえも溶かしてしまいそうなほどの憎悪に燃えた目をしながらも、月明かりに照らされている彼女は美しかった。

「おれの助けを受け入れなければ、ディミトリに連れ戻されるんだぞ！　そうなってもいいのか？」おれは怒鳴りつけた。

「ディミトリが来たら、わたしは殺されるわ。そうなったら、あなたのせいよ。スパイのくせに！」エヴァも怒鳴り返す。

彼女は体を起こそうと抵抗するが、おれのほうが力も強いし、体重も重い。エヴァがしつこく体をくねらせながら、いらだちの声をあげる。あきらめるつもりはないらしく、一緒に連れていくのが簡単ではないのは明白だ。

「いいだろう。手荒な方法を取るしかないらしいな」

おれは立ちあがると、手首をつかんでエヴァを肩に担ぎあげるという一連の動作をすばやくやってのけた。

エヴァが脚をばたつかせ、悪態をついて暴れても、おれは彼女を放さなかった。おれの腰に差してある銃を引き抜かれてヒップを撃たれたりしないように、ジーンズの前に押しこむ。激しく暴れるロシア美人をしっかりつかんで車に向かった。

せめてもの救いは、一番近くの家が四百メートルほど離れていることだ。エヴァは殺されると叫びつづけている。それだけでなく、おれの背中をずっと拳で叩いているので、ひどい痣ができるのは確実だ。

おれは走りはじめた。エヴァが驚きの声をもらし、落ちないようにあわてておれのベルトをつかんだので、おれは思わず笑った。

ジープに戻ると、エヴァを助手席の横に立たせたまま、グローブボックスを開ける。そして、なかから出した手錠を彼女にかけた。

エヴァが手首につけられた金属の輪に驚き、信じられないという目でおれをにらみつける。

「静かにしてないと、さるぐつわもはめるぞ」おれは警告した。

「そんなことをしたら、あなたの睾丸に代償を払ってもらうわ」エヴァが怒りに燃える目でおれを見据える。

おれは下腹部が縮みあがり、彼女の言葉を信じることにした。

エヴァを助手席に座らせ、今度は嚙みつかれないように頭を充分に離しながら彼女のシートベルトを締めた。すぐさま運転席にまわってハンドルの前に座ると、ドアをロックしてエンジンをかける。

おれは横を見たが、エヴァが目を合わせようとしないので、かまわず説明を始めた。

「これからキューバへ飛び、そこからニューヨークへ向かう。メトリックスの本部に到着したら、経緯を報告する。疑問があれば、そのときになんでもきいてくれ。この計画に関して、きみに隠すことは何もない。そのあとは……どうしたいか自分で好きに決めればいい」

エヴァがゆっくりとこちらを見た。ふたりのあいだに火花が散ったかに感じられる。彼女はまたすぐに険しい顔をして前を向いた。

おれはエンジンを全開にし、タイヤのゴムが焦げるほど車を急発進させた。エヴァは両手を拳に握りしめ、窓の外を見ながら助手席におとなしく座っている。おれの目をくり抜きたいのを懸命にこらえているようだ。

どうかそんなことはしないようにと祈るのが精いっぱいだ。

おれたちを乗せるヘリコプターの着陸地点は町の反対側だった。エヴァはひと言もしゃべらない。何を考えているのか気になってしまう。どう感じているのだろう。今回の件について、いつかは許してくれるのだろうか。

そんなことを考えながら、赤信号で停車した。隣に停まっている車をふと見る。

おれは思わず目を疑った。

旧モデルの黒のキャデラックだ。全開にした窓から、五人のヒスパニックの男たちの姿が見える。全員が同じような白の袖なしのTシャツを着て、腕と首にはギャンググループの派手なタトゥーを入れている。男たちはしゃべったり笑ったりするのに忙しく、誰も外に注意を向けていない。

しかし助手席の男がちらりとこちらを見た。信じられないといった面持ちで見返してくる。

汚い歯を見せた醜い笑顔が消え、男の顔に殺意がみなぎった。

うなり声をあげながら、ドラッグの売人のディエゴが銃を抜いて、おれの頭に狙いをつけた。

この期に及んで最悪だ。

おれはアクセルを踏みこんだ。一発目の銃弾が発射されるのと同時に、ジープが急発進する。クラクションが鳴り響く。タイヤをきしませながら猛スピードで交差点に突っこんだが、間一髪でほかの車との衝突を免れた。後ろから一斉射撃され、おれはエヴァに伏せろと怒鳴った。

スピードを落とさずに角を曲がる。エヴァがドアのハンドルをつかんで座席に体を沈めながら小声で言った。「あいつの銃の腕前がたしかなことを祈るわ」

生意気な女だ。

キャデラックに追われながら、大通りを疾走する。激しく飛んでくる銃弾を避けるために道路からふいにそれた。バンパーを弾がかすめて火花が散る。助手席側のサイドミラーも粉々に吹き飛ばされる。

おれはエヴァの顔を一瞥して叫んだ。「うれしそうな顔をしてるじゃないか!」

「カルマの法則もびっくりだわ。こんなに早く悪行の報いを受けるとはね」

「この状況を楽しんでるなんて、きみの気が知れない!」急ハンドルを切ったせいで、おれはもう少しで自転車に乗った老人を轢いてしまうところだった。「あのくそったれどもは、おれたちを殺す気だぞ!」

「いいえ、あいつらが殺したいのはあなたよ。あなたを知る人に共通する望みみたいね」

先の信号が赤に変わっていたので、歩道に乗りあげて走った。交差点の手前でブレーキを踏み、車が来ないのを確認してから渡りきって車道に戻る。ジープはよく整備された道路でも揺れるが、縁石を乗り越えてから道路にできた穴に直接突っこんだので、ディズニーランドのアトラクションの〝トード氏のワイルドドライド〟並みに車体が揺れた。エヴァも頭を前後に大きく振り、ふたりとも座席の背もたれに叩きつけられた。

そうしているうちに、リアウィンドウが爆破されたかのように木っ端みじんに砕けた。

頭を低くして、飛んでくるガラスの破片をよける。「ちくしょう！」

「車にちゃんと保険をかけてるんでしょうね」

「どうしてそんなに落ち着いてられるんだ？」

エヴァが意気地のない男をさげすむような目を向けてくる。「そっちこそ、どうして落ち着けないの、〝ミスター・元軍人の元警察官の元ボディガード〟？　その職歴も全部、嘘だから？」　おれが腹立たしく思っていると、彼女が言う。「拳銃をくれたら、撃ち返してあげるのに」

「手錠をかけられてるじゃないか！　それに、どうせおれを先に撃つに決まってる！　絶対に銃は渡さないぞ！」

「好きにしたら。犬がいるわよ」

ブレーキを踏みこみ、右にハンドルを切ってから、ふたたびアクセルを全開にする。危うく野良犬を轢き殺すところだった。背後から大きな黒い鮫（さめ）のようなキャデラックが追ってくる。バックミラーに映っている光るフロントグリルが、鋼鉄でできた歯のように見える。

車を走らせながらでは逃げきるすべがない。ジープはキャデラックの馬力にかなわない。というわけで、選択肢はふたつに絞られた。車を停めて徹底的な銃撃戦に突入するか、やつらの追跡を振り払う方法を見つけるかだ。

一時停止の標識を無視して強引に左折し、住宅街に入る。こちらが最高速度で通りを走り抜けるなか、キャデラックのほうも車体の後部を左右に振りながら角を曲がってきた。路上に停めてある車を何度もぎりぎりでよけて疾走しながら右折と左折を三回ほど繰り返すと、探していたものが目に飛びこんできた。

扉が開けっぱなしのガレージだ。

急ブレーキをかけながらガレージに車を入れ、エンジンを切ってジープから飛び降りる。ガレージの扉を閉めるのと、キャデラックのヘッドライトの光が通りを照らすのがほぼ同時だった。そのまま暗がりでじっとして、車が爆走しながら通り過ぎるのを待つ。

キャデラックがタイヤの音をきしらせて次の角を曲がるのを耳にしてから、ガレージの扉を開けてジープに飛び乗る。そこからバックで出るとフォグランプだけをつけ、先ほど来た方向へ車を走らせた。

住宅街を出て大通りに戻ると、エヴァが言った。「あの作戦が成功したなんて信じられない」

「そんなに残念そうに言わないでくれ」

そのあとずっと、彼女は黙っていた。道路から外れて未舗装のでこぼこ道を海のほうへ向かうと、おれをにらみつけはしたが何も言わなかった。群生しているユスラヤシの下に車を停めてエンジンを切る。エヴァのダッフルバッグを後部座席から取り、助手席のドアを開けて彼女が降りるのに手を貸す。

エヴァが周囲を見まわした。人けのない場所で、あたりを照らすのは月明かりしかない。ビーチから六メートルほど上に位置する遮蔽物のないところだ。低い崖の下はすぐ海になっていて、波の砕ける音がする。頭上には星のまたたく空が広がっている。

静かな夜空にブレードの回転音を響かせ、ヘリコプターが来た。

エヴァは振り返り、本土から海面上空を低い高度で飛行してきた機体が近づいてくるのを見ている。「あのヘリコプターにディミトリが乗っていたら、あなたがわたしを撃って」感情のない声で言った。

「やつは乗っていない」

彼女がこちらを向いて、おれの顔を探るような目で見る。「あなたには本当に奥さんがいたの？」

「ああ」

ヘリコプターが間近に迫ってくる。おれはエヴァの目を見つめることしかできなかった。口にしたい言葉は喉の奥につかえたまま出てこない。この腕に彼女を抱きしめたかったが、両腕を脇に垂らしたままその場に立ちつくしていた。

エヴァがおれから目をそらし、機体が着陸するのを見つめる。スキッドが地面に触れると、彼女は騒音に負けない声で叫んだ。「思いきり痛ければいいんだけど」

エヴァがおれの左肩を顎で示してから、ブレードが巻き起こす風に頭を低くして、ヘリコプターのほうへ歩いていく。

おれが左腕を見ると、肩から血が滴っていた。左肩のシャツの生地が破れ、傷口が露出していた。

15

エヴァ

わたしはもともと乱暴な人間ではない。蜘蛛(くも)や罠にかかった鼠も殺さないたちだ。浴槽の排水管をのぼってきた害虫のセイヨウシミを外に逃がしてやったこともある。神の創造物にはどんなものにも与えられた命を生きる権利があると信じている。渾身(こんしん)の力をふるうのは身を守るときだけだ。

けれどもナズのせいで——それが本名だとすればだけれど——もう一度考えさせられた。

シートベルトを締めて向かいに座るナズの暗い目に見つめられながら、闇のなかを飛んでいく。キューバを目指して。彼はそう言った。実際の目的地など知りようがない。海の真ん中で貨物船の上に降り立ち、手錠をかけられた大勢の女性と一緒にコンテナに閉じこめられてトルコの性奴隷市場に向かったとしても、まったく驚かないだろう。

金属製の手錠で手首がこすれて痛んだが、ナズは賢明にもわたしの手錠を外そうとしなかった。両手で首を絞めてやりたい気持ちをどうにか抑え、膝の上で拳を握りしめる。

裏切られたという思いに圧倒されていた。

この人はわたしを監視していた。こそこそ嗅ぎまわっていた。ディミトリのために仕事をしていた。わたしの居場所は最初からばれていたのだ。

わたしがナズに対する思いを募らせていくあいだ彼はずっと、七年間わたしをレイプし、虐待してきた怪物に報告を続けていた。

どんなふざけた口実があろうとも、状況はよくなりようがない。

あなたなんて死んでしまえばよかったのに。

その思いを視線にこめる。受けとめたナズが顔をゆがめて目をそらした。

わたしはかすかに罪悪感を覚えたが、それを胸の奥に閉じこめた。最終的にこのヘリコプターがわたしをディミトリの手に届けなかったら驚きだ。

〝あなたを信じる〟わたしはそう言った。なんて愚かだったのだろう。抜けた乳歯を枕の下に置いておくとコインに交換してくれる歯の妖精を信じるほうがまだましだ。

「あと五分でマリア・ラ・ゴルダだ」パイロットがヘッドセットを通して告げ、後方のナズにうなずきかける。

わたしは窓からのぞいてみたが、見えるのは四方に広がる黒い海面を輝かせる月明かりだけだ。ナズに視線を戻すと、彼は左肩をまわしている。銃弾は骨にはあたらなかったに違いない。肩は支障なく動いているが、大量に出血しているようだ。

希望的観測かもしれないけれど。

ナズがわたしの視線に気づく。「おれの両目をえぐらないと約束するなら、今すぐ手錠を外してやる」

「約束はできないわ」

ナズがかすかに笑って口角をあげる。「正直でうれしいよ」

「そうね、本当のことを言ってもらえるっていいものよね」

彼の顎の筋肉がぴくりと動く。口調がかすかに変わった。「本当のことをたくさん話したが」

「一緒にいれば安全だとか？」わたしはナズをにらみつけた。「いいかげんにして」

「ほかの誰といたときよりも安全だ」

わたしは乾いた声で笑った。「ずいぶん低いハードルね」

ナズが前かがみになって両肘を腿にのせ、燃えるような目でわたしを射抜く。「いいだろう、この話をしたいんだな？　話そうじゃないか。チャンスはあったのにきみとベッドをともにしなかったのはなぜかと質問したらどうだ？」

殴られたかのように頬がひりつく。「だから勲章をくれとでもいうの？」

「きみを拒絶するのは、これまで生きてきたなかでも相当難しいことだった。それをわかってほしいんだ」

「わ、た、しを拒絶する？　まるでこっちが懇願したみたいじゃない」

ナズの声が低くなる。彼は一度も目をそらさない。「懇願しなかったのか？」

怒りと屈辱で、わたしは息ができなくなった。なぜならもちろんナズの言い分が正しいからだ。懇願したのはわたしだ。ほとんどずっとそうだった。言葉でなくても態度で訴えていた。おまけに空想の世界でも。そこでは毎晩、ナズが主役だった。

わたしは両手で顔を覆ってうめいた。ふと、禁欲の誓いというのも大ぼらだったのだと思いあたり、ヘッドレストに頭を預け、目を閉じて笑いだした。絶望して取り乱した、二度としたくない笑いだ。けれどもすぐにわたしはそんな笑い方をする女として知られるようになるに違いない。

ナズはそうやっていとも簡単につけこむこともできたのだと気づいて、わたしは笑うのをやめた。

もしつけこまれていたら、今よりどれほどひどい思いをしていただろう。そんなふうに利用されていたら。

目を開けると、まだあの燃えるようなまなざしで見つめられていた。「それならどうして拒絶したのよ？」

ナズの鋭いまなざしがやわらぎ、耐えがたいほどやさしくなった。彼がささやく。

「もうわかっているだろう」

泣いてはだめ。この男の前でまた涙を見せるくらいなら、次に目についた崖から身を投げるべきだ。

わたしは目をそらして窓の外を見つめた。まばたきをして、突然襲ってきた痛みの波に歯を食いしばる。「わたしに触れたらディミトリに殺されるとわかっていたからかもね」

「おれはきみに触れた」即座にきっぱりとした答えが返ってきた。「触れただけじゃない」

ああ、キスのことだ。キスの話はだめ。吐かずにはいられないだろうから。

「もう放っておいてくれない、ナーシル？　これ以上たわ言を聞く気分じゃないの」

ナズが椅子の背にもたれ、広い胸の前で腕組みする。「ナーシルに戻ったというわけだ」

わたしは辛辣な視線を浴びせた。「ナズと呼ぶのは友人たちだけだと言ったじゃない。いいえ、待って、ダドリーだった？　それともウィルバー？　全部の嘘をきちんと区別しきれないわ」

「怒るのも無理はないが――」

「そう？」

「怒っても事実は変わらない」

わたしはどうにかじっと座ってナズの視線を受けとめていたものの、本当は勢いよく立ちあがって頭を引っこ抜いてやりたかった。「わたしとベッドをともにしなかったからスーパーヒーローだとでも言うつもりなら、言うだけ無駄よ」

「事実というのは」ナズが声をあげる。「きみに対するおれの思いだ」

ふたりの視線が絡みあうなか、ヘリコプターが下降を始めた。わたしはようやく喉にせりあがってくる怒りを遠まわしに伝えることができた。「あなたの思いとやらをあと一度でも口にしたら、その嘘つきを去勢することをわたしの使命にしてやるから」

ナズが目をそらそうとしないので、わたしからそらすしかなかった。

ほどなくヘリコプターが着陸した。ナズが自分のシートベルトを外してから、わたしの分も外す。パイロットに短い別れの挨拶をして草地に降り立ち、座席の後ろにしまっておいたわたしのダッフルバッグを取りだした。それを地面に放って向き直り、両手を差しだす。

わたしはその手を無視して、助けを借りずに機内から出て両足で着地した。

ヘリコプターが即座に上昇していく。ナズがため息をついてダッフルバッグを拾った。

「どこに行くの？」暗い草原を重い足取りで進みながらわたしは尋ねた。ナズは目的を持って歩いている様子だが、導いてくれる明かりも目印もない。見えるのは星と月だけだ。

「きみはどうだか知らないが、おれは腹が減ってるし、用を足したい」

わたしはそっけなく言った。「教えてくれてありがとう」

返事はなかった。ナズは手近なヤシの木の裏ですませるのかと思ったが、そのままさらに十分ほど歩き、密集する木立を抜けて人けのないビーチに出た。

南側に小さなコテージが並んでいる。暗い空を背景に光を放つ灯台のようだ。ふたりでそちらに進んでいった。靴のなかに砂が入る。「ニューヨークに行くと言ったじゃない」

「ここでひと晩過ごして、朝一番のフライトで発つ」

コスメル島を離れてヘリコプターに乗っていた時間を考えると、〝ひと晩〟とはおそらく数時間という意味だろう。それでも休憩はありがたい。ナズの前で認めるくらいなら死んだほうがましだけれど、わたしも空腹だし、アドレナリンが過剰に分泌されてぼんやりしている。食べ物と睡眠が必要だ。

やすんだら、逃げだす方法を考えよう。

その計画は振り向いたナズに警戒のまなざしを向けられたとたんに消え失せた。

「こっそり逃げだそうとしても無駄だ。部屋には十六桁の暗証番号つきのドアが備えてある。窓は防弾だ。それに開かない」

わたしは失望がにじまないように言った。「海辺のコテージにしては、かなり警備が厳重なのね」

「隠れ家だ。コナーは世界じゅうに隠れ家を持ってる」

コナーが誰なのか見当もつかないが、尋ねる気はなかった。

建物に近づいた。一見すると、いくつかの独立したコテージからなる小さなリゾートホテルみたいだ。屋根は藁ぶきに見えたが、目を凝らすと赤いスペインタイルに施された装飾だった。ひとつひとつのコテージが充分に間隔を空けて立っていて、いずれもターコイズやオレンジやエメラルドグリーンといった明るい南国の色で塗装されている。明かりが連なる長い桟橋の先には六艘ほどの電動ボートが波間にたゆたっていた。ピンクのデッキチェアがビーチに並んでいる。鶏の親子が短い鳴き声をあげながら追い越していった。ひよこが止まって砂の上の種をついばんだ。

こんな状況に置かれていなければ、すてきな場所だと思っただろう。

一番手前の――ビーチのどちら側から来たかによっては一番奥の――コテージの玄関で、ナズがドア脇の壁にある小さな黒い箱に長い暗証番号を打ちこんだ。ドアを開けてわたしを先に通そうと横によける。

「まさに紳士ね」わたしはささやき、ナズの渋い顔には目もくれずに体をかすめてなかに入った。

背後で音をたててドアが閉まると、わたしは飛びあがった。

ナズが室内の操作パネルに別の番号を打ちこむ。わたしは顔をそむけた。心臓が早鐘を打っている。

閉じこめられたのだ。

コテージにはベッドルーム、リビングルーム、簡易キッチン、バスルームがあった。流木や貝殻がアクセントとしてふんだんにあしらわれ、リゾート風に飾られている。家具はすべて白。壁は花柄だ。

「さあ」

すぐ後ろで声がして、また飛びあがった。はじかれたように振り向くと、真後ろでナズが小さな銀色の鍵を差しだしている。わたしは手錠をかけられた両手を突きだした。

「おれに任せてくれるのかい？」

「あなたがかけたのよ。あなたが外して」

ナズの目に炎がよぎったが、表情は平静を保ったまま、彼は視線を落として慣れた手つきで手錠の鍵を外した。

手錠が外れると、わたしは手首をさすった。肌に残った赤い跡を見て顔をしかめる。

「すまなかった」

わたしは鋭い視線を浴びせて息を吐いた。「そんなふうにやってのけるなんて驚異的だわ」

「何をだ？」

「心にもないことを本心からの言葉みたいに口にすること」

ナズの目が光を放つ。彼は一瞬、押し黙ってこちらを見つめてから、大股でバスルームに入っていった。手錠を洗面台に放り、その下の扉を開けてなかをかきまわし、包帯と医薬品を両手に抱えて戻ってくるとカウンターに並べる。

それから鏡の前に立ち、シャツを脱いだ。

わたしは心臓をわしづかみにされた気がした。

上半身がむきだしのナズはすばらしかった。黄金色の肌と波打つ筋肉、うなじから背骨に沿ってカーブを描くタトゥーが目に焼きつく。腕の内側に刻まれたアラビア語のタトゥーと同じスタイルだ。

両腕を広げれば上半身に十字架を形作るデザインになっている。

ナズがアルミニウムの小袋を破って消毒液の含まれたガーゼらしきものを取りだし、肩全体に滑らせて血をぬぐう。それから別の小袋を破って、淡い色の粉を傷口に振りかけた。「何か食べたければ冷蔵庫に入っているはずだ」鏡越しに目が合った。彼の声が一オクターブさがる。「そこに突っ立ってこっちを見つめているほうがいいなら別だが」

「そのタトゥーはどういう意味なの？」

ナズの動きが止まった。驚いたのが見て取れる。しばらくして、ナズが手元に視線を落とした。関節が白くなるほど小袋を強く握りしめている。

「これは……」一瞬、葛藤し、硬い声で続けた。「メッセージだ」

今度はわたしが驚く番だった。「メッセージ？　誰に？」

ナズが顔をあげ、視線がふたたびぶつかる。彼の目はあふれんばかりの闇をたたえていた。「最後に目を閉じたときに自分を迎え入れてもらうためだ」

誰のためかではなく、なんのためかという問題だったのだ。

わたしは腕が粟立った。

何ごともなかったかのようにナズが肩の手当てに戻る。てきぱきとして動きに無駄がない。わたしは喪失感と切望を感じたまま、落ち着かない気持ちで取り残された。もっと知りたいと願いながら。

それよりさらに強く、知りたがったりしなければよかったのにと思った。

わたしは靴を脱ぎ捨てて冷蔵庫に向かった。なかには炭酸水、飲料水、サラミやハムやチーズの盛り合わせ、ラップがかけられた新鮮な果物の大皿が入っている。わたしは全部出してダイニングテーブル代わりの小さなガラスのテーブルに並べてから、座って食べた。

ホワイト・チェダーチーズを夢中で食べているところに、ナズが入ってきた。向かいの椅子に腰をおろして燻製(くんせい)のサラミをつまみ、葉巻のように転がしてから勢いよく食べはじめる。

この人ときたら、いまだにシャツを着ていない。

「話をしたいかい？」残り半分のサラミを見ながらナズが言う。

「〝話〟というのがこの状況のことなら、酸で目をつぶしたほうがましよ」

ナズが椅子の背にもたれて脚を伸ばしたので、テーブルの下でわたしの脚と並んだ。

「だったら、おれが一方的に話すのはどうだい？　聞きたいか？」

わたしはナズをにらみつけた。「野生の馬の群れだってわたしを引っ張っていくことはできないわよ。ああ、そうだ、鍵のかかった部屋にあなたと閉じこめられているんだった。そもそも野生の馬に捕まることもないわね」

ナズがこらえきれずに口元を緩める。「反抗的なきみがたまらなく好きだよ、スイートハート」

〝好き〟と〝スイートハート〟をひと続きで言うなんて。この男はどこまで神経が太いのだろう。「あと一度でもスイートハートと呼んだら、どうなるかわかっているでしょうね」

ナズは顎をさするふりをしたが、笑みを見られまいとしているのだとわかった。

わたしはかっとなって叫びだしそうになった。「そんなにおもしろがってくれてうれしいわ、ナーシル。あなたにとってはしょっちゅうあることなんでしょうね。無力な女性を口説いて勝ち取った信頼を利用して、彼女たちが逃げている怪物のもとへ送り届けるんでしょう?」

ナズの笑みが消えた。まあ、よかった。

「言ったはずだ、やつのところに連れ戻すつもりはない」

わたしは皮肉たっぷりに言い返した。「信じていなくてごめんなさいね。持ちあわせていた信頼をちょうど切らしたばかりなの。わたしが出会ったこのすばらしい男性がとんでもない大嘘つきだってわかったから」

ナズが見つめてくる。「すばらしい?」

わたしは目を閉じ、あきれて頭を振った。「これだけ話したのに、食いついてくるのはそのひと言だけ?」

「ああ、そのひと言が希望をくれたからな」

目を開けたわたしはナズを見た。頭からレーザー光線を出してこの人を灰にしてしまえたらいいのにと思いながら、一語一句はっきりと言った。「希望はないわ。あなたなんか大嫌い」

ナズが黙ってわたしの顔を見つめてから静かに言う。「わかった。でも、きみはおれが嫌いじゃない」

わたしは立ちあがった。椅子が後ろに押しやられて倒れる。わたしは果物の皿をつかんで猛然とベッドルームに向かい、後ろ手に勢いよくドアを閉めた。

ベッドを背にして床に座りこんで両手に顔をうずめ、あまりのみじめさにうめき声をあげる。ナズの言うとおりだ。

16

ナズ

ドアが乱暴に閉められた反動で壁の揺れがおさまる前に、コナーから電話がかかってきた。

「もしもし」

「彼女を確保したか？」

「ああ」

「マリア・ラ・ゴルダの隠れ家にいるんだろう。入室の通知が届いた」

「ああ」

コナーがしばし沈黙してから言う。「はっきり言ってくれ、すべて順調なのか？」

おれは殺していた息を強く吐き、片手を髪に走らせた。「出国時に撃たれたことと、エヴァがおれを殺したがっている点を除けば、すべて順調だ」

コナーはまず修復可能な問題に意識を向けた。「穴が空いたのはどこで、どれくらいひどいんだ?」

「肩だ。大きな穴ができたが、深刻な傷じゃない」

「縫わなければならないのか?」

「いや、カオリンガーゼが効いた。ここの非常用キットは相当なもんだ」

コナーがうめく。満足そうだ。銃創さえ癒えれば上等だ。お互い、体に残る弾痕は充分すぎるほど見てきた。

「撃ったやつは?」

「ドラッグの売人だ。初めてエヴァに会ったとき、そいつから彼女を救いだしたんだ。今回はヘリコプターの着陸地点に向かっている途中で出くわした」

「いざこざか。始末するものは?」

〝始末するもの〟とは死体のことだ。「ない。相手はまいた。レンタカーをめちゃくちゃにされたが」

「偽の身分証明書で借りておいて正解だったな」コナーが言う。

「まあね。それでも気に入っていたんだ」

しばらく沈黙してからコナーが切りだした。「撃たれたことよりも大きな問題があるみたいだな」

「控えめに言えばそうだ」

「花を試してみろ。おれの場合はいつもそれで丸くおさまる」

コナーが花を物色しながら生花店の通路を歩いている様子を頭に思い浮かべるのは、自分が差しだす花束をエヴァが受け取るところを想像するのと同じくらい難しい。彼女ならおそらく花を食いちぎるだろう。

「おれの首を差しださない限り、おさまりそうにない」

「詩を贈ればいい。それもタビーのお気に入りだ」

おれは目をしばたたいた。「電話の相手が誰かわかっていなければ、間違い電話だと思っただろうな」

「なんだ、おれが愛する女に詩も書けないというのか？」

コナーは怒ったようだ。二十六人は確実に殺し、一・五キロ離れた場所にいる相手の頭を銃で吹き飛ばせる男に呼び起こしたい感情ではない。

「詩はすばらしいが、その段階はとうに過ぎてる。ディミトリのために監視していたと打ち明けたら、エヴァにも撃たれかけた。銃をもぎ取るまでに二発発砲されたよ」

「まあ、おまえも女のことはわかっているだろう」コナーがそっけなく言う。「向こうも本気で怒っちゃいない。本気なら撃ち損なったりしないからな」

おれは言葉を切ってコナーの家庭生活を思い描いてみた。それから目の前の仕事に頭をすばやく切り替える。「迎えの時間は六時のままでいいのか?」

「そうだ。こっちの段取りはつけておいた」おれがなかなか返事をしないので、コナーが暗い声で言い添えた。「すべての片がつく前におまえを自宅に帰すなどとは思っていないだろうな」

「ディミトリか」おれはコナーの言葉の意味を理解した。この件がどうなるか知ったディミトリが真っ先に駆けつけるのはおれのアパートメントだろう。

「このあとの段階についてはタビーと話してある。ここに着いたら一緒に検討し直そう。それまでもう一度撃たれないようにすることだな」

「了解」

「それから、ナーシル?」

「なんだ?」

コナーが声を低くする。「おまえは、おれがエヴァリーナに関して言っていたことを非難したが、おまえのほうが正しかった。ディミトリから彼女を引き離すなと言ったことだ。この仕事はぶち壊しにして正解だ」

おれが反応する前に電話は切れた。

時計を見る。迎えが来るまであと四時間。おれはソファのそばの椅子に身を沈め、腕時計の目覚ましをセットして目を閉じた。


「エヴァ、起きるんだ」

おれはそっとエヴァの肩を揺すった。彼女はベッドに横向きになって死んだように眠っている。起こしたくはないが、もう四時半だ。そろそろ出発しなければならない。

エヴァは眠たげに不機嫌そうな声を出したが目を開けないので、おれはベッドの縁に腰かけ、彼女の顔から髪を払ってささやいた。「起きてくれ、スイートハート」

「あっちへ行って」エヴァが小声で言ってシーツに潜りこむ。

「コーヒーを淹れた。ブラックだ。砂糖はなし。きみの好みどおりだ」

しばらくしてエヴァが言った。「どうしてわたしの好みがわかったのかは知りたくないわ」

エヴァの声は寝ぼけてかすれていたが、嫌悪は聞き取れない。おれは彼女の髪に顔をうずめて深く息を吸いこみたい衝動に駆られたものの、どうにか自制してただ肩をつかむだけにした。「支度する時間を五分やる」

ベッドルームのドアを開けたままキッチンで待った。自分のコーヒーを飲みながら、マットレスのスプリングがきしんでバスルームのドアが閉まる音に耳を澄ます。水が出ている。トイレの水を流した。おれがコーヒーを飲み終える頃、エヴァが目をこすりながらベッドルームから出てきた。

こんなふうに眠気が抜けずにぼんやりしている彼女を目にして、稲妻のような激しい欲望が体を走る。

目を覚ましたときに、腕のなかに一糸まとわぬ姿のエヴァがいたとしたら……。

おれはマグカップを差しだした。「濃いコーヒーだ。これで目が覚めるだろう」

エヴァが裸足のまま、素直な子どものようにぎこちなく近寄ってきた。髪は乱れ、目尻が垂れている。あまりに愛おしくて、きつく抱きしめてそこらじゅうにキスの雨を降らせたくなった。

エヴァはおれの伸ばした手からマグを受け取り、香りを嗅いだ。そっとひと口飲む。

「うーん」

彼女が満足げな吐息をもらすと、おれは宝くじにあたった気分になった。「よく眠れたかい？」

エヴァが眠たげにまばたきしてこちらを見る。「もちろん。最近カーチェイスをしたわけでも、ドラッグの売人に発砲されたわけでも、これまでの人生が嘘だったとわかったわけでもないのよ。よく眠れないはずがないじゃない」

眉をあげたエヴァがマグカップの縁越しにこちらを見て、さらにひと口コーヒーを飲む。

おれは笑いをこらえた。「たしかに。もしよかったらまだ果物が残ってる」

エヴァはすぐには返事をしなかった。さらにコーヒーを口に運ぶ。それからやっと聞き取れるほどの声で言った。「あの男のところへは戻れない。もし連れ戻すつもりなら、お願いだから……」うわ目遣いにおれを見る。

その表情に、おれは心臓が止まった気がした。

エヴァがささやいた。「やめて」

おれは落ち着いた声を出したが、ふたたび動きだした心臓はロケットさながらに飛んでいってしまった。「そんなことはしない。ニューヨークに、安全な場所に連れていく。それからディミトリの居場所を突きとめて息の根を止める」

視線が絡みあう。プラグの差しこみ口に指を突っこんだかのように体に電気が流れていった。体全体が電気を帯びている。

「どうして自分の雇い主を殺そうとするの、ナズ？」

〝ナズ〟なんてことだ。そう呼んでくれるのを聞いて、安堵のあまり倒れこみそうになる。「なぜならきみにどんなことをしたか知っているからだ」おれはエヴァの視線を受けとめたまま、うなるように答えた。「以前は知らなかった。でも今は違う。やつは自分の行いの十倍の報いを受けることになる。手早くすませるつもりはない」

エヴァが眉間に皺を寄せ、唇を噛む。彼女の首元の血管が脈打っている。

おれは強く息を吸いこみ、エヴァに手を伸ばさないようこらえた。

目をそらしたのはエヴァのほうだった。視線を落とし、両手で包みこんだマグカップを見つめる。その手は震えていた。エヴァが咳払いをする。「そう。それなら成り行きを見守るしかなさそうね」

エヴァの声はそっけなく、背中はこわばっていた。緊張がよろいのように体を覆っている。ふたりのあいだの壁が音をたてて崩れた。

彼女はもはや眠たげではない。

エヴァがコーヒーの残りをシンクに捨て、ベッドルームに戻っていく。出てきたときには靴を履き、戦場に向かうような険しい表情をしていた。

「いいわ、先へ進みましょう」

彼女がどうしようもなく怯えているのが伝わってくる。ディミトリのもとに連れていかれるのかそうでないのか本当にわからないからだ。待ち構えているものがなんであろうとそれに立ち向かおうとする姿に——恐れているにもかかわらず、見据えようとする姿に——おれは誇らしさで胸がいっぱいになった。

「勇者だな」低い声で言った。「不屈の勇者だ。おれはきみの半分も勇気のない兵士たちを知っている」

つかの間、エヴァは泣きそうに見えた。けれども気持ちを引きしめて顎をあげ、肩をいからせる。「普通の女性は毎日ランチの前に勇気を示すのよ。兵士が兵役中に見せる勇気を全部合わせたよりもたくさんのね。女性の勇気が世界を作っているんだから。あなたたち男性はそれを横取りするのが好きなだけ」

おれはうなずいた。誰かがいい意見を言ったときに認めるだけの度量はある。

おれはダッフルバッグをつかみ、ふたりで淡い灰色の夜明けのなかへ踏みだした。前方に立ちはだかる未来は暗く不確かだった。

17

エヴァ

今は使われていない草木が茂る飛行場に小型機が迎えに来た。わたしはセスナが着陸する様子を見ながら、ひび割れた滑走路で降着装置を壊してしまわないか、低木のやぶにエンジンを引っかけないか危ぶんだが、パイロットは難なく着陸させた。それからセスナはわたしたちを乗せ、かすかな朝霧のなかへと上昇していった。向かう先は……。

どこ？

わからない。ナズが本当のことを言っているとはあえて思わないようにした。最悪の事態に備えておいたほうがましだ。

そうやってここまで生き延びてきた。最悪を予期していれば失望せずにすむ。

ナズはパイロットの隣に座り、コックピットのほとんどの空間を占領している。頭は天井をかすり、長い脚を計器パネルの下に押しこんで膝を胸に引き寄せている。後ろのベンチシートのわたしの隣にはスペースがあるけれど、空けておいてくれた。

そのささやかな思いやりをわたしはなんとかありがたく受けとめないよう努めた。わたしを苦しめる人のもとに送り届ける仕事を請け負った男にありがたみなど覚えたくもない。

フライトは長く、不快だった。機内は暑くて息苦しく、閉所恐怖症になりそうだ。神経が悲鳴をあげているし、トイレにも行きたい。ようやく下降を始めたときにはあまりのストレスで過呼吸を起こしはじめていた。

荒い呼吸を聞いたナズが、後ろに手を伸ばしてわたしの膝を握る。「もうすぐだ。よくがんばってるぞ」

これほど献身的でありながら、同時にわたしの心を引き裂くのはなぜだろう？　この人は嘘をついた。まっすぐにわたしの目を見て嘘をついたのだ。

わたしはナズの手を払いのけ、激しい息遣いを続けた。

小型機は小さな私有のターミナル兼タクシー停車場に着陸した。すぐ外の舗道でストレッチリムジンが待機している。

パイロットがエンジンを切ると、わたしは恐怖に打ちのめされて動けなくなった。

ナズがハッチを開けて手を差し伸べる。わたしは尻ごみした。びっしょり汗をかいている。

「大丈夫だ」狼狽（ろうばい）しているわたしにナズがやさしく声をかけた。「さあ、この手をつかんで。おれはここにいる。きみは安全だ。約束する、きみは安全なんだ」

〝約束する〟ナズの口からその言葉を聞き、心の準備をして動きだすだけの怒りがこみあげた。

ナズはわたしをすばやく降ろしてリムジンに乗せた。動きはなめらかで無駄がない。まるでこれまでに何度となく逃亡した女性を扱ってきたかのように。わたしは反対側のドアに張りついて身をかがめ、何かジーンズに忍ばせる武器はないかと懸命にあたりを見まわした。

空のワインクーラーの隣にあるグラスホルダーからコルク栓抜きをつかんでポケットに入れたとき、ナズが乗りこんできて座席に着いた。

車が動きだした。ナズがこちらに視線を投げる。「追いつめられた狼（おおかみ）みたいだな」

「そんな気分よ」

わたしの状態を見て、ナズはこの旅の次の行程を話すときだと決めたらしい。「ここからマンハッタンまでは車でおよそ一時間だ。メトリックスの本部はミートパッキング地区にある。ハドソン川の近くだ」

〝食肉加工業（ミートパッキング）〟わたしは牛が畜殺に連れていかれる場面を心に描き、牛の気持ちが手に取るようにわかって身震いした。

ナズが確信に満ちた声で言う。「建物は合衆国金塊貯蔵室（フォートノックス）よりも安全だ。今にわかる。核爆弾を落とさない限り、誰も侵入できない」

わたしはディミトリがニューヨークの全行政区を難なく壊滅させられるだけの兵器を持っていることは言わなかった。ひょっとしたらこれは全部ゲームなのかもしれない。戦略なのかも。わたしをおとなしくさせておけば逃げだそうとしない、あるいは叫んだり注意を引こうとしたりしないと考えて。

もしくはコルク栓抜きで誰かの首を刺したりしないと。

「これからコナーとタビー、それにほかの仲間にも会ってもらう。きっと気に入るだろう。特にタビーは。タビーというのはコナーの奥さんだ。きみたちふたりは共通点がたくさんあるから」

「どんな？　女性器がついているとか？」

うぬぼれた答えが返ってくるかと思ったが、実際は違った。「いや、彼女にもディミトリがいたんだ」ナズがこちらをちらりと見る。「兄だったが」

〝いた〟〝だった〟過去形だ。

わたしは脈が速まった。「どうなったの?」

ナズがわたしと視線を合わせたまま、声を落とす。「コナーがけりをつけた。おれがきみのためにディミトリとけりをつけようとしているように」

アドレナリンとあまりに多くの感情があふれだしたせいでめまいがする。わたしは目をつぶり、ヘッドレストに頭を預けて震える息を吐いた。「この話はやめにしない? 今にも神経がまいってしまいそうだから。意識を集中しないと」

「もちろんだ」

ナズが深く息を吸う音が聞こえ、彼の重みが隣の座席に移ってきたのを感じた。ナズの体の熱を、大きくてたくましい手足からいつも発しているあたたかさを感じた。どうしようもなくナズの手を握りたくて、そんな自分に吐き気を覚える。

わたしはどこかが決定的におかしい。

今でもナズがほしい。今でも彼に特別な感情を抱いている。

治療が必要だ。

車は走りつづけた。わたしは時間の感覚を失う代わりに鼓動を数え、タイヤの下で道路がたてる音で心をなだめた。速度が落ちて車が停まると、はじかれたように目を開けて体をこわばらせた。

「心配ない」血の気の引いたわたしの顔を見てナズが言う。「着いたよ」

わたしはポケットのコルク栓抜きをてのひらの付け根でさすって叫び声をのみこんだ。

運転手がウィンドウをおろし、セキュリティボックスに向かって何やら言った。車は、上部に有刺鉄線を配した高い壁に両脇を守られた頑丈そうな鋼鉄製のゲートの前で停止している。ほどなくゲートが開き、車はふたたび動きだした。前方には広い駐車場と、明かりのついていない窓が並び、三階建ての赤煉瓦造りの建物がある。建物に近づくにつれて恐怖がのしかかってきた。車は正面玄関の、少なくとも幅三メートルはある打ち出し細工の鋼鉄製のドアの前で停まった。

ナズがドアを開けてリムジンを降り、手を差し伸べる。

わたしが動かないので、彼は腰をかがめてのぞきこんできた。

「無理よ」わたしはささやいた。声を出すと喉がこすれてひりひりした。「こんなことをさせないで」

ナズが口を引き結んで考えこみ、それから背筋を伸ばした。後ろのポケットから光沢のある黒い携帯電話を取りだして番号を押す。

「そうだ」相手が出ると言った。「だが、ひとまずこっちに出てきてくれないか?」短い間が空く。「彼女はディミトリがなかにいると思ってる」また間が空く。「ああ、充分わかってるが、そういう状況なんだ!」しばらく相手の話を聞いてから言った。「了解」電話を切り、もう一度腰をかがめてのぞきこむ。「コナーとタビーが挨拶しにこっちに向かっている」

挨拶ですって?

大きな鋼鉄製のドアが音もなく開き、男が立っているのが見えた。恐怖がいや増す。男は全身黒ずくめだ。コンバットブーツと腰に携帯している銃も含めて。髪も黒く、ぎりぎりまで短く刈りこんでいる。筋骨隆々とした腕を広い胸の前で組み、脚を開いて立っている。身長は少なく見積もっても二メートル、体重は百キロを軽く超えているだろう。ナズのことも大柄だと思っていたが、この男は巨人だ。

おまけに連続殺人鬼でもズボンを濡らしそうな表情を浮かべている。

そこに笑みをたたえた赤毛の女性が来て隣に並んだ。爪先立ちになって男の頬にキスをすると、男ははっきりわかるほどとろけた。男が女性を見おろし、愛情たっぷりに破顔する。

笑顔なのは恋に落ちているからか、女性の風変わりな服のせいに違いない。

彼女は日本のハラジュクにいる女の子とゴシックロックのアーティストを足して二で割ったような外見をしている。ツインテールにまとめた燃え立つような赤毛。タイトで短いカトリック系の学校の制服を思わせるチェック柄のスカート。ショッキングピンクのストッキングは腿の真ん中までの長さで、黒革で編み上げの爪先が小さく空いたブーツの上部で終わっている。首には太いチェーンチョーカーをつけ、片方の腕の手首から肩にかけてタトゥーが刻まれている。

きわめつきはへそ出しの黒のTシャツで、頭にピンクの蝶結び(ちょう)のリボンをつけた白い猫のキャラクターがこれ見よがしにプリントされている。

このタビーという人がブラジャーをつけていないことは一目瞭然で、胸の先端がTシャツを押しあげている。

わたしはすぐさまこの女性に好意を抱いた。

タビーがナズに歩み寄って声をかけ、腰を曲げてわたしをのぞきこんだ。「なかに入ってもいい?」

「武器を持ってる?」

「いいえ」

「毒物は?」

「ないわ」

「葉緑素（クロロフィル）とか、手錠とか、さるぐつわは？」

「ない。それからクロロホルムと言いたかったのなら、それも持ってない」

「ああ、そのことよ。いいわ、入って」

タビーが長い革張りのベンチシートに滑りこみ、ドアを開けたままわたしに向き直ってにっこりした。「タビーよ、よろしく」片手を差しだす。

「エヴァよ」わたしたちは首脳会談で国のトップがするように礼儀正しく握手をした。

「ナズから聞いたわ。ディミトリがここにいると思ってるって。いないことはわたしが保証する」

　タビーは猫を思わせる切れ長で美しい澄んだ緑色の目をしている。脚はダンサーのようだ。こんな奇抜な格好をしていなければ、これまでに会ったなかで一番きれいな女性かもしれない。

　けれどもそこが大事な点なのだろう。すべての女性が〝きれい〟だと思われたいわけではない。とりわけ聡明（そうめい）できれいだと、ほとんどの人は聡明さに気づかない。

　わたしは言った。「すてきなブーツね」

　タビーがうれしそうに片脚を突きだす。「かわいいでしょ？　ニーマン・マーカスのセールで手に入れたの。あそこでスティレットヒールプラットフォームブーツは見たことがないんだけど、こんなすてきな靴のセールをしていたから、見るだけ見てみようと思ったわけ。そうしたらこのとおり、まったくついてたわ。同じブーツの白も買ったのよ」

「ディミトリがなかで待ち構えていないってどうすればわかるの？」

いきなり話題を変えてもタビーは驚かなかった。わたしの質問に首をかしげて、いっとき考える。「無理ね。銃を渡したらちょっとは気が楽になる？」

わたしはショックから立ち直って答えた。「ええ」

「グロックのセミオートマティックの使い方はわかる？」

「弾を発射すればいいだけでしょう」

タビーがまたにっこりした。「あなたのことがもう気に入っちゃった」首をめぐらせ、開け放したドアから叫ぶ。「ハニー！　こっちへ来て！」

コナーがのんびりやってきて、巨大な手を膝にあて、腰をかがめてこちらを見た。

タビーが切りだす。「銃を貸して」

コナーが一瞬、妻を見て、わたしを見て、また妻を見た。そしてきっぱり言った。

「お姫さま」

「いいから渡しなさいよ。それとも今夜はソファで眠りたい気分なの？」

コナーがつかの間、目を閉じて頭を振り、体を起こした。重量感のある黒い銃をベルトから抜いて、気が進まない様子でタビーに渡す。

タビーがこちらに向き直り、銃の内部構造と安全機能の技術的な解説を始めた。まるで製造元の製品の紹介ページを読んでいるかのようだ。説明を終えると、銃を両手で差しだした。「個人的には三八口径リボルバーのほうが好きだけど、六連発拳銃は女性用だとこの人は思ってるの」タビーの笑みがちゃめっけたっぷりになる。「あるいは男は仕事を片づけるのに、わたしたちの倍の銃弾が必要なのかも」

この人と恋に落ちてしまいそうだ。

「ありがとう」わたしはグロックを受け取り、息を強く吐きだした。「これで気持ちが楽になるわ」

わたしは薬室に弾が入っているかどうか確認した。入っている。次に弾倉にもれなく弾丸が入っているかどうか確認した。こちらも入っている。それから座ったまま前かがみになって、ジーンズの腰のくびれに銃を押しこんだ。

「わたしがしたいのは、建物内に連れていってなかを案内すること。それから座って、あなたが休息を取ったあとのことを話しあいたい。ナズと数日滞在できる部屋があるから、そのあいだにわたしたちは——」

「彼と一緒の部屋に泊まる気はないわ」わたしはぴしゃりとさえぎった。

タビーが肩をすくめる。「了解。わたしはただ、あなたが隠れ家に落ち着くまでのあいだに身の振り方を少し考えたいのなら、ここにはその余裕があると言いたかっただけよ」

「隠れ家?」

わたしのためらいを感じ取り、タビーがわかっているという顔をした。「気分がいいものじゃないわよね。でもわたしたちの手を借りたいかそうでないかを最終的に決めるのはあなたよ。誰もあなたの気持ちに反して無理やり何かをさせたりしない」声をやわらげる。「そんなことはいやというほど経験してきただろうから」わたしが顔をそむけると、タビーは実務的な声に戻った。「だけど言わせてもらうと、あなたが自力で三十日以上生き延びられる確率は十二パーセントってところよ」

わたしははっとしてタビーを見つめた。タビーがもう一度肩をすくめる。

「十一・九パーセントだけど、切りあげたの。重要なのは、ディミトリには動かせる人員が限りなくあって、あなたのほうはひとりきりってこと。わたしたちと一緒でなければね。あなたが一緒にいてくれるといいと思ってるけど」

わたしは感情の波に打ちのめされて、何度か唾をのみこまなければ声を出せなかった。「あの男はナズを雇ってわたしを見張らせたのよ」

「厳密にはわたしたちを雇って、わたしたちがナズを雇ったんだけど、まあそうね」

「どうやってあなたの言葉を信用しろというの？　ディミトリが引き取りに来るまで、わたしをここにとどめておこうとしてるかもしれないじゃない。そもそもこの話の一部でも本当なのかどうか、どうしてわかるの？」

「直感に従うのよ」間髪をいれずに返事が来た。「そして決める。人生っていうとんでもない営みをなんとか続ける方法がほかにあるのかどうか、わたしにはわからない」

タビーが心を開いた穏やかな顔でこちらを見つめる。ディミトリと同じ存在の人がこの女性にもいたとナズから聞いたけれど、それも嘘だったのだろうか。

「相手の名前は？」わたしはタビーの表情を観察しながら静かにきいた。

「相手？」

「あなたを虐待した人」

タビーの顔から血の気が引いた。瞳孔が開いている。彼女はかすかに震える手を膝の上で組んだ。「セーレンよ。母親違いの兄だった。頭が切れて、美しくて、そして怪物だった。たくさんの人たちにいろいろひどいことをした……わたしも含めて」

しっかりとした声だったが、わたしはその根底にある痛みと怒りを聞き取った。いまだに癒えない古傷をひとつ残らず感じた。

それがほかの何よりも信用できた。

「だけどあなたは生き延びた」わたしは言った。「わたしも生き延びる。建物に入りましょう」

わたしは車の自分の側のドアを開けて、明るい朝日のもとに降り立った。ナズがコナーと建物の入り口付近に立っている。

わたしを見ている。

待っている。

18

ナズ

ああ、彼女が車を降りてくる。神よ、感謝します。

タビーには大きな借りができた。

おれは平然とした表情を保ちながら、エヴァがリムジンを降りて車の後ろをまわりこむ様子を見守った。タビーが降りてドアを閉めるのを待って、彼女に続いてコナーとおれが立つほうに近づいてくる。タビーのそばにぴたりとついて歩きながら、不安そうな視線を投げている。

車内でどんな会話が交わされたにせよ、エヴァはタビーを信用しているようだ。そうでなくても、少なくともタビーを殺す気はないらしい。おれを殺したいのとは裏腹に。

「エヴァ、夫のコナーよ」タビーが手で示す。

コナーが重低音のバリトンで答えた。「はじめまして、エヴァ」

エヴァが目を細めてコナーを頭のてっぺんから爪先まで眺める。

タビーがコナーに向かって手をひらひらさせた。「全体的なマッチョなイメージに惑わされないで。この人はまったくの臆病者なんだから」

コナーがにらんだ。「マッチョな臆病者だろう」

タビーが夫にキスを投げる。「そう、すばらしく魅力的でマッチョな臆病者よね、ハニー。そういう意味で言ったの」

コナーは若干気をよくしたようだ。「ふむ」

タビーとエヴァが視線を交わす。女性同士が共有する、いかにも意味ありげな秘密めいた視線だ。タビーが口を開いた。「さあ、なかに入りましょ。レディファーストで」

コナーとおれは脇によけて女性たちを先に通し、あとに続いて建物に入った。背後で鋼鉄製のドアが閉まる音がうつろに響くと、エヴァがぎくりとした。それでも胸を張って歩きつづける。おれは改めて彼女を誇らしく思った。

コナーの銃があるからこそエヴァが平静を保っていられるのは間違いないにしても。この状況が彼女にとってどれほど恐ろしいかわかる。おれに任せてもらえるなら、誰ている。

もいない手近な部屋にエヴァを連れていき、気持ちが楽になるまで抱きしめているだろう……とはいえそんなことをすれば、彼女の気分を害するだけだというのはわかった。

「元気を出せ」緊張した面持ちで隣を歩くおれを見て、コナーが小声で励ましてくれた。「エヴァリーナはおれの銃を持ってるのに、まだおまえを撃ってないんだぞ」

「撃ってくれたらいいのにと思いかけてる。それで彼女の気が晴れるかもしれない」

コナーが笑いをもらす。「いざというときには、エヴァリーナに思いきり文句を言わせてやればいい。おまえはただそこに座ってうなずいているんだ。口を挟むな。すべてを吐きださせてから言われたことを全部認めて、きみは美しい、おれはきみにはふさわしくないと言うんだ。そうすれば彼女の気は晴れる」

「ずいぶん簡単に言うな」

「まあ、それでもあとから撃ってくるかもしれない。そこは保証できない。もちろんそうすれば向こうは間違いなく気が晴れる」

おれはそっけなく言った。「賢明な助言をどうも」

コナーに肩を叩かれた。「お安いご用だ。いつでもきいてくれ」

タビーに導かれてメトリックスの深部へと向かいながら、おれはエヴァの目で、一度もここに来たことがない人の目でまわりを見ようとした。天井が高く、照明は暗く、室温は低めだ。磨かれたコンクリートの床は高級感のある光沢をかすかに放っている。北側の壁ほどの高さがある黒いコンピュータが点滅し、静かな低音を響かせている。口を固く引き結んだ男たちがヘッドホンをつけてキーボードの前に座り、東側の壁のいくつにも仕切られた区画からぼんやりとした光を放つビデオとテレビの画面を凝視している。施錠され、裏面から照明をあてた銃器ケースが軍隊並みに整然と南側の壁沿いに並んでいる。全体として『ミッション：インポッシブル』や『ボーン・アイデンティティー』のような雰囲気を醸しだしている。

いくつか角を曲がってコナーのオフィスに着いた。この仕事の面接を受けた場所だ。部屋はあるじと同じで大きく威圧感があり、黒一色で統一されている。

エヴァがドアのすぐ内側で足を止め、すばやく探るように見まわしてあらゆる情報を頭に取りこんだ。いまだに身をこわばらせて警戒した顔をしているが、誰もいないとわかると見るからに緊張を解いた。

コナーのどっしりとした黒いオーク材の机にディミトリが座っていることを半ば予期していたに違いない。

「座らない？」

タビーがエヴァに声をかけて、コナーの机の前の大きな椅子を示した。

「わたしは立っているわ」エヴァが二、三歩さがって壁に背をつけ、開いたドアのそばに陣取った。


彼女はまだ身構えている。そんなつらい思いをしている姿を見て、おれは胸が痛んだ。

「ナーシル、あなたはあそこに座って」タビーがドアの反対側の隅の椅子を指さす。エヴァから一番離れた席だ。タビー自身はコナーの机の端に腰かけ、コナーは机の向こうにある背もたれの低い椅子に体を沈めてもたれかかり、腹の上で指を組んだ。

全員がエヴァのほうを見てじっと待った。

エヴァが唇を湿らせる。息を吸いこんでから切りだした。「ディミトリからいくらもらったの？」

相変わらず世間話が下手だ。

コナーが穏やかに言う。「どうしてそこが大事なのか興味あるね」

エヴァが即答した。「ナーシルの魂をいくらで買ったか知りたいの」

体を硬直させるおれにコナーが目で釘を刺す。おれはどうにかくつろごうと背もたれに身を預けたが、本当は立ちあがって叫びたかった。

認識を同じくするために、ここではっきりさせておこう」コナーがエヴァに注意を戻す。「この部屋にいるなかで、きみ以外にディミトリのきみへの仕打ちを知っていた者はいない。知っていたら絶対に依頼を引き受けなかった。やつは長年のクライアントの息子で――」

「ヴィクトルを知ってるの？」エヴァが驚いた様子で口を挟む。

「ああ、いい人だ。息子がどうしてそこまで横道にそれてしまったのかは見当もつかない。だが、そういうこともある」先を続ける前にひと呼吸置いた。「きみも父親を知っているようだな」

エヴァが床に視線を落とす。彼女の声は静かだ。「何度か会ったことがあるの。いつもやさしくしてくれた。あの人が知っているとは……」

「知らないと思うね」コナーが言った。「ともあれ、彼とのことがあったからディミトリの仕事を受けただけだ。ヴィクトルは息子が問題を抱えていて助けが必要だと言った。息子の望みを知っていたのかどうかさえわからない。しかし、とにかくおれは電話をかけた。ディミトリが言うには、妻がまた家出して――」

「妻？」エヴァが顔をあげた。怯えている。「結婚なんてしてないわ！」

タビーがやさしくなだめた。「わたしたちもそうだと今はわかってる」

エヴァがおれを見る。彼女のなかで合点がいったのだとわかった。おれはまもなくこの胸を銃弾に貫かれるだろうと覚悟した。

「この仕事から手を引くようわれわれを説得したのはナーシルだ」コナーがきっぱりと言った。エヴァが今にもおれを撃ちかねないとコナーも察したらしい。「あっちの話はうさん臭いから確認すべきだとナーシルが電話をかけてこなければ、きみは今ここに立っていない」

「そうね。今でもコスメル島にいて、信用できると思った人に監視されていただろうから」

「ナーシルを信用できないと考えてるなら、あなたは思ったほど利口じゃないってことね」タビーがみんなを黙らせる程度にとげを含んだ声で言い放った。

女性たちがにらみあう。パチパチと音をたてそうなほどの緊張が室内に広がった。

ようやくエヴァがにこりともせずに言った。「こっちの身にもなってほしいわ。わたしはあなたのクライアントに七年間も暴力をふるわれ、性的虐待を受けてきたのよ」

強い不快感に喉が詰まったような声を出したおれに、エヴァが冷ややかな視線を浴びせる。そして骨身に応える言葉を投げつけた。

「そう、レイプよ。それともわたしが懇願したとでも思ったの?」

おれは声がざらついた。「スイートハート――」

コナーが鋭くさえぎる。「おまえは黙ってろ」

エヴァがタビーに視線を戻した。「話したとおりよ。わたしの生活は地獄だった。でもどうにか……何度も失敗したけど、やっとのことで逃げだして、自分のための新しい人生を切り開いた。仕事を見つけて、アパートメントを見つけて。ようやく息ができるようになって、数カ月経ってからは悪夢もそれほど見なくなった。状況はずっとよくなったのに……」言葉を切って息を吸いこむ。「孤独なの。母は亡くなり、友達を作ることもできない。だってわたしは壊れすぎているし、男性と普通の関係を築ける希望もない。そんなときにこの人が現れた。彼は……ありのままの人で、わたしは幸せで安心できた。そうしたら全部が嘘だとわかったの。よりによって悪魔に雇われていたなんて」

エヴァはこちらを見ようとしない。たぶんそれが一番だろう。視線を向けられたら、おれは椅子から飛びあがってまっすぐ彼女に駆け寄っているに違いない。

沈黙のあと、タビーが口を開いた。「なるほどね。まず言ってもいい？　あなたは壊れていない。ねじ曲げられただけ」

エヴァがざらついた声で小さく笑って目元をぬぐう。

「それから、ナーシルの立場になってみて」

怒りでエヴァの鼻孔が広がると、タビーが言った。「さあ、試して。だって考えてみてほしいの」タビーがおれを指さす。「この人はあなたのために命を危険にさらしてるの。ナーシルが勝手にあなたを連れだしたことがばれたら、ディミトリにどんな目にあわされると思う？　あの男があっさり手を引いて、そのまま放っておくとでもいうの？」

エヴァは歯を食いしばって黙っている。

「わたしはそうは思わない」タビーが続ける。「それがふたつ目のポイントよ。三つ目は、あなたが虐待の話をナーシルにした直後に、彼がこの仕事からきっぱりと手を引いたこと。この人の性格から考えると、ディミトリの企(たくら)みにかかわることで、ナーシルはあなた以上に痛みを味わっている」

タビーはその言葉がエヴァの心に届くまで待った。おれのみぞおちは凝り固まって、それがまたほぐれる日が来るかどうかは疑わしい。

「そう、事実はこうよ。ディミトリは、甘やかされた大人げない妻が家出をしたとわたしたちに話した。しかも初めてではないと。どこに行ったかはわかっているから、しばらくそっと見守っていてほしい。こちらは干渉せず、妻には憂さを晴らしてもらいたいけれど、妻がちょっとした冒険をしているあいだも無事だとわかっていれば安心だからって。妻に出ていかれて気落ちしている口ぶりだった。だから……ディミトリの父親のために、この件を請け負ったの。断っておきたいんだけど、これがナーシルにとってメトリックスでの初めての仕事だった。だからクライアントの妻と言われている女性と連れ立って逃げてもクビにならないと知ってたわけじゃないの。つまり彼は命の危険を冒しただけじゃなく、自分の仕事も今後のキャリアも危険にさらした。ナーシルが二度と職に就けないようにすることぐらい、コナーとわたしにしてみれば簡単な話だから」

目をしばたたくエヴァに視線を向けられ、コナーが言った。「この男はきみのために罪を犯し、再就職できる見込みもなくしたってことだ」

おれは口を挟んだ。「ああ、そうだった。おかげであなたの機嫌を損ねてはならないことを思いだしたよ」

タビーが声音をやわらげる。「気持ちはわかるわ、エヴァ。本当よ。わたしが頼んでるのは、この件を広い視野でとらえてほしいということだけ。ナーシルを完全に見限る前に、すべての事実について少し考えてみて。だってあなたたちって、とんでもなくお似合いなんだもの」エヴァに驚いた目で見つめられ、タビーは肩をすくめた。

「ナーシルはあなたにぞっこんよ。信じられないくらいに」

エヴァが驚いた目を今度はこちらに向ける。爆弾発言を受けておれはタビーの首を絞めたくなったが、エヴァの表情に気を取られてしまった。

「そのまま座っていろ」エヴァを見つめるおれの表情を見て、コナーが小声で諭す。

おれは動かないよう、椅子の肘掛けに必死で両腕を巻きつけた。

エヴァが目を閉じて髪を手で梳き、深く息を吸いこむ。それから息を吐くと、体の脇に腕をおろした。「アルコールが必要みたい」

タビーが申しでた。「わたしは飲まないけど、男性たちのためにキッチンに備えてあるわ」

「お酒を飲まないですって？」エヴァが顔をしかめてみせる。「悪いけど、友達にはなれないわね」

一拍置いてから、エヴァとタビーは顔を見あわせて頰を緩めた。おれは何やらうめいたらしく、コナーに動くなと念押しされた。

タビーが立ちあがる。後ろをちらりとも見ずにエヴァの腕を取り、話しかけながら部屋から出ていった。「お酒は何が好み？　待って、あてさせて……ラムね」

「ナズはそんな話までしたの？」

「まさか。わたしが天才なだけ。ねえ、ハローキティに詳しい？」

ふたりは角を曲がって視界から消えた。おれは勢いよく音をたてて胸から息を吐きった。

コナーが座ったまま椅子を回転させておれを見る。「かなりうまくいったんじゃないか」

「それをおれの血圧に言ってやってくれ。今、心臓がどうにかなってる」

「五分で気持ちを落ち着けろ。話がある」

おれは立ちあがって部屋を歩きまわった。神経が高ぶりすぎて、これ以上じっとしていられない。「始めよう」

コナーはこれまで会った誰よりもじっとしていることができる。おれが行ったり来たりするのを目だけで追い、全身の筋肉は緩めつつも攻撃性を内に秘めていると感じさせる。ぜひとも身につけたい能力だ。とりわけ今すぐに。

「ディミトリをどうしたいか考えたか？」

おれは振り向いてコナーを凝視した。「ああ、ずっと考えていた。始末してやる」

コナーが天の配剤を求めるかのように天井を仰いだ。「思ってもいなかったよ」

「なんの報いも受けさせずにそのまま見過ごすと思ってたわけじゃないだろう？」

「まあな」コナーがおれを見据える。「やつのほかの企みを知らなくてもな」コナーが一番上の引き出しから書類挟みを取りだし、こちらに向かって机の上を滑らせた。おれはページをめくって報告書に目を通した。

そして腰をおろした。

「ドラッグ。武器。人身売買」コナーが言う。「あらゆる取引をしている。しかも半端な規模じゃない」

おれは粒子の粗い白黒の画像を見つめた。倉庫で木箱のなかのライフルを吟味するディミトリ。埠頭でほかの三人の男と書類に目を通すディミトリ。ナイトクラブの外の縁石に並ぶ、すくみあがった六人の少女を眺めるディミトリ。

「この写真はどうやって入手したんだ？」

「タビーは地球上のあらゆる監視カメラに侵入できる。地球のまわりを公転する衛星でも。ついでに言えば、ほかのものでもな」眉をあげたおれを見て、コナーが口元を緩める。「国家安全保障局のコンピュータの本体をハッキングしたときに、コンサルティングのポストを提供された。今ではアメリカ政府の全面的な承認のもとにハッキングをしている。政府だってそこまで深く侵入できる者に関心があるんだよ」

「それはそうだろう」おれは自分の父のことを考えながら小声で言った。

「われわれが抱える問題にはふたつの要素がある。ひとつ目はディミトリの父親だ。ディミトリの身に起こることをたどられて、こちらに結びつけられてはならない。息子が足を突っこんでるごたごたについて何か知っているなら、海岸に息子の死体が打ちあげられても悪人のしわざだと思うだろう。だが父親は何も知らないとおれは踏んでる。だから事故に見せかける必要がある」

おれはすごみをきかせた。「跡を残さずに痛めつける方法はいくらでもある」

コナーが笑った。「まさしく。問題のふたつ目は、おまえが近づくのをディミトリに知られてはならないことだ。そのためには、おまえやエヴァリーナやこの案件自体に何かがあったと気づかれてはいけない」

「つまり、次に報告が予定されている日までにロシア行きの飛行機に乗る必要があるわけだな」

「そのとおり」

「つまり六日以内だ」

「よし。というわけで、少しばかり時間がある」コナーが笑みを大きくしながら机を指でこつこつ叩く。「この時間を使って、季節の花と愛の十四行詩(ソネット)に親しめばいい」

おれはコナーを見つめた。「この状況を楽しんでるだろう?」

コナーがにやりとする。「まずい状況に陥っているのが自分じゃないというのもたまにはいいもんだな」

最悪の事態にもかかわらず、おれも笑みを返した。「ほざいてろ」

「そうきたか」コナーが立ちあがる。「まあまあ、何か食べるものを用意させよう。それから寝る場所に案内する。昼寝が必要な顔をしてるぞ。報われない恋ってのは内臓に悪いからな」

「その話をこれからいやというほど聞かされそうな気がするのはなぜだろう」

コナーが笑う。「気のせいだからだ。ぐちゃぐちゃ言うな」

おれはうなった。「この状況をそこまで楽しんでもらえてうれしいよ」そう言って、コナーに続いて部屋を出た。

19

エヴァ

建物のメインフロアの残りを簡単に案内してもらってから、わたしはタビーとエレベーターに乗りこんだ。彼女が〝ダブルテイク〟と書かれたボタンを押すと、エレベーターが下降を始める。

「下に行くの？」わたしは驚いた。

「メインフロアの下に階が四つあって、ひとつさがるごとに安全性が高まるの」

わたしはボタンが並ぶパネルに目を凝らした。番号に代わってそれぞれの階には名前がついている。地下二階は〝ラウンドハウス〟、地下三階は〝ファストペース〟、最下階は〝コックトピストル〟だ。

大学で国際政治の講義を取っていたので、こうした名前にぴんときた。核戦争勃発が迫っていることを表す軍の暗号が〝撃鉄を起こした銃（コックトピストル）〟とは、アメリカ人の発想はなんて独特なのだろうと感心したのを覚えている。『ワイルド・ワイルド・ウエスト』もそうだ。莫大(ばくだい)な人数の人々が死ぬかもしれないという話を、平然と男くさいハリウッドのアクションアドベンチャーにして、酒場の外の埃っぽい大通りで果たし合いをさせるカウボーイを登場させてしまうのだから。

「戦闘準備態勢(デフコン)のレベルを表しているのね」

タビーがにっこりする。「よくわかったわね。さっきまでいたメインフロアは〝フェイドアウト〟、つまり備えのレベルは一番低い。とはいっても普通の建物とは比べものにならないほど厳重に警備されてる。あなたが通りから入ってきた鋼鉄製のゲートの両側の壁には機関銃が二挺(ちょう)ずつ用意してあるわ。敷地を囲む境界線には爆発物と偽装爆弾つきの配線がなされているから、ゲートや有刺鉄線を突破した人にはちょっとした楽しい驚きが待ってるというわけ。本館の地上階は耐爆構造で防弾になっているし、最長四週間まで核シェルターとして機能する。本物の非常時は〝ゴックトピストル〟で五年までしのげる」

わたしはタビーを見つめた。「〝本物の〟非常時？」

「世界最終戦争(アルマゲドン)かしら」タビーが笑って手をひらひらさせる。「あの人は用意周到ってところにこだわるの」

わたしはほっとするべきか、さらに心配するべきかわからなかった。

エレベーターのドアが開くと、そこは煉瓦造りの壁に薄型テレビが備わった明るいメインスペースで、オープンキッチン、ダイニングエリア、リビングルームとつながっていた。奥の廊下を進んだ先にはドアがいくつかあり、複数のベッドルームとひと続きになっているらしい。

「プライバシーが必要なら、それぞれの部屋が十六桁の暗証番号で鍵をかけられるようになってる。あなたの滞在中は誰も邪魔はしないけど」

十六桁。キューバの隠れ家みたいだ。「そんなに長い続き番号は覚えられないわ」

「それなら数字を四つ選んで、それを四回繰り返せばいいわ。冷蔵庫の中身は補充してある。冷凍庫と食料棚も。でも特に食べたいものがあれば知らせて。どの部屋にも安心してインターネットが使えるコンピュータがあるけど、通信はモニターされているから覚えておいて」タビーがいたずらっぽくほほえむ。「お遊びで、思いつくみだらなポルノサイトを片っ端から閲覧してみたら？　上階の男たちの頭をどうにかさせてやるの」

わたしは建物に入ったときにコンピュータの画面を凝視する口を固く引き結んだ男性たちが並んでいたことを思いだした。「ポルノはあいにく趣味じゃないのよね」

タビーが肩をすくめる。「わたしも。でも、たまにはああいう人たちをいらつかせるのもおもしろいじゃない」

妻がこうだと、コナーは振りまわされっぱなしに違いない。

タビーが各部屋をざっと説明してから切りだした。「さてと。男性たちの前ではきたくなかった質問があるんでしょ」リビングルームの大きな黒の革のソファを示す。「座らない？」

「座るのに疲れたから、遠慮しておくわ」

「わかった。さっき話したラムを持ってきてあげる」

タビーがキッチンに向かい、戸棚からグラスとボトルを取って琥珀色の液体を注いだ。戻ってきてわたしにグラスを渡すと、手近なソファの肘掛けに座り、脚を組んでにっこりする。

わたしはラムを喉に流しこみ、焼けつく感覚を味わった。銘柄がマウントゲイではないと気づく自分にいやになった。考えをまとめてタビーを見る。

「ナズはわたしをどれくらいのあいだ監視していたの？」

「十一週間」

わたしはグラスを取り落としそうになった。タビーが履いているブーツで腹部を蹴られたかのような感覚だった。立っていられるというのは思いすごしだったと考え直し、張りぐるみの椅子に座りこむ。息をするのが突然難しくなって、呼吸に意識を集中した。ラムをもうひと口流しこむ。

「島にいるあいだ、ほとんどずっとということね」

「ええ。ディミトリがロシアを出国した飛行機の乗客名簿にあなたの偽名を見つけてから、あなたのすべての動きを追跡できるようになった。あなたがコスメル島に降り立ってすぐ、わたしたちは雇われたの。そのあとナーシルがあなたの居場所を突きとめるのは簡単だった」わたしがちらりと視線を投げると、タビーが静かに言い添えた。

「彼はとても優秀だから」

まだ吐いてはだめ。話はもっとひどくなるはずだ。「ナズはディミトリに報告していたと言ってたけど、どういうことを?」

「週に一度、スカイプで話してたの。ナーシルはあなたの近況を伝えたり、写真を送ったり——」

「写真?」わたしは恐怖に駆られて声を出した。「写真まで撮っていたの?」

タビーは平然としている。「ええ」

「何をしているところを?」

「何をしているところも全部」わたしの顔から血の気が引いたのを見て、タビーはわたしの頭をよぎったことを察した。「いいえ……家のなかの写真は撮ってない」一瞬言葉を切り、こちらを見つめる。

「ああ、なんなの。どうしてそんな顔をしてるの？」

「でも電話は盗聴していた。パソコンのキーボード操作を記録するソフトもインストールしてあったから、どんなウェブサイトを検索したかモニターすることはできたはずよ」

喉の奥に酸っぱい胆汁がこみあげてくるのを感じて、わたしは唾をのみこんだ。

「そのためには家のなかに入らなければならなかったはずよね？」

「そうね」

「わたしは島に着いて数日で警備システムを設置させたのよ」

「ナーシルの腕なら簡単に無効化できる」

わたしは目を閉じてうなり声をもらした。

あの警備システムとパソコンには大金を費やした。夜中にディミトリのヨットから海に飛びこむときに防水加工のビニール袋にこっそり密封したお金だ。何年もかけて貯めたお金。低体温症と闘いながら岸に向かって泳ぐ速度を著しく落とし、筋肉を痙攣攣させ、肺が焼けつくように痛む思いをしてまで運んだお金。

すべてが無意味だった。

タビーがいたわりに満ちた声をかける。「もう少しラムを飲む？」

「ええ」わたしは吐き気を覚えていた。「お願い」両手で頭を抱えて座っていると、タビーがお代わりをくれた。ようやくしゃべれるようになってからわたしは切りだした。「スカイプの会話を記録したんでしょう」

「したわ」

「見てみたい」

「いいわよ」

まったくためらいのない声を聞いて、わたしは顔をあげた。てっきり渋られると思っていた。

タビーがそっと言う。「ナーシルとわたしたちの会話も見られるわ。そうすれば全体像がつかめるでしょ。見たあとで、それでもここを出たいかどうか決めればいい」

「わたしが気持ちを変えると確信してるのね」

タビーが考えこみながらラムのボトルに蓋をしてサイドテーブルに置き、向かいの席に座って遠慮のない視線を向けてきた。

「わたしが確信してるのはあなたのナーシルを見る目よ。怒って傷ついているときの目も。それに彼があなたを見る目にはもっと確信を持っている。あなたについて話したこと、あなたのためにみじんの迷いもなく自ら進んで危険な状況に身を置こうとする姿に」

わたしは小声で苦々しく笑った。「本気なの？　幸せな結末が待っているとでもいうの？」

「あなたたちふたりともがそれを望んでいると思う。あなたが最初はナーシルにちょっと謝らせたいにしても」

「ちょっとどころじゃすまないわ」わたしは小声で言って、残りのラムを飲み干した。

タビーが立ちあがる。「ドロップボックスにファイルを保存しておくわね。この階のベッドルームにあるコンピュータはどれでもプログラムが入ってる。メイン画面からログインして。パスワードは〝あばずれのほうがうまい（bitches do better）〟」

わたしの困惑した顔を見てタビーがほほえんだ。

「話せば長いの。連絡が取りたくなったら、部屋のコミュニケーションボードにあるわたしの名前のボタンを押して。ファイルは十分くらいで閲覧できるようになるわ」

タビーは立ち去ろうと背中を向けたが、止まって振り返った。「だからどうというわけじゃないんだけど、コナーと出会ったときは、何千もの太陽が燃えてるようなあの熱烈さが大嫌いだったの。すてきなロマンスには困難な始まりがつきものよね」

わたしはきっぱりと言った。「タビー、もしこれがすてきなロマンスに発展したら、わたしのヒップにあなたの名前のタトゥーを入れるわ」

タビーがのけぞって笑う。「いいわね！　最高のタトゥーアーティストを知ってるの。デザインを考えておくように伝えるわ」それから向きを変え、ツインテールを揺らしながらブーツの音を響かせて出ていった。

まだ昼前だったが、わたしはラムをお代わりして景気をつけてから、いくつかあるベッドルームを見てまわった。アルコールでほろ酔い気分になり、肩の緊張もほぐれた。これまで見たり聞いたりした限りでは、タビーとコナーは信用できそうだ。とはいえ、その勘に命を懸けようとは思わない。

外見がどれほど人を惑わせるかは充分すぎるほどわかっている。たとえ逃げたとしても、わたしはお金も身分証明書も行くあてもなく、知らない国に足止めされている身だ。たしかにここから出ていくことはできる。もしそれを望むなら。でも今はパニックよりも好奇心が勝っている。

ディミトリとナズの会話を確かめなければならない。

それにわたしには弾をこめた銃がある。最悪の事態になったときは、行く手を阻まれそうになっても発砲しながら逃走できる。

どのベッドルームも広さや内装はまったく同じだったので、メインの入り口から一番離れた部屋を選んだ。暗証番号を打ちこんでベッドルームにこもり、部屋の中央に立って天井と壁に目を凝らしてカメラを探した。

「もう、どうでもいいわ」わたしは小声で言った。「監視されるのは初めてじゃないんだから」部屋の隅の小さな木製の机に腰を落ち着け、マウスでコンピュータの電源をオンに切り替えた。画面が明るくなる。ドロップボックスのアイコンを見つけてログインした。

とんでもない量のファイルだ。

上下にスクロールして、日付の一番古いファイルを見つけた。開いてみると画像ごとにウィンドウが開いて、画面が画像でいっぱいになる。「なんてこと」ぞっとして息をのんだ。

どれもわたしの写真だ。

このファイルだけで何百枚もある。

かっとなって机にあったガラス製のペーパーウエイトをつかみ、振り向きざまに壁に投げつけた。

ペーパーウエイトが胸がすく大きな音をたてて粉々に割れ、剃刀のように鋭いかけらとなってカーペットの上にきらきらと降り注ぐ。

「あなたの顔だったらよかったのに！」わたしは壁にできたへこみをにらみつけて叫んだ。

やや落ち着いたところで座り直し、ファイルをクリックしていった。ディミトリとナズの最初のやり取りを見つけ、大きく息を吸ってから開く。

ディミトリの顔が画面いっぱいに広がると、わたしは息をのみ、反射的に体を引いた。

動悸がおさまるまでに数分かかった。会話を聞き、画像の前後を見て吐き気と闘い、ディミトリの顔にあまり長く視線をさまよわせまいとする。

無情な青い目。わたしはできるだけ記憶を締めだした。

全部見るよう自分に強いた。ふたりが一週間後にまた話す約束をして通信が途切れると、開いたウィンドウをすべて閉じて次のフォルダに移った。

それが終わるとその次に。

さらに次に。

中身はどれも代わり映えしない。記録された会話と、歩いたり、買い物をしたり、海で泳いだり、ビーチに寝そべったりしている何百枚ものわたしの写真だ。時が経つにつれ、肌は日に焼けて、髪は日光で色が明るくなっていく。わたしは背筋を伸ばし、ときにはほほえむようになった。

あらゆるアングルから自分を見る。レストランで食事をするわたし。通りを歩くわたし。野菜や果物を買ってアパートメントの階段をのぼり、日常のあらゆる雑事をこなすわたし。

いつもひとりだ。

そして花が咲くように、太陽に向かって花弁を広げるように、自分が花開くのを見た。自信を持って歩くようになった。いつもと言っていいほど笑みをたたえている。以前より明らかに幸せそうで、ずっと生き生きしている。

この頃から写真の印象が親密になった。

人ごみのなかのわたしを望遠レンズでとらえた写真。アングルのはっきりしないパノラマ写真。ほとんどいつも顔にピントが合わせてあるが、そうでないときは体をフレームに切り取っている。果物を持つしなやかに曲がった手首の写真。そよ風でワンピースのスリットが割れた瞬間の脚の写真。弓なりにそらした首の写真。

時の流れとともに、写真が写実的から芸術的になる。あたたかみと個人的な感情が加わっている。髪に躍る光や肌のつやなど、どれもじっくり見なければ気づかないさいなニュアンスをとらえている。

要するに、愛情に満ちたものになった。

時系列を追って見ると、撮影者が被写体に惹かれていくのがありありとわかる。ディミトリはこうした写真を目にしている。あの男もわたしが見て取ったことを感じただろうか。もしそうなら、行動を起こさなかった理由はなんだろう。

心臓がかごに捕らわれたハチドリのように暴れている。

壁の大きなパネルにボタンがあって、その下にタビーの名前を見つけたので押してみた。雑音に続いてスピーカーから彼女の声が聞こえた。

「ハーイ、エヴァ」

「言ってたわよね、ディミトリは、わたしがどこに行ったかはわかっているから、しばらくそっと見守っていてほしいと説明したって」

「ええ」

「それは嘘だわ。あの男がそんな考え方をするわけがない」

しばらく間が空いてからタビーにきかれた。「あなたはなぜだと思ってるの？」

「わからない。でも理由がなんであれ、計算ずくよ」

「もしかしたらあなたがもっと……」タビーが軽く咳払いをする。「従順になると思ったのかもしれない。ひとりの時間を与えられたあとで戻ったときには」

わたしは目を閉じ、痛む肺で呼吸をしてからささやいた。「わたしよりも従順なペットなんていなかったわ」

「ああ、ハニー」

タビーの吐く息は重く、声は低かった。言葉の意味を正確に理解したからだ。

「わたしが島からいなくなったことに向こうは気づいてるの？」

「いいえ、わたしたちが知る限りは。こっちに連絡もしてきてないし、メールやウェブサイトのアクセスからも何かを疑っている様子はない」

「電話はどう？　あの男の電話は盗聴している？」

「ディミトリが使ってるのはプリペイド式の使い捨ての携帯電話なの」タビーがすげなく言った。「マフィアって疑い深いのよね」

「そう、あの男はかなり猜疑心が強いわ。それに頭も切れる。だからナズが撮った写真の変化に気づいてるはずよ」

タビーの沈黙が大きく感じる。

「あなたが気づかなかったなんて言わないでね」

「四週目以降は見直すのをやめたの。いつも同じだし、正直言って見てるとぞっとしたから」

「それはあなたに男のシンボルがついていないからよ。戻って見てみて。特に最近の写真を。すぐにわかると思う」

タビーの声が驚きに変わった。「ナズがあなたをものとして見ていたってこと？正面から服のなかを激写したとか？」

「違うわ。なんていうか、もっと……ああ、ばかげて聞こえないように伝えるにはどうすればいいの」

次の瞬間、タビーが理解した。「どちらかというと、あなたを崇拝するようになったってことね」

わたしは頬が熱くなった。「率直に言って、かなり官能的なの。自分の肘があんなに魅力的だなんて思ってもいなかった」

「男ってやつは」タビーがため息をつく。

「まったくね。一日じゅう、家で下腹部をいじっているだけってことにならないのが不思議なくらい」

「そういう男もいるけど」タビーがまたため息をつく。「わかった、見てみるわ。何か必要なものはある?」

わたしはグラスにわずかに残っていたラムを飲み干した。「粉々にできるものがもっとほしいわ。クリスタルの花瓶をいくつか届けて」

タビーがくすりと笑った。「コナーはナズを〝コックトピストル〟に行かせるべきだったわね。あなたと同じ階じゃなくて」

わたしは脈が跳ねあがった。「ナズがここにおりてくるの?」

「もうそこにいるんじゃないかしら。お願いだから、命にかかわるような場所は撃たないであげて。わたしのお気に入りの新人なんだから」

保証はできないとわたしが言う前に通話が切れた。

20

ナズ

エレベーターのドアが開いた。部屋に足を踏み入れたとたん、おれは失望感でいっぱいになった。エヴァの姿はどこにもない。

彼女のダッフルバッグをソファにおろし、水を飲もうとキッチンに向かう。カウンターにもたれて水を飲んでいると、部屋の反対側のコーヒーテーブルにラムのボトルが置いてあるのが目についた。三分の一が減っている。

最高だ。エヴァは怒り心頭に発していて、武装して、酔っ払っているときた。

悪い組み合わせだ。

カウンターを離れてベッドルームでシャワーでも浴びようとしたところで、廊下の奥のドアが開く音が聞こえた。心臓が早鐘を打ちはじめたが、じっとその場で待つ。ベッドルームにつながる廊下からエヴァが現れた。キッチンにいるおれを見て足を止め、その場からこちらを見つめた。

顎に力が入り、目が光を放っている。少なくとも手に銃はない。

張りつめた沈黙のあとに、エヴァが口を開いた。「出会った日にあの路地にいたのは、本当はマリファナを買うためじゃなかったのね」

おれはゆっくりとうなずいた。

「わたしのあとをつけていた」

「そうだ」

エヴァが目を閉じて息を吐く。「やっぱりわたしの頭がどうかしていたわけじゃなかったのよ」

どういう意味かわからなかったが、口を開いて彼女を怒らせるような危険を冒したくはなかったので、おれはどうにか黙って待った。

目を開けたエヴァは、視線で激しく非難した。「タビーがファイルを送ってくれたわ」

「どのファイルだ？」

「あなたの報告よ。ディミトリに送った写真とオンライン上の会話を全部」

おれは心臓が飛びだしそうになった。「それじゃあ、知ってるのか」

エヴァが眉をあげる。

「きみに結婚していないと言われて、すぐさまコナーにそのことを話した。それから虐待のことも伝えて――」

「そこまではまだ見ていないわ」冷静な声でさえぎられた。「あなたが撮った写真を見て動揺しすぎたから。時間が経つにつれて、ありきたりな写真が官能的なものに変わっていった」

おれは写真を撮っていたときの心境を思いだした。レンズ越しに見ているだけで、いつも下腹部が張りつめた。おれは首がかっと熱くなった。

「好きだったんでしょう」

「好きって何が？」

エヴァの声が低くなる。「わたしを見ているのが」

くそっ。どう答えようかとたっぷり十五秒は迷って、結局ありのままの事実を認めた。「ああ」

それが生々しく響くのはどうしようもない。欲望があふれてしまうのも。

エヴァは素直に認めたおれにどう反応していいかわからないようだ。頬の赤みは増したものの、表情は硬い。おれは一か八か、会話を危険な領域に進めることにした。

「きみのことを考えていた。どんなときも。毎日毎日。初めて会った日から、常にきみのことを考えていた」

エヴァの喉が動いた。けれども彼女は何も答えない。そこでもうひと押しした。おれは声を落とした。「きみはおれのことを考えていたのか?」

エヴァは唇を嚙んだが、やはり何も答えない。

答える必要はなかった。顔にはっきりと書いてある。おれは一歩近づいた。「打ち明けたかった。自分に嫌気が差した。すべての状況が耐えがたかった」さらに一歩近づいた。彼女を腕に抱きしめたくてしかたがない。

「ナズ」エヴァがきっぱりと言った。喉のくぼみが脈打っている。「本当にあなたの頭に銃弾を撃ちこみたくないの。そこを動かないで」

彼女の目に宿る怒りを見ながら、一瞬考えた。できる限りのところまで押してみたのだと結論をくだす。おれはそれ以上ひと言も発さずに、背を向けて出ていった。

メインフロアでエレベーターを降りると、すれ違う何人かの男たちにうなずきながらコナーのオフィスへまっすぐ引き返した。メトリックスにはコンピュータシステムからゲリラ戦まで、あらゆる部門の専門家が二十四時間態勢で常駐している。その世界のつわものの集団で、なかでも一番のつわものはわれらがリーダーだ。つわものぶりで太刀打ちできないのは、猫のキャラクターと奇抜な服装に執着する彼の妻だけだろう。

おれは閉ざされたオフィスのドアを指の関節でトントンと叩いた。「入れ」という低いバリトンの声が聞こえたので、なかに入る。

コナーは巨大なオーク材の机に座っていた。手元のファイルに目を落としている。視線をあげておれだとわかると下を向いたが、また視線をあげて目を細め、こちらの様子から状況を推し量ろうとした。

そして、にやりとしながら椅子に寄りかかった。

おれはそっけなく言った。「あなたのことはとてつもなく尊敬しているが、口は開かないでくれ」

コナーがのけぞって大笑いした。手にしたペンを書類の束の上に放って、机の正面の椅子を示す。「兵士よ、座りたまえ。大の大人が立って泣いているのを見るのはたまらんからな」

おれは座った。頭がどうかしたかのようなコナーのにやつきは止まらない。

含み笑いして頭を振りながらコナーが口を開く。「必要なら、机のなかにハンカチの用意があるぞ、色男」

「せっかくだが、大丈夫だ」

「ああ、大丈夫って顔をしてる」コナーが口を引き結んだ。黒い目に笑みが躍っている。「肩の力が抜けたな」

おれは天井を見あげてため息をついた。

「こりゃまた、今のおまえはおれの妻みたいだ」コナーが腕組みをする。

おれは親しみをこめて皮肉っぽく見返した。「奥さんはあなたを見て何度も目をぐるりとまわしてるのに、目玉が後頭部でつかえてしまわないのは奇跡だな」

「ああ、タビーも同じことを言ってるよ。おまえたちはまったくそっくりだ」コナーがうるさそうに宙で手を振る。「おれの妻の話をしに戻ってきたわけじゃないんだろう」

「たしかに。作戦の話をしに来た」

コナーが眉をあげる。

「この件はすぐにでも片づけたい。次にディミトリと連絡を取るまで一週間近くあるのはわかってる。でも、それまでにいろいろなことが起こりかねない」

「たとえば？」

「たとえば、やつがいきなり休暇でメキシコに行くことにするとか。わかるものか」

コナーはうなずいて聞いている。

「タビーの口ぶりでは、ディミトリには隙がないようだ。おそらく個人的にボディガードをたんまりつけて、敷地には最新式のシステムを設置して、監視カメラや犬や仕掛けもあるんだろう」

「おい、そんなものじゃないぞ」

今度はおれが眉をあげる番だった。

「第一に、やつの宮殿の屋根には対空ミサイルが配備されていて――」

「宮殿だって?」

コナーがおどけた声を出す。「なんだ、マフィアのボスが、郊外のベッドルームがふた部屋しかない分譲アパートメントに住んでいるとでも思ってたのか?」

おれは悪態をついた。

「そうだ、対空ミサイルに、高感度の動作感知装置。見張り、監視カメラ、中国の占いを扱う部門もある。入出管理、外壁警備、地下のセンサーケーブル、マイクロ波を使った侵入検知器――」

「わかった、わかった。なんてことだ」

「つまり問題は、そのすべてをくぐり抜ける一番の方法は何かってことだ」

コナーがおれを見据える。表情は読めない。だが答えはわかっていた。

「くぐり抜けないこと」

「そのとおり」

神経が過敏になって座っていられず、おれは立ちあがって両手を腰にあて、部屋のなかを歩きまわった。「つまりやつを引きずりだす。ホームの利点を奪い去る。どうするか名案はあるか？」

沈黙しか返ってこないので、おれは振り向いてコナーを見た。コナーが頭を低くして見返してくる。早く気づけという顔をしている。

おれは血が凍る思いがした。「だめだ、絶対にだめだ。そんなことはありえない」

「鼠捕りを仕掛けるにはチーズがいるんだよ」コナーが声をやわらげる。

「ああ、そうか？」おれの声には激しい非難がこもった。「タビーをチーズに使うのか？」

コナーが苦い顔をする。

「思ったとおりだ。次の選択肢は？」

ため息が返ってきた。まるでこちらが理不尽なことを言っているかのようだ。「そうだな……ディミトリに電話をかけて、取引を持ちかけることはいつでもできる」

「取引？」

「ああ、取引だ。〝おい、例の案件はなかったことにして、あんたの女はもらった。あんまりセクシーだったから我慢できなくてね。おれに一発お見舞いしたいか？　だったら出てこいよ〟という感じで」

おれは目を細めてコナーを見ながらその案を熟考した。「〝OK牧場の決闘〟的な魅力はあるな」

コナーがにやりとする。「そうか？　そう思うか？」

「なんでうれしそうなんだ？」

コナーが肩をすくめる。「熾烈（しれつ）な戦いってやつとはしばらくご無沙汰だったからな。コンピュータをにらんでいるだけというのもかなり魅力的ではあるが、こうしたギアにも油を差しておかないと。わかるだろう？」

おれはオフィスをもう一周して頭のなかを整理した。「その場合、不意打ちの要素はなくなる。それにこっちが絡んでいることを父親に知られてはならないと言っていただろう」

「それもそうだな」コナーががっかりした声を出す。

「だったら振り出しに戻ろう。ディミトリの生活習慣についてわかってることはあるのか？　何時に家を出るとか、どこに行くとか」

「いいや。だがそれを把握している人物をわれわれは知っている」おれが視線を投げるとコナーが言った。「彼女はあの男の習慣を誰よりもよく承知してる」

「エヴァを引きずりこみたくはない」

「エヴァリーナだってこの件を確実に成功させるために力になりたいと思うんじゃないか？　やつを排除するだけでなく、おまえの手助けをしたがるはずだ。自分が情報を与えていれば防げたのに、そうしなかったためにおまえがむやみに動いて頭を吹き飛ばされたとしたら、彼女はどう思う？」

おれはそれについて考えた。「正直言って、エヴァの気分次第だろうな」

コナーが静かに笑った。「ああ、女っていうのはわからんからな。そうだとしてもだ」

「わかった、きいてみる。撃たれるかもしれないが、きいてみるよ。そのあいだに、タビーはディミトリに関してほかにも役立つことを引きだせそうか？」

「すぐに始めさせる。何が出てくるか見てみようじゃないか」机の上のコンピュータがピンと音をたて、コナーの意識がそれた。コナーがボタンをクリックし、しばらく画面を見つめてから口を開く。「タビーが送ったドロップボックスのファイルをエヴァが見ている」別のボタンをクリックして画面をこちらに向けた。

そこには階下のエヴァのコンピュータ画面に再生されている、おれとタビーとコナーの衛星通信の記録が映しだされていた。画面のなかのおれは緊張した様子で、指でしきりに髪を梳いている。

録画のなかでコナーが言った。「その女性を連れだすというのは戦争を始めるということだ。わかっているんだろうな？」

おれのためらいのない答えが聞こえる。

「エヴァはそれだけの価値がある女性だ。そっちのほうでおれを切り捨てて無関係だとするのであれば、甘んじてそれを受け入れる。あなたたちふたりに出会えて光栄だった。一緒に仕事をする機会を与えてもらったことに感謝してる。だが今、一番大切なのはエヴァだ。彼女を守ることが最優先事項だ」

エヴァが録画を止めて場面を戻した。もう一度再生する。三度目の再生中に、コナーが画面を自分のほうに向けてプログラムを終了させた。

コナーはにんまりしている。「これこそすばらしい褒美だな。結局、おれのハンカチは必要なさそうだ」

「エヴァが無事でよかった、それだけだ。だが彼女の安全を守るためには排除すべきものがある」

「タビーがもう一度ざっと確認したあと、また集まるとしよう。さあ、エヴァのところへ戻ってやれ」コナーがまたにやけた顔になる。「幸運を祈ってるよ」

21

ナズ

地階に戻ると、エヴァが狼狽した様子でリビングルームを行ったり来たりしていた。おれは後ろ手にドアを閉め、安全な距離を保った。彼女の頭のなかで何が起こっているのかは見当がつかない。

「大丈夫か？」

エヴァが低く怯えた声で言う。「あなたを撃とうとしたわ」

なんてことだ。後悔している口ぶりじゃないか。おれは許してもらえるのではないかという期待を抱かないように、声の調子を一定に保った。「厳密には、おれを殺そうとした。気落ちしている様子なのはうれしいが、きみは失敗したんだ。害はなかったから問題ない」

エヴァが両手を握りしめ、途中で足を止めておれを見つめる。「トゥルムに向かっているとき、あなたは道路脇で車を停めた。あのとき打ち明けようとしていたんでしょう?」

動かずしゃべらず、怯えた野生動物のそばにいるときのように、おれはゆっくりとうなずいた。

エヴァが唾をのみこんだ。声が甲高くなる。「それでわたしが言ったのよね。無理に打ち明けなくていい、ただ一緒にいる時間を楽しむべきだって」

おれは手をあげて制した。「どこに話を持っていこうとしているかわかる気がするから止めさせてくれ。きみは何に対してもまったく責任はない。きみにそう言われても話すことはできたのに、おれは――」

「それは、あなたはいい人だってわたしが言ったから。わたしが罪悪感を抱かせたのよ」

エヴァの目が光っている。顔は青白い。盛んにまばたきをして、涙をこらえているようだ。

おれは息を吐いた。彼女が心底動揺していることに驚いていた。

エヴァは自分自身に対して動揺している。

エヴァの態度の変化に、おれは安堵のあまり息ができなくなった。自分が何をしようとしているのか考える時間を与えず、数歩で間合いを詰めてエヴァを腕に引き寄せた。「スイートハート」耳元でささやいて、かき抱く。エヴァが震える体を寄せ、おれの胸に顔を押しつけて隠す。おれは彼女の髪に鼻をうずめた。

体を引こうとしたエヴァを抱きかかえてソファに運ぶ。

「何をしているの？」エヴァが目を見開く。

「きみに触れていたい。そうしないと、呼吸ができない」ふたりでクッションに倒れこむ。彼女が上だ。おれはエヴァの背中に両腕をまわして包みこみ、彼女が落ち着くのを待った。

エヴァが徐々に落ち着きを取り戻していった。おれの肩に頭を預け、胸にてのひらをのせる。おれは彼女の背中を撫でおろしていったが、ジーンズのウエストバンドから突きでたグロックの握りに触れると手を止めた。

「そこに入れたままでいいの」

取りだそうものならおれは体の大事な部分を失うことになると、エヴァの声音が告げている。

「了解」おれはエヴァの額にそっと口づけた。上にいる彼女の重みを、髪の香りを、体のぬくもりを堪能する。こうしたことを許してくれているという事実をとにかく噛みしめた。

ふたりで横になったまま、ただ呼吸をしていた。そのうちエヴァがゆっくりと大きく息を吐いてささやいた。「まだ怒っているのよ」

「わかってる」

「怒ってはいるけど……あなたがタビーとコナーにわたしを守ると言ったこと、あの目に浮かんでいた表情……わたしのために危険にさらしているすべてのこと……ああ、何から話せばいいのかわからない」

おれは間髪をいれずに言った。「まずは手始めに、きみがどれほどうれしいかというところから始めよう。おれは二、三日中にロシアへ行って、世界をよりよい場所にしてくる予定だから」

「どういう意味か、きくのが怖いわ」

「コナーと話をした」

「それで？」

「それで……計画をまとめているところだ」

それ以上説明する必要はなかった。「何を手伝えばいい？」

エヴァの切り替えの速さは称賛に値する。彼女は戦略家の頭を持ち、ある現実から別の現実へと瞬時に移動して、新しい情報に即座に対応できる。

いや、逆境に屈しない人（サバイバー）だと言ったほうが適切か。

「ディミトリについて教えてほしい」

エヴァが唾をのみこむ。「日課とか、そういうこと？」

「まさにそうだ。コナーは、実際ディミトリの家は要塞だから、仕留めるには外出時が一番の狙い目だと言っていたが」

エヴァがしばし口をつぐみ、おれの目を見あげる。「教会よ」

「毎週行くのか？」

「ええ、礼拝は絶対に欠かさないの」

「極悪人にしては信心深いんだな」

「そうじゃなくて、ビジネスなのよ。教会を利用してマネーロンダリングをしているの」

それには驚いた。「どうすれば教会を通じてマネーロンダリングなんかできるんだ？」

「不動産よ。教会は受け取った寄付金で物件を購入して、それを貸したり売ったりしてディミトリにお金を返すの。もちろん、自分の取り分を差し引いてから」

「なるほど」

「あの男はどこへ行くにもボディガードと一緒。教会へ行くときでさえも。でも告解室に入るときはひとりよ。そこで密会して現金を渡すから」

「まさに好都合だな」

「何をしているかわたしは知らないとディミトリは思っているだろうけど、耳をよく澄まして口を閉じていれば、なんだって知ることができる。ずっと口を閉じたままでいれば」

おれはエヴァの言葉に含まれた悲痛な響きに反応しないようこらえたが、右手だけはそれ自体が意志を持っていて拳を握った。

「わかった、とてもためになる情報だ。ありがとう」

「ほかにももっと教えられるわ」

「あとでタビーとコナーと会うことになってる。そのときに全部話してくれればいい」ふと気づいてつけ加える。「ふたりの前で話したくない内容なら別だが」

「もし話していて……具合が悪くなったら、タビーにそう言うわ。わかってくれるはずだから。彼女となら気を張らずにいられるの」

「よかった」おれはささやいた。「そう聞いてうれしいよ」

エヴァがためらいがちにほほえむ。

「ただ、買い物の誘いにだけはのらないと約束してくれ」

エヴァの笑みが大きくなった。「タビーの格好はすてきだと思うけど」

「ああ、サーカスの曲芸師としてはね」おれはそっけなく言った。「今にもチェーンソーを宙に投げたり、火のついた剣をのみこんだりしそうだと思わないか?」

「カーゴショーツが最高のファッションだと思っている男が言いそうなせりふね!」

「その話題を蒸し返したくてしかたがなかったんだろう？」

エヴァが頭を傾けておれを見あげる。ああ、この長いまつげ。美しい瞳。

その唇。

下腹部がかっと熱くなる。おれはエヴァの唇ではなく、目に意識を集中させた。彼女が今もっとも対処したくないのは、おれのこわばりに違いない。

「たくさんの人がディミトリを殺そうとしてきたわ。誰もが全力を傾けたけど、あの男には生き延びるという悪癖があるの」

「きみは心配しなくていい」

「しっかり警護されているから、近づくのはほとんど不可能だし」

「それもおれの問題だ。きみの問題じゃない」

「しいっ。あの男の話はもう終わりだ。おれたちの話をしよう」

エヴァはしばらく黙りこみ、それからおれの顎の下に頭を潜りこませた。何やら考えている。おれは不安をかきたてられた。

「話してくれ。何を感じているのか知りたいんだ」

「混乱してる。動揺して、怯えて、怒って、疲れて、空腹で、ありがたくて、心がざわついてる」いったん言葉を切った。「それから、あなたが人殺しの話の直後にわたしを思いやる話をしたからびっくりしてる」

おれは軽くからかった。「もう少しあいだを空けたほうがよかったかな?」

エヴァがささやく。「違うの。そのことがこんなにうれしくなければよかったのにって思っただけ」おれの胸の香りを嗅ぎ、Tシャツをつかむ。

もはやおれの下腹部はすっかり目覚めて準備万端だ。エヴァが体の上で重心をずらしたときには、おれはうめき声がもれないように舌を嚙んだ。

「あなたっていいベッドになるわね」

おれはざらついた声で答えた。「いつでもどうぞ」

するとエヴァが今度はおれの腕に張りついている袖口をもてあそび、指で縁の縫い目をたどりだした。指先が肌をかすめ、下腹部が跳ねあがる。

おれは目を閉じ、押し殺した息を吐いた。

「どうしてこんなに心臓が激しく打っているの、ナズ？」

「きみはコカインで、おれは依存症だからだ」

エヴァの指が一瞬止まった。それから考えこむように指をくねらせながらタトゥーのまわりをたどっていく。

おれの体は隅々まで覚醒し、燃えあがっていた。肌を滑る指先の軽い感触に、すべての意識が研ぎ澄まされる。血管に沿って腕の内側をけだるく撫でられると、指の下で静脈が激しく打った。

とても静かにエヴァが言った。「イエスよ」

「イエスって何が？」

「そう、あなたのことを考えていた」

愚か者め、落ち着くんだ。息をしろ。「そうなのか？」

「ほとんどは……夜。ベッドのなかで」

空気が電気を帯びた。体じゅうの筋肉が緊張する。おれのことを考えながらエヴァがベッドで自分に触れている姿を頭に思い描いた。シーツのなかで身をよじらせ、おれの名前を悩ましく叫ぶ姿を。下腹部が脈打ちはじめる。

おれはエヴァの髪に鼻を押しつけて息を吸いこんだ。てのひらで彼女の背中を撫でおろす。おれは口を閉じたままじっと横たわっていたが、本能が行動を起こせと叫んでいた。

エヴァのなかに身を沈めたくてどうしようもない。溺れかけた男が空気を求めるように、痛みと渇望と切迫感にあえいでいた。

「日中はたいてい気を紛らわせることができたけど、夜は……あなたのことしか考えられなかった。想像していたの……」

その先を言わなかったので、おれはかすれた声で促した。「何をだい?」

エヴァがどうにか聞き取れる声で言う。「自分の指があなたの舌だって」

おれの胸から音がもれた。勢いよく息を吐く。おれは彼女を仰向けにして服をはぎ取り、潤ったぬくもりにこわばりをうずめたいという抑えがたい衝動と闘った。

次の展開がなんであろうと、エヴァが決めなければならない。彼女の意志で。自分で決断すれば後悔することもない。

男性ホルモンがみなぎってあらゆる細胞が抗議の声をあげていても、主導権はエヴァにゆだねなければ。

エヴァが指先でおれの腕を撫であげ、Tシャツの袖の下に手を滑りこませる。爪が肩をかすって、体がぴくりと反応した。その手が腹部へさがっていくと胸が震え、抑えようとしたがうまくいかなかった。Tシャツに潜りこんだ指が肌をかすめ、へそのすぐ下の感じやすい部分をそっと撫でる。おれの口からまたうめき声がこぼれた。

「たくましいのね」エヴァがささやき、腹部にてのひらを広げる。手の下で筋肉が収縮し、おれは満足して喉を鳴らした。「それにとても感じやすい」

「言っておくがそこは今、体のなかで一番鈍感な部分だ」

エヴァがおれのジーンズのウエストに指を差し入れ、軽く爪を立てながら腰に片方ずつ触れる。それから耳元に唇を寄せたので、あたたかい息が首筋にかかった。

「こんなにセクシーで引きしまった体は見たことがないわ、ナズ。現実の世界では。この体を手に入れるのに時間がかかった？　ジムで何時間も精力的にトレーニングをしたの？」

〝精力的〟という言葉がかすかに強調されていた。おれをもてあそんでいるのか？　罰を与えるために？

くそっ、かまうものか。こうして続けてくれるなら。

おれは食いしばった歯のあいだから答えを絞りだした。「ああ、そうだ。とても精力的に」

震えるおれをかすかに笑う。

「うーん、そうよね」エヴァが耳たぶのすぐ下をかすめるキスを重ね、震えるおれをかすかに笑う。

「エヴァ――」

「黙って。わたしはトラウマを受けていて、半分酔っ払ってるの。すぐ手に届く場所に銃もある。わたしはこの状況と、あなたがわたしのためにしてくれたことと、起こったことのすべてに精神的に折り合いをつけようとしている。そうしているあいだ、あなたがその気になっているのを感じたい。何か不満でもある?」

おれは長く荒い息を吐いた。「利用されてこんなにうれしかったことはないよ」

「よかった。だってずっとこうしたかったんだもの」

エヴァが片側に重心を移動させて、おれのジーンズの一番上のボタンを外そうと格闘を始めた。

これまで気を失った経験はないが、今にも失神しそうだ。

前ボタンをすべて外し終えたエヴァがジーンズを左右に広げ、白いブリーフを押しあげているふくらみに注目した。それからおれのTシャツを引きあげて胸と腹部をむきだしにする。

はだけた胸をしばらく見つめ、それからさすりはじめた。

手を胸から腹部へかすめて移動させ、そこから撫であげる。てのひらが胸の筋肉をたどる。その手がふたたびさがってジーンズのなかに消え、下腹部の脇をかすめて腿の上部にやさしく触れる。

おれは歯の隙間から息を吐き、そのあと息を吸えと自分に言い聞かせた。

「緊張しているみたい」エヴァがささやく。「先に言っておくけど、もっとひどくなるわよ」

エヴァがこわばりを握ってそっと力をこめた。

うめき声をあげるおれをちらりと見あげる。頬が赤らみ、目が少し翳(かげ)りを帯びている。おれの顔に視線を据えてつかんだ手を滑らせ、てのひらで付け根のふくらみを包む。

「大きいわ」小声で告げた。

「何が?」

「これよ」それから来た道をたどり、指でてっぺんに円を描く。

「きみにぴったりおさまるよ」おれはエヴァの目を見つめながらなんとか伝えた。

もう一度握られると反射的に体が動いて、彼女の手に下腹部を押しつけていた。心臓が早鐘を打つ。汗が吹きだしてくる。キスをしたくてたまらないが、〝もっと、深く、そこだ〟という脈打つような心の声に反してじっとしていた。

エヴァがおれの葛藤を見つめながらささやく。「とてもいい子にしてるのね」「ご褒美をもらわないと」

その言葉が口をついて出る様子にエヴァがほほえんだ。荒々しくて、飢えていて、ぎりぎりまできている様子に。

「そうかもしれないわね」エヴァが手元に目をやってブリーフを少し引きおろし、頂だけをさらけだした。

それからブリーフのなかに手を入れた。あたたかくやわらかい手で包みこむ。裏側で脈打つ血管を親指でたどり、てっぺんに滑らせて軽く押した。

おれは拳を握り、これ以上うめき声がもれないようにのみこんだ。腱がぴんと張っている。

「すてきよ」エヴァがささやき、こわばった下腹部をゆっくりと上下にさする。

「気に入った？」

「ああ」

「わかっているだろう」おれは息を切らしていた。背骨の付け根に渦巻く熱が骨盤に広がっていく。部屋全体が暑くてたまらない。熱と電気に満ちている。欲望で圧迫されている。

「ほかには何が好きなの、ナズ？」

「きみの口でしてもらうことだ」こぼれた言葉は告解のように罪深く生々しかった。

「わたしもあなたの口でしてもらいたい。一度も経験したことがないから」

一度もない？　くそっ、ディミトリは自分の欲求を満たすばかりで、彼女のことなど考えもしなかったのだろう。

「ああ、頼む。きみを口で歓(よろこ)ばせたい、エヴァ。あの遺跡できみがおれに頼んだように、きみの体じゅうにキスをさせてくれ」

自分ではどうしようもなく、言葉が口をついて出ていた。ほとんど支離滅裂だ。エヴァが自分のせいでおれが息も絶え絶えになっていることに心を躍らせ、その気になっているのがわかる。彼女が唇をなめ、おれをつかむ手にかすかに力をこめる。エヴァが手を動かすリズムに合わせて、おれは軽く突きあげた。

「もう、あなたって本当にセクシーなのね」エヴァが驚いたように息を弾ませる。

「わたしのショーツが濡れてるわ」

体を密着させたまま身をよじられて、おれは我慢の限界を超えた。

両手をエヴァの髪にくぐらせて頭を引き寄せ、熱烈なキスをする。

それを受け入れてくれたので少し緊張を解いて、やさしく唇を重ねつつもキスは深め、けだるげで完璧なリズムで舌を絡めた。濃密な行為にめまいがする。彼女の手の動きと自分の動きもぴったりと合っている。もう少しで達してしまいそうだ。

「やめてくれないといってしまう」おれは唇越しにざらついた声で訴えた。

エヴァの頬が紅潮する。「こんなことを言ってムードが壊れなければいいんだけど、これほど自分に力があると感じたことはなかったわ」

おれはうめき声をあげて体を震わせた。

エヴァがささやく。「だってこんなに張りつめている」

「お願いだ」おれは低い声で懇願した。「おれを撃つか、さもなければいかせてくれ。もっと言うなら、顔の上に座ってくれ、そうすれば一緒にいける」

エヴァの目が丸くなった。頬がさらに紅潮している。彼女は取り澄ました教師のように唇をつまんだ。

そのときおれは思いだした。

エヴァはディミトリに捕らわれたときバージンだった。それから何年も無理強いされてきた。経験は積んできたものの、いい意味での経験ではない。

本当の情熱という点では無垢なのだ。

エヴァを心から愛し、その体や魂を尊重して自分の欲求よりも彼女の欲求を優先する男に出会うことがなかった。

彼女はこれまで愛されたことがない。

「待って。止めてくれ」おれはエヴァの手首を握り、どうにか上体を起こした。肘をついて彼女を見つめ、必死で呼吸を整える。あいだに挟まっているこわばりが突然邪魔に思えた。鼻先を合わせて見つめあう。「これじゃあ逆だ。おれが心地よくさせてあげないと」

エヴァがまつげを伏せて小声で言う。「そうしてくれてるわ」

「ちゃんとしたやり方じゃない」声がざらついた。「今はまだ」

おれは立ちあがり、抗議される前にエヴァを抱きあげた。そして腕に抱えたまま、ベッドルームへと廊下を突き進んだ。

22

エヴァ

わたしは大股で廊下を歩くナズの肩にしがみつき、目を見開いて彼の横顔を見つめた。その下の張りつめたものをこの心臓が受けとめられるかどうかはわからないが、受けとめられることを願った。

録音された会話のなかで、ナズがタビーとコナーに一番大切なのはわたしで、わたしを守ることが最優先事項だと告げた映像を見たときには、あまりの衝撃に座ったまましばらく動けなかった。人が持ちうるほぼすべての感情に押しつぶされた。それから勢いよく立ちあがって室内を歩きながら、ナズがトゥルムへの道すがら自分自身にひどく腹を立てていたこと、途中で車を道路脇に寄せて話があると言ったことを思いだした。

どんなふうにわたしがそれを止めたのかも。

どんなふうにナズが自分を嫌悪していると言い、どんなふうにわたしが彼の思いはわかっていると言ったかを。

互いに心から望んでいたにもかかわらず、ナズは体を重ねることを拒んだ。

そんな彼をわたしは殺そうとした。

ナズを殺そうとしたなんて！　頭に銃弾を撃ちこむと脅してから三十分も経っていない！

タビーは正しかった。ナズはわたしに嘘をついている自分を責めていた。ものごとを大きな視点でとらえたときに、わたしは芯の部分ではナズが高潔な人だと信じていた。

それにふたりの置かれた状況がどれほど奇妙でこみ入っていても、これまでの人生で何より彼のことがほしかった。

ナズがわたしのベッドルームのドアを肩で押し開け、足で閉めてからベッドに向かう。いつも仕事で重い荷物を運んでいるのかと思うほど、恐ろしく簡単にわたしを床におろしてまっすぐ立たせた。

彼はわたしのジーンズから銃を抜いて、ベッド脇のテーブルに置いた。「あとでまだおれを撃ちたいと思ったときのために」そっけなく言う。

「あとでね」わたしはナズを見あげた。口がサハラ砂漠並みに乾いて、それ以上は言葉が出ない。

ナズがTシャツを脱いで床に落とす。「きみを愛でてからだ」燃えるような目でゆっくりとつけ加えた。それからふたりでベッドに横になった。

わたしの上になって頭の両脇に手をつく。上にのられると彼の大きさとたくましさを改めて感じる。熱気と筋肉と燃え立つ目。わたしなんか簡単に押しつぶせる山のような人。それでもそんなことはしないと、熱っぽさとやさしさにあふれるまなざしが告げている。

わたしが傷つく姿を見るくらいなら、自分が責め苦を負いたいと願う人だ。わたしはそう信じはじめていた。

「大丈夫かい？」わたしの顔を見ながらナズが尋ねる。

「もし〝大丈夫〟っていうのが、精神的にまいってしまう寸前で、今までで一番心臓が激しく打っていて、怖がってるってことなら、ええ、大丈夫よ」

ナズが唇の片端をあげる。「そういうところをおれがどれほど好ましく思っているか知らないだろう」

「怖がっているところを？」

「正直なところだ」ナズの声はかすれている。「きみはいつも思ったことを率直に口にする。感じたままを、いいことも悪いことも全部、例外なしに。きみほど勇敢な女性はほかに知らない」

わたしは喉が痛いほど締めつけられた。まばたきして目の端ににじむ涙を抑えるほどに。「勇敢じゃないわ。何もかもが怖い。あなたでさえも」

「それでもきみはおれと一緒にここにいる」

わたしは震える息を吐いて目を閉じた。「怖いからという理由で何かを決めたりしない」

ナズが最高にやさしくこめかみに口づけ、耳元でささやく。「おれのかわいい勇敢なお嬢さん。それを勇気というんだよ」

わたしは泣きそうになったけれど、どうにかこらえて唾をのみこみ、ほてった顔をナズの手首に押しつけた。

ナズが身を低くして体を触れあわせた。肘でバランスを取りつつも、胸から脚の付け根までは密着している。わたしは脚を開き、彼があいだにおさまるように腰の位置をずらした。こわばりがわたしのジーンズの縫い目を押しあげている。

ナズが両手でわたしの頭を支えながら、顎から鎖骨までそっとキスでたどった。喉元で止めて、くぼみを舌でつつく。

「ふたりとも靴を履いたままよ」わたしは震えながら言った。「これって変なこと?」「何を身につけているかは考えなくていい」くぐもった答えが返ってきた。「すぐに解決する。これだけを感じて」舌が首元の脈打つ血管を伝う。わたしが身を震わせると、ナズが言った。「息をして」

彼に軽く喉を吸われると、言われたとおりにするのが難しくなった。肌に歯を立てられ、胸の頂がすぐさま硬くなる。

ナズの口をほかの場所にも――あらゆる場所に――感じたくて、わたしは鋭く息を吸って腰を押しつけ、彼の背中に指を食いこませた。

「たまらなくきれいだ」ナズが荒々しく言って、唇で肌をたどる。「それに敏感だな」続いて知らない言語で何やらささやいた。喉の奥から強く発する外国の言葉は、男らしくて官能的に響いた。

彼の手がわたしのシャツに潜りこみ、あたたかくてざらついたてのひらが肌に触れる。たこのできた指は硬いけれども動きはやさしく、鳥肌が立つほど心地よい。その手が胸のあたりに来ると、わたしの口から取り乱した悲鳴がもれた。

ナズの体が固まる。

「平気よ。ただ……意識がもうろうとしているだけ」

ナズが顔をあげ、わたしの唇に時間をかけて熱のこもったキスをした。それからブラジャーのなかに手を滑らせて胸を包む。

「おっと」わたしがびくりとするとナズが含み笑いをもらした。「楽にして」

「だめ、楽にするなんて」わたしはみだらな気持ちで息も絶え絶えだった。「激しく、もっと、速く。今すぐに」

ナズが視線を落とす。顎には力が入り、鼻孔が広がって呼吸は乱れているが、体は完全に抑制されていた。わたしの顔を見つめて親指と人差し指で胸の頂をつまむ。

わたしは口を開けたものの、声が出なかった。ただ片膝を立ててナズの腿に押しあてる。

ナズが親指で胸に円を描き、今度はもう少し強くつまんだ。わたしの体に驚きと歓びが波のごとく広がっていった。

「何がほしい?」ナズがわたしの口元に視線を据えて息をつく。

「全部、何もかも。あなたがほしいの」

ナズがわたしのシャツの裾をたくしあげてブラジャーを押しやり、先端を口に含んだ。

熱いものが全身を駆けめぐる。

ナズの口はあたたかく濡れていて力強く、あっという間にのまれてしまう愉悦の渦のようだ。ナズが頬をへこませて胸を吸い、下腹部を押しつける。やわらかい肌に軽く歯を立てられて、わたしはうめいた。

大きな声で。

もう片方の胸も同様につまんで吸われた。毛布の上でわたしは溶けたバターのようになり、汗だくで身を震わせた。

「こんなふうにしているだけで、きみはのぼりつめそうだ」ナズが驚いた様子でささやき、張りつめた頂を舌ではじく。

「わたし、一度も……今まで……ああ……」

ナズが口をつぐみ、やがてやさしく尋ねた。「クライマックスを迎えたことがないのかい？」

「ええ。いえ、あるわ、自分では。でも誰かとは……」あまりの恥ずかしさに腕で顔を覆う。

「いいんだ。打ち明けてくれてありがとう」ナズが胸に鼻を押しつけて息を吸い、指で肩をもんでそっと告げた。「きみを味わいたい。おれの口で達してほしい。そうしたいかどうか教えてくれ」

わたしは不鮮明な声で同意を伝えた。腰が勝手に動いてナズにぶつかり、爪がたくましい背中に食いこむ。目がひっくり返りそうだ。

ナズがようやくわたしの服を脱がせはじめた。シャツとジーンズと靴を同じくらいすばやく取り去り、床にぞんざいに放る。ブラジャーも脇に置いた。それから脚を折って座り、こちらを見つめた。

何ごとも見逃さない真剣なまなざしだ。わたしは無防備だと感じながらも、その目に宿る感情に激しく気持ちが高ぶった。その情熱と切望に。

「本当にきれいだ」ナズがささやき、さらけだされたわたしの腿の内側を指でたどる。

「たまらなく美しい」

それから両手をわたしの腹部に広げ、ゆっくりと撫であげて胸をつかんだ。頭の位置をさげて唇にそっとキスをする。下唇に軽く歯を立て、ちくりとした痛みをやさしく舌でぬぐい去る。

わたしはナズの髪に指を差し入れて顔を引き寄せ、もう一度もっと深く、もどかしさと欲望にあふれたキスをした。

ナズが唇を離して小さく笑う。「我慢できないんだな。わかったよ」

彼は体を下にずらし、ざらついた頬を腿にあてた。両肘で体を支えてわたしのヒップの下に手を入れ、喉から低い声を発して強く握る。そして口を開いて肌を吸った。伏せられた黒いまつげが扇のように頬に広がっている。

わたしは目を離せなかった。

呼吸は荒く、心臓は乱打し、全身を震わせながらも、ナズが内腿を吸って舌を這わせる姿から視線をそらすことができない。片脚ずつ時間をかけて、ボウルに入った生クリームを与えられた猫のように明らかに楽しんでいる。ショーツの中央に鼻をこすりつけて息を吸われたときには、わたしは叫び声をあげそうになった。

ナズが布地を横にずらし、わたしを貪欲な視線のもとにさらす。こんなふうに、これほど親密に、深く味わいつつも、さらに深い情熱をこめて見つめられたことは今までなかった。わたしのすべてをむさぼりたいとばかりに。

「むきだしだ」ナズがささやき、脚のあいだに口づけた。

軽いキスでナズの唇は閉じていたものの、わたしは心臓に電気ショックを与えられたほどの衝撃を受け、息をのんで体を跳ねあげた。

ナズが片手をわたしの腹部にあてる。それが支えに思えた。

わたしは息も絶え絶えに言った。「いつも脱毛しておくようにって。あの男はわたしに……」唾をのみこみ、酸素を求めてあえぐ。「ヘアが残っているのを許さなかった」

しばらくしてからナズが言った。「これからは、きみの好きにすればいい。それに今後ふたりでベッドにいるときは、あの男の話はなしだ」

「ああ、わたしったら。ごめんなさい」

「怒ってるわけじゃない。ただ、おれたちのあいだにあの男の割りこむ余地はない」

「ええ、そのとおりだわ。約束する、二度と……」

わたしは激しく息を吸いこみ、言葉が途切れた。ナズが頭の位置をさげて、すばらしく情熱的な唇をわたしの体の中心に押しつけたからだ。

わたしはくぐもった声をもらし、ベッドの上でのけぞった。頭を枕に押しつけ、ゆっくりと目を閉じる。ナズの舌が敏感な芯を前後にはじき、わたしがふたたび声をあげて身もだえするまで軽く吸った。

わたしは息を切らした。「ナズ、これってすばらしいわ」

ナズがうめいて、さらに激しく吸う。

みだらで親密で、荒々しいほど情熱的だ。頭に思い描いていた奔放な空想よりもずっといい。体はもう制御が効かなくなっている。腰が反射的に突きあがり、腿は力が入って小刻みに震えている。静かな部屋に耳障りで大きな息遣いが響き、わたしはこれまで経験したことのない動物的な歓喜の声をあげていた。

そのとき、ナズが太い指をゆっくりと差し入れた。

あまりの心地よさに死にそうになる。

わたしがナズの髪に触れると彼は視線をあげたが、口はわたしに押しあてたままだ。指を抜き差しされて、わたしは思わず震える手をナズの髪にきつく絡めた。ナズはこの行為が好きなのだ。それ以上にわたしに与えている影響が好きで、そのことがわたしをさらにみだらにさせた。

「お願い、やめないで」ナズの口に体を押しあてながらささやく。

それに応えてナズがもう片方の手で腹部から胸へとたどっていき、先端をつまんだ。

わたしは悩ましい声をこぼして頭を枕に預けた。

そのあとは興奮にのまれ、理性的な考えは消え失せた。わたしは両手でナズの髪をつかんで顔の上にのった。どんな声を出そうが、どう見られようが、まったく気にかけず、自分の感覚だけに意識を向ける。腿の下でナズの肩の筋肉が波打って盛りあがった。それすらも信じられないほど官能的だ。体の芯の緊張が高まってくる。胸でも同じことが起きていて、すべての感情がふくれあがって空間を埋めつくし、解き放たれようとしていた。ちょうど駆り立てられて興奮のきわみに向かう体が張りつめているのと同じように。

そしてなんの前触れもなく砕け散った。

最初の波に襲われたとき、わたしは息をのんだ。あまりに激しくて声も出ない。それから痙攣に体を揺さぶられる。喜悦の高波が次から次へと押し寄せ、絞りだすような声がいやおうなくもれた。

それが延々と続き、体がばらばらになる気がした。長く震える叫びが耳に届き、それが自分の口から出ているのだとぼんやり考えた。

「しいっ、静かに」ナズがわたしの体をベッドに横たえて耳元でやさしくささやくまで、わたしは自分が泣いていることに気づかなかった。

わたしはナズの体に脚と手をまわし、肩と首のあいだに顔をうずめて涙に溺れた。ナズは黙って固く抱きしめ、わたしを泣かせてくれた。震える息遣いがふたりを、その下のベッドを揺らす。彼の腕はがっしりとしてあたたかい。鼓動が規則正しくわたしの胸を打つ。ナズの体の圧迫感は盾のようで、檻には感じられなかった。

ナズの腕のなかは聖域だ。

生まれて初めて、わが家にいるような安らぎを覚えた。

「許してあげる」わたしはナズの胸に向かって泣きじゃくった。

しばらくしてから、ナズが小さく笑いだした。「知ってるかい？　たった今、これからけんかをしたときにどうすれば勝てるか心に刻んだってことを」

「今みたいなことをたびたびしてくれたら、けんかをする必要は何もないわ」

ナズの笑い声が大きくなる。

「本当よ」わたしはナズの首と顎の至るところに熱烈なキスの雨を降らせた。「あなたって驚異的だわ。信じられないくらいすてきだった。ねえ、これは厄介ごとから逃れるための一度きりのことで、しばらく一緒にいたら怠けて無頓着になって二度としないなんて言わないでよ」

「言わないよ」ナズがにやりとしてわたしを見おろす。瞳が明るく輝いている。「それにきみはおれの自尊心を最高にくすぐってくれる」

わたしは鼻をすすった。「優秀な男って、ひと言よけいなのよね」

ナズがまた笑いだして、頭をわたしの首をもたせかけた。

「ナズ？」

「なんだい？」

「今すぐキスして」

ナズが顔をあげ、目を輝かせてわたしを見つめる。「もちろん」それから言葉の裏に何かがあるのを察して口をつぐむ。「特別な理由でもあるのかい？」

「それは……」わたしはためらいながら唇を湿らせた。「あなたが味わったのと同じものを味わいたいから」

ナズの黒い瞳に炎が揺らめく。「きみはみだらな夢みたいな女性だな」低い声で言うと、キスで口をふさいだ。激しくて情熱的な、たっぷりと時間をかけたキスだった。ついに空気を求めて唇が離れると、ナズが尋ねた。「どうだった？」

わたしはつかの間、考えた。「わからないけど、あえて言うと……柑橘系かしら。オレンジをかじったときに頰にピリッと感じるような。でも塩辛い感じもするかも。ほら、フランスワインって独特のかびみたいな土臭い香りがするじゃない？」

声を殺した笑いでナズの体が震える。

「なんなの？」わたしは当惑した。

「愛しいな」両の頰に口づけされた。「愛しくて、魅力的で、まったく抵抗できない」

「しっかり抵抗しているみたいだけど」わたしはぶつぶつ言った。

「どういう意味だ？」

「あなたはまだジーンズをはいてるじゃない。それに靴だって！」

ナズが両方の親指でわたしの頬を撫で、愛情のこもった目でじっと見おろす。

その表情にわたしは呼吸を忘れた。

「避妊具を持ってないんだ」ナズが静かに言う。「もし持っていたとしても、次の段階に進むのは待ったほうがいい」

わたしはナズを見据えた。「次、の、段、階、に、進、む、の、は、待、つ？」愕然としてゆっくりと繰り返す。

「おれのためじゃない。きみのためだ。その経験を特別なものに――」

「今がいいの」わたしはナズの言葉をさえぎった。「こんなふうに感じられるのをわたしがどれほど待っていたかわかる？　ヒントをあげるわ。ずっとよ」

ナズが考えこむように息を吸う。

「もっと言うと」わたしは頭に血がのぼった。「避妊具は必要ない。避妊注射を打っているから。たぶんあなたが気がかりなのは妊娠で病気じゃないと思うけど、もし違っていても教えてあげるわ。わたしは病気は持ってない。あなたは？」

「持ってない」即答された。

「じゃあ、いいじゃない。やりましょう」

挑戦的な視線を受けて、ナズが吹きだした。わたしを抱えたまま寝返りを打ったので、わたしは毛布のように彼に覆いかぶさった。両手で頬を包まれる。

「おれたちにはもう時間がたっぷりある」わたしの目を見あげてささやく。そこで声音が変わった。「今、銃をちらっと見たな？」

「銃で脅せば言うことを聞いてくれるかと思って」

「そうなのか？」ナズが口を引き結ぶ。今度こそ笑うまいとしているのだ。この男ときたら。

わたしは拳で彼の腕をパンチした。コットンパフで煉瓦の壁を叩いているようなものだ。「もう、あなたとセックスがしたいのよ！」鞭を打つようなしなやかさでふたたび組み敷かれ、両の手首を頭上にあげて釘づけにされた。「力を見せつけてくるのね」わたしは口ごもった。

「聞いてくれ」

「何？」

わたしの目をのぞきこみながら、ナズが懇々と話す。「体を交わしたら、きみはおれのものだ。そしておれはきみのものになる。そういうことだ」

胸の内の広々とした平原に野生の牡馬の群れと稲妻が走るように、わたしの心は一瞬で決まった。あまりに真剣なナズの様子にぞくぞくして唾をのみこむ。

「あまりに急いでこんな関係になったことを、どんな形であれ後悔だけはしてほしくない。きみはまだ緊張を解く暇さえないのに。おれは長いスパンで考えてる。たしかにすばらしい気持ちになるだろうし、たしかにふたりとも望んでいる。だがきみに必要なのは、いったん止まってこのすべてを整理する時間だ。そしておれに必要なのは、そのうえで身を任せてくれるとき、きみの心の準備ができていることなんだ。その先の未来も含めて」

少ししてからわたしは震える声で言った。「ああ、まったく」

ナズが眉をひそめる。「どうした？」

「それで納得したわ」

にやりとするナズは息をのむほどすてきだ。「どうだ、おれは天才だろう？」

「でも、ちょっときいてもいい？」

「もちろんどうぞ」

わたしは切りだす前に唇を噛んでナズを見あげた。「ほかにもできることがあるわよね？　厳密にはセックスじゃなくても。たとえばその一歩手前みたいな」

ナズの顔から笑みが消えた。片方の眉がゆっくりと弧を描く。

わたしはささやいた。「だってさっきソファの上でしていたことが、すばらしくよかったんだもの。あれで一緒に……最後までいけるかもしれない」

ナズのまつげが震える。「まったく、きみときたら」彼が息をつき、ふたたび熱烈に唇を重ねてきた。

つまりは賛成ということだ。

23

エヴァ

自分を笑わせてくれる相手がいるというのは人生における神の恵みにもかかわらず、まったく正当に評価されていない。とはいえ、突然ぞろぞろと現れるものでもない。ユーモアで気持ちを明るくしてくれる人は片手で数えられるほどしかいない。なかでも本当におもしろくて、かつて自分が怪物のお気に入りのペットだったことを短いあいだにせよ忘れさせてくれるのは、たったひとりだけだ。

すばらしいヒップと腕のせいもあるのかもしれないけれど。わたしは感傷的な気分になっていた。

わたしを見るナズの目は、毎週日曜日に教会で見かける高齢の女性が十字架を見るような目だ。いつも同じ会衆席でひざまずき、顔をあげて声に出さずに唇を動かして祈りながら、祭壇の精巧に作られた金の十字架像を深い畏敬の念をこめて見つめている。その体から信仰心が光のようにあふれている。

あの女性は真の信者だ。

彼女と同じ強い献身的な愛情を目に宿す男性が、わたしの髪をやさしく洗ってくれている。

「本当にとんでもなく豊かな髪だな」ナズが愛おしそうに言って、大きな両手で頭を泡立てる。乱暴になったり無頓着だったりする男性もいるだろうが、この人はとても上手だ。逆に言うと、おそらく経験があるのだろう。

妻のことをきいてみたいけれど、ナズにとっては苦痛のもとだとわかっている。だから代わりにほほえむことにした。「それは美容師としての長年の経験から来るプロの意見なの、ダドリー？」

唇に軽いキスが降ってきた。「ああ。もしお望みなら、このあとパーマをかけることもできる。いくつかすてきなハイライトを入れるとか。カラーリングもね」

わたしは頭を後ろに倒して目をつぶり、頭皮を流れるあたたかいしぶきを楽しんだ。

「すばらしい」ナズがささやいて、両手でわたしの胸部を撫でおろす。

体を見つめられているのは感じていた。一糸まとわぬ姿だというのに、この人の前だとどうしてこんなにくつろいだ気分でいられるのだろう。理由はわからないが、実際そうだ。

　これも神の恵みだ。わたしは恩恵を集めはじめている。

泡が全部流れたところで、ナズがわたしを腕のなかに引き寄せてキスをした。お湯のせいでめまいがするのか、それとも彼の唇のせいなのか、周囲がゆっくりとまわっている。蒸気の渦がわたしの何も身につけていない体にぶつかってうねっている。ナズが片手でわたしの背中をたどってヒップを握り、さらに近くに引き寄せたので、彼のこわばりがふたりのあいだに挟まって、石鹸の泡でなめらかになっているわたしの腹部を押した。

「いつもこんなふうなの？」わたしは小声できいた。

ナズが手を滑らせ、わたしの胸を愛撫する。「こんなふう？」

わたしは目を開けてナズを見あげた。「こんなに心地よいものかってこと」

ナズのほほえみはやさしかった。彼の目も。「いや」ささやきが返ってくる。「もっとずっとよくなる」

　ナズがわたしをくるりとまわして壁に向け、首筋に口を寄せて両手で胸を包みこむ。わたしは濡れたタイルに手をついて、額もそこに預けた。まわりの温度が二十度は跳ねあがった気がする。脚のあいだに手を伸ばされ、指が滑りこむと、わたしは悩ましい声をこぼしてのけぞった。

ヒップに硬いものがあたる。わたしは後ろに手を伸ばしてそれをつかんだ。ナズがまた外国の言葉で何やらささやいた。声が欲望でざらついている。

ふたりの動きがぴったりと合った。押して引いて滑らせて、それから同じ動作を繰り返す。できる限りゆったりと。首をめぐらすと、唇をふさがれた。脚のあいだの指の動きが速くなる。わたしはそれに応えて、彼をさするリズムを速めていった。

ナズがうめき声をあげる。声が水分を含んだタイルに反響し、彼の手の上で体を揺するわたしの小さなあえぎが重なり、降伏と歓喜でぞくぞくする音と化す。

腕を巻きつけられ、ナズの胸部の張りつめた筋肉を肌で感じた。わたしの肩にナズが額を押しあてて小刻みに震える。「エヴァ、エヴァ」

ナズが全身を震わせてから、わたしの手のなかに自らを解放した。わたしの芯をつまんで肩の筋肉に歯を立て、口を押しつけてうめく。クライマックスの高波に身をゆだね、下半身を短い間隔で激しく突き動かす。ナズは最後まで行って足元がおぼつかないので、わたしが壁に腕をついてふたりの体を支えた。

肩甲骨のあいだでナズの心臓が乱打しているのがわかる。息を弾ませて小刻みに震え、完全にぐったりしている。それがまたいい。

「すまない」ナズがざらついた声を出してせわしなく息をつく。「くそっ」

「何が？」

「先にのぼりつめるはずじゃなかったのに」

わたしはくすりと笑ったが、ナズに腰に手をあてて向きを変えられ、目の前でひざまずかれると笑いが引っこんだ。

そして――ナズは彼にしかできない方法で尽くしてくれた。

ナズの口は魔法のようだ。

この美しい男性が膝をついて献身的に奉仕してくれていること自体が歓びだが、巧みな舌の動きはそれとはまた別だ。彼は目を閉じて陶酔した顔でわたしをすすり、ヒップをつかんで体を支えた。

わたしはたまらず声をあげてクライマックスに達した。ナズの濡れた髪に指を絡め、倒れないように両膝を突っ張る。彼の名前を呼び、頭を後ろに倒してタイルに預ける。ナズが空気を震わすような音をたて、それがわたしの芯を伝って反響した。一瞬、世界じゅうの時計の針が動きを止めた。時間の感覚が吹き飛び、現実の世界がぼやけていく。

気がつくとナズが立っていて、わたしの味が残る唇で時間をかけて魂のこもったキスをしてくれた。

わたしは口がきけるようになってから弱々しく言った。「入れるところまで行かなくていいわ。今みたいな、それ以外のことって最高」

ナズが低く満足げな含み笑いをもらす。「楽しむのが狙いだからな、お嬢さん」

「だとしたら、上出来よ。その努力に金星をあげるわ」

ナズが耳元でささやく。「まだまだこれからだ」耳たぶをそっと吸った。わたしはいかにも満たされたため息をついたらしく、ナズが大声で笑ってわたしを抱きしめた。

「さあ、何か食べさせてあげないと。パスタは好きかい？　ほっぺたが落ちるほどのリングイネのボロネーゼを作るよ」

「ああ、神さま」わたしは驚いてささやいた。「きっと天に召されてしまうわ」

「おれの自尊心こそ、心におさまらないほど大きくなりすぎて、今は天にあるんだ。行こう、美しい人。体を拭いて」

ナズがシャワーの下からわたしをやさしく移動させ、ふやけたヌードルのようにぐにゃりとしたわたしの体を支える。それからバスルームの中央の床に立たせ、女性の気持ちがわかる男性がするように、こすらずにタオルで体と髪をぬぐってくれた。

「あなたは最高の夫だったんでしょうね」

ナズが一瞬、動きを止めてから、わたしにタオルを巻きつけて胸の上で両端を結んだ。それから鼻のてっぺんにキスをする。「子どもの頃は出来が悪かったんだ。でも精いっぱい努力した。これよりうまくできることもいろいろある」

わたしはナズの頬に触れて瞳をのぞきこんだ。「奥さんは運がいいわ」

ナズが悲しげにほほえむ。「いや、運がよかったのはおれのほうだ。彼女を愛することで、ましな人間になれた」

「だったら、奥さんを愛してくれてよかった。彼女もきっと心の底からあなたを愛していたと思うわ」

瞳を感情でかすかにきらめかせ、ナズがわたしの頬を両手で包む。「彼女はおれを愛してくれていた」ささやきながら、わたしの瞳をのぞきこむ。「あんな幸運にはふたたびめぐりあえるはずがないと思っていた。一生に一度もめぐりあえない人がほとんどなのに、二度はないとね」

わたしの胸にはほんの少し前までなかった苦悩が巣くっていた。喉が締めつけられ、急に息ができなくなる。

ナズがわたしを両腕でかき抱き、体で思いを伝えてくれる。もはや言葉はいらない。わたしが震える息を吸いこむと、彼は体を離してにっこりした。「さあ、食事をしよう、テルマ。ずっと餌をもらえないと象がどれほどおかしくなるかは知ってるんだ」

クローゼットのなかにローブを見つけた——黒。明らかにこの建物のイメージカラーだ。ナズはキッチンに向かい、わたしは髪をとかした。疲労が骨までしみてくる。肉体的にも精神的にも疲れきっていた。おまけにこの先に待ち受けるものを考えると、心がずしりと重くなる。

ナズは頭が切れて有能だと知っているけれど、まもなく対面する狡猾（こうかつ）な悪魔と渡りあえるとは限らない。

ディミトリはナズとは、いや誰ともフェアプレーはしない。自身の無慈悲なやり方でプレーする。勝つためにプレーするのだ。

ベッドルームから出ると、おいしそうなにおいが迎えてくれた。ガーリックとスパイスと、肉に焦げ目をつけているにおいだ。

「彼らはあらゆることを考えてくれているのね」わたしはナズが服を着替えたことに気づいた。シャツはひとまわり小さいけれど、文句はない。ナズの彫刻並みの体を夢みたいに見せつけてくれる。

「コナーは常にものごとの一歩先を行くんだ」ナズがコンロから視線を離して笑いか

けた。白いキッチンタオルを肩にかけ、フライパンに挽き肉を木のスプーンで押しつけている。どれを取っても家庭的に映る。

その姿にすっかり魅了された。大柄でがっしりとした男の人が、料理をしたり赤ん坊を抱いていたりする姿は世界一官能的だ。もっと官能的にするには下着姿でやるしかない。

「ところでメトリックスでの最初の仕事がわたしだったのよね?」

「ああ。でも、きみを〝仕事〟とは呼ばないよ」ナズがウインクしてフライパンに視線を戻す。

沸騰した深鍋のパスタをシンクでざるに空けて湯を切り、また鍋に戻してバターをたっぷり加えた。ナズはくつろいだ様子でコンロに向かっている。シェフになった姿も想像できる。

「あなたにできないことはあるの?」

ナズが含み笑いをもらす。「音程を外さずに歌えない。制限速度以下で運転できない。テレビでボウリングの観戦を楽しむ人がどうしても理解できない」

「それって欠点とは言えないわ。一番の欠点を教えて。そうすれば、あがめはじめているあなたの高い鼻をへし折ってやれるから」

ナズがにやりとして振り向く。「欠点はない。悪いが完璧なんだ」

わたしは目をぐるりとまわした。「わかった、わたしの欠点から白状するわ。教会で神父に注意を払うべきなのに、たまに別のことを考えているときがあるの」

ナズが目を細め、本気で言っているのかどうか、いぶかるように見つめた。「それは欠点じゃない。自衛本能だ。とんでもなく（アズ・ファック）退屈な説教もあるからな」

「とんでもなく（アズ・ファック）、ね」わたしは繰り返した。「その判断基準は？」

ナズが片方の肩をあげた。「ただわかるんだ」

「了解。じゃあ、次ね。わたしは片づけが苦手」

「ああ、それは気づいてた。アパートメントはハリケーンのあとみたいだったな」

わたしは顔を輝かせた。同意されて、理屈に合わないながらも勝ち誇った気分になる。これでナズも何か打ち明けなければならなくなった。「でも最近まで気づかなかったのよ。なんでも完璧に整理しておかないと……」

言葉を切って唇を噛む。

ナズが調理台に寄りかかり、頭を傾けてわたしを観察する。ようやくやさしい口調で言った。「楽しくなりそうだな」

「なんですって？」

「自分が好きなことを見つけていくきみを見守るのが」

頰がかっと熱くなる。

ナズが軽い調子に切り替えた。「ほら、もしかすると蛇の抜け殻集めに夢中になるかもしれないし――」

「いやだ！」

「バター彫刻にのめりこむとか、『スター・ウォーズ』のキャラクターに扮して、オンライン上の相手と討論するとか。そうだ、剝製作りだ！　剝製のダックスフントに囲まれた姿が目に浮かぶよ」

わたしはナズに視線を投げた。「あなたって本当に頭がどうかしてるわ」

ナズが何食わぬ顔で言う。「いや、真面目な話だ。ダックスフントの剝製は別だが。それはおれの趣味だからな。嫌いなのか？」

「嫌いよ」わたしはうなずき、唇から笑みがこぼれるのを抑えた。ナズをつけあがらせたくない。「何かありきたりで退屈な、編み物とかから始めるわ。おあいにくさま」

「編み物は退屈じゃないぞ。実用的だし。すてきなマフラーとミトンを編んでくれてもいい」

「ミトンですって？　そんなものをはめてうろつく気なら、あなたを男らしい人だって相当買いかぶっていたみたい」

「似合うと思わないのか?」ナズがトマトソースの瓶を開け、焼き色がついた肉が入ったフライパンに注いで軽く混ぜた。戸棚から皿を二枚出して、バターを絡めたリングイネを盛りつける。

「あなたのミトン姿を見られるなら大金を払ってもいいわ、ダドリー」

「できればピンクで」

「ピ、ピンク?」

「悪人たちの世界ではあんまり見ない色だからな」ナズがリングイネにミートソースをかけて、引き出しからフォークを二本出し、キッチンのそばの四角い木製のダイニングテーブルに運んだ。「座って」声をかけてくれる。「おれはワインを開ける」

わたしは本当は死んで天国にいるのだ。目がくらむ思いでふらふらとテーブルに腰をおろす。「とてもいいにおい」

「ひとりで食べはじめないでくれよ。そんなことをされたら傷つくから」

冗談なのかどうかわからない。ナズはこちらに背中を向けているし、声の調子も平板だ。とにかく額面どおりに受け取ることにして、膝の上で両手を重ねた。それからナズがカウンターにある木製の小さな棚からワインを選び、フォイルをはがしてコルクを抜くお決まりの手順を踏むのを眺めて楽しんだ。そうするうちに、ナズがワインを注いだグラスをふたつ手にして戻ってきた。

「ここが地下だなんて本当に信じられない」わたしは目の前に置かれたクリスタルのグラスの脚に触れながら、感嘆の念を口にした。

「ここを全部見たときには、おれも感心した」ナズが向かいに座ってフォークを手に取り、白い歯を見せてにっこりする。「さあ、召しあがれ（ボナペティ）」

　フォークを刺して口いっぱいに頬張ってパスタを食べはじめるナズの姿を、わたしは黙って見つめた。

「どうした？」わたしの視線に気づいたナズが尋ねる。

「その……わたし……」目を閉じて息を吸いこむ。突然、感情にのみこまれた。

「認知的不協和だな」

　目を開けてナズを見た。平然とした顔をしている。そして同じくらい平然と肩をすくめた。

「どういう意味なのか、まるで見当がつかないわ」

「同時にふたつの相反する信念を抱えようとするときに起こるんだ。おれを殺したい気持ちを抱きながら……その、理由は承知のとおりだが、もう一方で男らしくてすばらしい、息をのむほどセクシーなおれにめろめろになってる。すばらしい料理の腕前にも。ところでパスタの味はどうだい？」

「まだ食べてないわ」わたしはまた猛然と食べはじめたナズを見守った。

「何がどうなっているのか脳が認識するまでにしばらくかかる。まったく一般的な心理的なストレス状態だ」

ナズは食べつづけている。「だから最後の一線を越えなかったのね」

「そうだ。結ばれていないほうが、おれを厄介払いするのもずっと楽だろう。だからといって、きみは厄介払いしないだろうけれどね。なんといってもおれは最高の男だからな。ただ理屈としては、すべてが終わったあとにきみがひとりで夕日のなかへと立ち去りたいと思ったときに、そのほうが楽にできる」

「それって自分はベッドでもすばらしいってことを遠まわしに伝えてるんでしょう？」

ナズの笑みは目がくらむほどだ。「またばれたか」

彼が食べる姿を見つめながら、わたしはワインを口にした。「あなたの理論にはひとつだけ問題があるわ、アインシュタイン」

「そうかい？　どんな？」

「わたしはもうあなたと結ばれているもの」

ナズが持ちあげかけたフォークを途中で止めて、わたしを見る。

わたしはにっこりしてパスタを口に運んだ。おいしかった。

ナズがざらついた声で尋ねる。「おれをベッドに引きずりこもうとして言ってるだけだろう?」

わたしはモナリザのほほえみを浮かべ、さらにワインを味わった。

一瞬、間が空いてから、ナズが頭を振って含み笑いをもらした。「言っておくが、おれとファックするのはきみのお気に入りの趣味になるよ」

「〝おれと〟を〝おれを〟に置き換えても、文章としては成り立つのよ」

フォークを取り落としそうになるナズを見て、わたしは吹きだした。ナズがふざけて動物のうなり声を真似ながら突進してくる。

リングイネを食べに戻ったときには、それはすっかり冷めていた。

24

ナズ

その夜はこの二十年でもっともよく眠った。

目が覚めてエヴァが腕のなかにいるとわかると、胸がいっぱいではちきれそうになった。暗がりで横になったまま彼女の息遣いに耳を澄まし、宇宙を司るなんらかの力に感謝の祈りを捧げた。

両手をエヴァの体に滑らせて曲線を覚えこませる。鼻に彼女のちょっとずつ違うさまざまな香りを記憶させる。指先で耳の縁をたどって、その繊細な形と、赤ん坊のようにやわらかいうなじの毛と、背中に連なる真珠のような背骨の小さくて完璧な凹凸に感嘆する。

おれの関心にようやく気づいたエヴァが目を開けた。体を押しつけて伸びをする。筋肉が緊張して震えている。それからため息とともに力を抜き、おれに顔を向けてほほえんだ。

「ここにいるのね」寝起きで声がかすれている。

「いつもいるよ」

「全部夢かもしれないと思ってた」

おれはエヴァの肩と首のあいだの感じやすい箇所にキスをして、きつく抱き寄せた。

沽券（こけん）にかかわるので愛情表現はしないという男もいるが、そんな愚行は笑うしかない。

エヴァのやわらかくて心地よいぬくもりを感じられるこの場所で、残りの人生を過ごしたい。

「今、何時？」

「時計によると八時半だ」

「まあ、ずいぶん寝ていたのね」

「疲れていたからだ。腹は減ってるかい？」

エヴァが静かに笑った。「お腹はまだリングイネでいっぱいみたい」

おれはエヴァの腹部を撫でた。自分とはまったく違っていて愛おしい。丸みを帯びてしなやかで、命を育てるために創られた場所。おれのこわばり以上のもので彼女の体を満たしたいという根本的な衝動が、切なる思いとなってみぞおちを貫く。

「子どもについて考えたことはあるか?」

質問のせいか、おれのかすれた声のせいかはわからないが、エヴァが体を硬直させた。

かすかに耳障りな音をたてて息をつく。「いやな人」

「おれはほしいから、自然に口から出たんだ」

少ししてから、エヴァが喉を詰まらせた。「泣かせるようなことを言うのはやめて!」

おれはエヴァを自分の上にのせ、彼女の頭を胸に押しつけた。固く抱きしめ、必死であえぐエヴァの脚を片脚で押さえる。

「わかった、その話はお預けだ。それから今、言うべきことかどうかはわからないが、きみはいびきをかいてたぞ」

「いびきなんてかかないわ」エヴァがおれの胸に向かって反論する。くぐもっていたが笑いを含んでいて、うれしくなった。

「自分で聞いてみればいい、テルマ。あの音ときたら、最後のトリュフをめぐって争う興奮しすぎた豚が詰めこまれた家畜小屋みたいだった」

エヴァの肩が震えだす。

「ゆうべ、自慢げに欠点をあげていたとき、いびきを含めるのを都合よく忘れていただろう。ほかにもおれは思いもしない欠点に驚かされるのか？　足のにおい？　腹にガスがたまるとか？」

「裏地に炭を使ったショーツを買って対策済みよ」エヴァが忍び笑いをもらす。「あとひと箱注文するのを忘れないで。もう残りが少ないの」

「自動配達の注文を入れておこう。きみの靴用の防臭剤も一緒に」

エヴァが顔をあげておれの顎にキスをする。「毛むくじゃらのあなたにはノミ取り粉をね、野獣さん。体をかいているのを見たわよ」

鼻先を突きあわせて、おれたちは笑いあった。「おはよう」

「おはよう」エヴァが答えた。「起き抜けはいつもこんなにおしゃべりなの？」

「スーパーヒーローにしてはおしゃべりかな？　うーん、そろそろ暗くて謎めいた仕事にも手をつけないと。そうすればスーペリアマンの存在をもっと真剣に受けとめるだろう」

「ピンクのミトンをはめてごみ箱をひとっ飛びする姿が目に浮かぶわ。そんな話、絶対に真面目に受けとめられない」

「ああ、それがどんなに大変かわかるよ」おれはエヴァの唇に軽くキスをして、もう一度抱きしめた。「そろそろ起きないと。おれの暴れん坊が部屋を荒らしはじめる前に」

「そうね、坊やは少々興奮気味ね」

「今後のために言っておくが、男の下半身について話すときに〝少々〟という言葉は絶対使ってはいけないんだ」

「失礼。坊やは興奮して、とてつもなく巨大になってるわ」

おれはにやりとした。「そのほうがずっといい」

エヴァが目を閉じて頭を振る。「男って本当に単純な生き物ね」

「もし〝単純〟という言葉を〝魅力的〟という意味で使ったのなら、礼を言うよ」

「そういう意味じゃないけど。まあいいわ」エヴァは寝具をはねのけて立ちあがると、むきだしのすばらしいヒップでおれの目を楽しませながら、両腕を頭上に伸ばしてバスルームへと歩いていった。

おれはまた声に出さずに感謝の祈りを捧げてから、ベッドをおりてあとに続いた。

一時間後、ふたりでコナーのオフィスに向かった。部屋にはタビーもいた。椅子を後ろに倒し、両足をコナーの机の端にのせている。唇は集中して引き結ばれ、指はルービックキューブの上を飛ぶように動いている。

おれはタビーの服装にあからさまな反応は示さなかったが、声をあげて笑わずにいるのは至難の業だった。もっと控えめな格好のピエロだって見たことがある。

コナーが机から顔をあげて口元を緩める。「おはよう、おふたりさん。よく眠れたかな?」

おれはエヴァの肩に腕をまわして引き寄せた。「ああ」

おれがエヴァにほほえみかけると、彼女の頰が赤くなった。大男の問いかけの真意がわかっているのだ。

「完成!」タビーがルービックキューブをコナーの机に置いた。全面の色がそろっている。

コナーが腕時計を確認する。「九十二秒」

タビーが動揺する。「本当に? ああ、頭が錆びついてきてる」

「その秒数でだめなの?」エヴァが言う。

「ああ、もう年だわ」タビーが片手を宙で振った。「シナプスが前みたいに活発に働いてくれないのよ」

おれは鼻を鳴らした。「年だって? やっと三十歳ってところだろう」

「二十七歳を過ぎたら、坂をくだる一方なの」タビーが夫にあたたかい視線を投げる。「このご老体が自分の名前を覚えているなんて奇跡だわ」

コナーがにらんだ。「ふん」

「入って座って」タビーが長い脚を机からおろす。エヴァとおれがコナーの机の正面に座ると、タビーはこちらに射るような視線を投げた。それから大きな笑みをたたえ、椅子の上で飛び跳ねる。

おれは目をぐるりとまわした。コナーが忍び笑いをもらしている。エヴァが言った。「そんなにあからさまだってことね」

「大気圏外から来たんだってくらい輝いてるもの」タビーが答える。「ほんのちょっとオーバーだけど」

「全身をブルカで覆ったほうがいいな」おれはエヴァの手を握った。「きみはまぶしすぎてみんなの目をくらませる」

エヴァの頬が赤みを増す。

コナーに対するタビーの口調が仕事モードになった。「さて、ナーシルが寝ているあいだに殺されなかったことが確認できたところで、先に進みましょ」おれに向かって小声で告げる。「寝ているあいだに殺されなくてよかった」それからエヴァに輝くばかりの笑みを見せた。

おれはコナーからの視線を、〝まったく女どもときたら〟と解釈した。

頭を振ってにやけながらコナーにきいた。「夜のうちに何か進展は？」

「いや、皆無だ。見当がつくだろうが、これは非常にいい知らせだぞ」

エヴァがゆっくり息を吐いて、椅子の上で体から力を抜いた。

彼女がほっとしたことに気づいてコナーがうなずきかける。「ディミトリが何か勘づいたなら、必ず向こうから連絡してくるだろう。だがメールにもインターネットにも、いまだにこの状況に気づいている兆候はない。自宅に不自然な動きもない」

「衛星画像を入手したの」エヴァが困惑した面持ちで眉根を寄せたので、タビーが説明した。「自宅の外部と敷地内は見ることができるけど、残念ながらディミトリの家の警備システムは自分たちのサーバーを経由する有線方式なの。だから家のなかはのぞけない」

エヴァは納得していない様子だ。「でも内部や携帯電話にアクセスしないと、あの男が何をしているか確実にはわからない。そうよね？」

コナーが言う。「きみがコスメル島を出たのを知っていながら、じっとしていると思うか？」

エヴァは唇を噛み、不安そうな顔でしばらく考えこんだ。「怒りを抑えられない男だし、そのまま放置しておいたことは一度もないわね。相手にどんな目にあうか知らしめる以外、何をしてもディミトリにとっては臆病者と同じなの」言葉が途切れる。「どんなふうに実行するか、事細かに思い知らせる以外は」

おれはコナーと視線を交わした。

「どっちみち今日は、ディミトリももっと差し迫った問題を抱えてるんじゃないかしら」タビーが何食わぬ顔で自分の爪を観察しながら言う。

タビーがチェシャ猫を思わせる得意げな笑みを浮かべてこちらを見る。「たとえば、自分のお金がどこにいったのか突きとめるとか」

「たとえばどんな?」

エヴァがはっと背筋を伸ばす。「どういう意味?」

コナーの深刻な口調は、目に浮かぶ表情に見合っていない。得意げに光る目の表情とは。「ディミトリと取引のある銀行でコンピュータに障害が起きたらしい。預金がどういうわけか二十あまりの慈善事業に送金されたんだ。あいにく振り込みは完全にスクランブルがかかっていて追跡できない。とはいえ、今朝はたくさんの女性のシェルターで、いい意味での大きな驚きがあるだろう」

エヴァが唾をのみこみ、目を輝かせてタビーとコナーを見比べる。「本当に？　そんなことができるの？」

「もうしたよ」

コナーの机で電話が鳴って会話が途切れた。コナーが番号表示を見て押し黙る。おれに向けた黒い目はいつもより深みを増して見えた。

「噂をすれば、だ」

おれの体をアドレナリンが駆けめぐった。二秒で心拍が平常値から異常値まで一気に跳ねあがる。「やつか？」

「ああ」

エヴァが片手ですばやく口を押さえ、椅子の上で縮みあがる。「ああ、神さま」

顔から血の気が引いて真っ青になっている。おれは彼女の手を握った。冷たく湿っている。「大丈夫だ。約束する」

「あなたはディミトリを知らないのよ」エヴァが震えながらささやく。

「みんな、落ち着くんだ」そう言うコナーのかたわらで電話は鳴りつづけている。

「スピーカーフォンにして電話に出る。誰もしゃべるな、いいな？」

全員が無言でうなずいた。部屋に緊張感がみなぎる。

コナーが机の上のつややかな黒い電話のボタンを押した。退屈そうな声を出す。「ミスター・イヴァノフ、調子はいかがです？」

ディミトリの冷ややかで抑揚のない声が部屋に満ちる。「よくない」

「ほう？」コナーが答えながら、小さく怯えた声を出したエヴァに警告の視線を投げる。

「そう、予期せぬ問題が起こってね。それで電話をした次第だ」

「どういったことでしょうか」

「率直に言おう。きみの時間を使うと高くつくからな。銀行がわたしの口座を凍結した。向こうはシステム上のエラーだと説明しているが、現状では解決策はないようだ」

しばらく間が空いて、コナーが促す。「それで？」

「きみへの支払期限が来ている」

コナーがおれを見た。驚きで眉があがっている。

ディミトリが返事を待たずに続ける。「きみたちのサービスは高額なので、依頼を取りやめることにした」

そのあとに続く沈黙のあいだ、部屋にいる全員が息を詰めた。エヴァは目を見開き、おれの手の骨が折れそうなほど強く握りしめている。

コナーがゆっくりと念を押した。「この件は打ちきりたいということですね」

「そうだ。即刻」ディミトリが一拍置いてから、かすかに疲労がにじむ声でつけ加える。「ミスター・ヒューズ、率直に言うと、妻と離れてみて夫婦の関係に決定的に欠けているものがはっきりした。この関係はどちらにとってもいい方向には働いていなかった。このところの健康面での問題もあって、手詰まりだとわかっているものを追うには人生はあまりにも短いと思ってね」

エヴァは呼吸を止めている。体に力が入りすぎて、死後硬直のような症状に見舞われるのではないかと思った。

コナーができる限り無関心を装って、相手の言葉を繰り返した。「健康面での問題？」

「糖尿病のせいで視力が低下して、神経障害も患っている。詳しく話して退屈させる気はないが」

「そうですか。それはお気の毒に。部下にすぐさま監視を中止するよう伝えます」

「最終的な請求書を送ってくれれば、送金の手配をする」

「それは無用です」コナーが言う。「前払いしていただいた分で賄えますので」

「ありがたい。これまでの献身的な仕事ぶりには感謝している」

ふたりは別れの挨拶を交わして通話を終えた。

驚いて、みんなで顔を見あわせる。

最初に口を開いたのはコナーだった。「ディミトリが糖尿病というのは本当か？」

エヴァがうなずいて唇を湿らせる。「これまでわたしにインスリンの注射をさせていたわ。痣でもできたときには……」しだいに声が小さくなって黙りこむ。それから強い口調で続けた。「こんなに簡単にすむわけがないわ」

「スイートハート」おれがエヴァの手をやさしく握ると、彼女がこちらを向いた。「本当のことを言っているように聞こえたかい？」

しばらく経ってからエヴァが答えた。「顔を見ないと確実なことはわからない」

「怒りを抑えられない男だとさっき言ったね。それに放置しておくのは臆病者だから、そんなことはしないだろうと」

エヴァが不安そうな面持ちでその言葉について熟考する。「そのとおりよ。あの男はいつも相手を叩きのめすの。やり方にあいまいさはない。だけどここ数カ月、わたしの監視役としてあなたたちを雇っていたのも確かで、それはディミトリらしくないわ。わたしの居場所がわかったときに、連れ戻す要員をすぐに送りこまなかった理由がいまだにわからない」

おれは言いたいことをどうやってやんわりと表現するかしばらく真剣に考えたが、結局思いつかなかった。「もしかすると……」息を吸いこむ。「ほかにお気に入りを見つけたのかもしれない」

エヴァがまばたきする。

おれは声を落として身をかがめた。「前に話してくれたね、きみは比較的長くもったほうで、ほかの女性たちはみんな最終的には姿を消してしまったと。もしかすると、きみはまさにぎりぎりのタイミングで逃げだしたのかもしれない。入れ替えられる直前だったのかも。きみを監視するというゲームもしばらくはおもしろかったのかもしれないが、そのうち向こうの興味が……別の方向に移ったとか」

エヴァがまつげをせわしなく震わせて激しく目をしばたたき、おれの指を強く握った。タビーに視線を送る。助けを求めているようだ。

タビーが緑色の目を細めて考えこむ。けれども結論に至らなかったらしく、片方の肩をすくめただけで何も言わなかった。

「おれの考えはこうだ」コナーが沈黙を破った。

全員がコナーを見た。

「A、ディミトリが行動に出る。B、ディミトリはこのまま何もしない。どちらかわかるまでは、たしかなことは知りようがない。いずれにせよ、不測の事態に備えて計画を練る必要がある。慎重にも慎重を期すべきだ。これから七十二時間は厳戒態勢を取る。防備を固めてあらゆる準備をしておく」

「そのあとは?」エヴァが尋ねる。

「状況を評価し直す。何か新たな情報はないか確認する」

エヴァはひどく動揺している。「こんなふうにただわたしを見逃すなんて信じられない。あんなに何年も、あんなにあらゆることを……」

エヴァの瞳が曇った。恐ろしい記憶にのみこまれたのがわかる。そこにだけはいてほしくない。おれは立ちあがってそっと彼女を立たせた。

「今のところ、エヴァとおれは〝ダブルテイク〟にいていいのか?」コナーに確認しながらも、エヴァの心配そうな顔から目を離さなかった。

「今のところは。もう少し偵察して、何か不自然なことがないかどうか確認する。それから、エヴァ?」

エヴァがコナーに視線を投げる。

「少しだけきみの男と話がしたい。タビーが一緒に下までついていく。いいかな?」

うなずいて立ち去ろうとするエヴァをおれは引きとめてきつく抱きしめた。「心配いらない」耳元にささやく。「ここ以上に安全な場所はない」

エヴァが弱々しい笑みを見せた。行かせるのは気が進まなかったが、タビーはもう先を歩いている。

ふたりが行ってから、おれはもう一度腰をおろした。コナーと目を合わせる。「それでもやつを排除したい。この手の病的な野郎はこの世界をうろつくべきじゃない」

「賛成だ」コナーがゆっくりうなずく。「だが、おかげで計画にかけられる時間が少々増えた」

「やつの話は本当だと思うか？」

「ディミトリのような男は概して手かげんはしない。向こうに嘘をつく利点が見あたらない」

「わざとおれたちを偽りの満足感に浸らせているとか？　さらに簡単にエヴァを取り戻せるように」

「向こうはこの三カ月のあいだにいつでも彼女を取り戻せた。だいたい、最初からわれわれに電話をかけてくる必要もなかった」

おれは片手を髪に差し入れた。ストレスはあるが、希望も感じていた。「明らかにおれが予想していた展開とは違った。それは確かだ」

「まったくだな」コナーが立ちあがる。「もしかしたら今回はついてるのかもしれない」机をまわってきたかと思うと、いきなりおれを手荒く引き寄せて背中をバンバン叩いた。肩が悲鳴をあげ、肋骨にひびが入った気がする。コナーが体を引いてにやりとした。「さっさとここから出て、自分の女の面倒を見ろ。ちなみに、生きていてくれてよかった。それを台なしにするような、つまらん真似はするなよ」

「了解」おれは答えながらドアに向かった。

25

エヴァ

〝ダブルテイク〟まで送ってくれたタビーがわたしの顔をまじまじと見つめた。「ラムひと瓶くらいじゃ足りなくなりそうね。ほかにほしいものは？」

わたしの笑いは両手と同じくらい震えていた。「水晶玉とか？」

タビーが同情をこめてわたしの腕をつかむ。「この数日は大変だったわね。先に言っておくと、そう、控えめな表現に関してわたしはピカ一なの」

笑おうとしたが、なんだか口がおかしい。また過呼吸になっているのかもしれない。

ディミトリがわたしを解放する。

そんなことがありうるだろうか。

「こんなことを言っても意味がないかもしれないけど、電話ではディミトリの話はもっともらしく聞こえた」タビーが言う。「あなたみたいに相手を知っているわけじゃないけど」

タビーの間の取り方には期待がこもっていた。わたしにはしゃべりたいことがあるのを知っているように。実際、わたしはしゃべりたかった。

「わたしにはわかってる。自分よりも優位に立っていると他人に思わせておくなんて、あの男の自尊心が許さない。ディミトリ特有の病的な気質がどんなふうに働くか、わたしははっきり見てきた。あの男は策士じゃない。超人ハルクよ。自分を怒らせるものはなんでも叩きつぶす」

タビーが静かに尋ねる。「なのに、どうしてディミトリの言ったことを信じないの？」

ふたりの視線がぶつかった。それぞれが同じことを振り返っていたに違いない。不信感と闇、残酷な男たちによって負わされた、いつまでも癒えない闘いの傷跡を。

わたしは目に涙が浮かび、途切れ途切れに答えた。「あの男に教えこまれたから。善人は絶対に勝てないって」

タビーが腕を広げ、人生で一番やさしい抱擁をくれた。「数は少ないけど、例外はある」彼女がささやく。「どうにか希望を持てる程度にではあっても、勝つこともあるの」

そんなふうに、黙って互いを支えながら抱きあっているところにナズが入ってきた。

わたしたちは抱擁を解いて目元をぬぐった。

「おっと」ナズがぴたりと足を止めた。こちらの様子にうろたえている。「いったい……」

「大丈夫よ、ナーシル。まずいところに来たってわけじゃないから」タビーがナズの頬に軽くキスをして、ツインテールを揺らしながら出ていった。

ナズと目が合ったとき、美しい黒い瞳は不安に満ちていた。「どうしたんだ」

わたしは震える息を吐きだした。「一方では、ディミトリが銃を乱射しながらそのドアを壊して入ってくるだろうとほとんど確信している。もう一方で、考えてるの……もしかしたら悪夢は終わったのかもしれないって」

ナズが両腕でわたしを包み、額にキスをしてくれた。「かわいそうに、頭が混乱してるんだ。認知的不協和ってやつは本当に不快だよな」

彼の胸板に頬を寄せたわたしは、一定のリズムを刻む力強い鼓動に安らぎを覚えた。

「ええ」小声で言う。「カーゴショーツをかっこいいと思っているあなたが、鏡に映る自分の姿を見て、脳が恐ろしい現実に対処しようとしているみたいに」

ナズの含み笑いが低く耳に響く。「いいぞ、ユーモアは間違いなく助けになる」

「この状況に対処する助け？　それとも、将来的にあなたの服の趣味に耐えかねて心を病んだときの助け？」

「どっちもだ。きみの気持ちを軽くするものをほかにも知ってるぞ」

わたしは興味をそそられてナズを見あげた。

ナズがこの世に心配ごとなどひとつもないかのようにほほえむ。「きみは食べなければならない、テルマ。その巨大なヒップがしぼむのはお互い望んでない。そろそろ行こうか？」

ナズが両腕でわたしをすばやく抱きあげてキッチンに向かう。わたしは涙と歓喜で息を切らして笑いながら、ずっと長いあいだ祈ってきた奇跡が今回は現実になるのだろうかと考えた。

もしかすると、神がついに情けをかけてくれたのかもしれない。

三日が過ぎた。ナズとわたしは奇妙な、たとえるならシャボン玉に似たもののなかにいて、外界から切り離され、琥珀に閉じこめられた蚊のように部屋にこもって待機した。地下一階の守られた要塞で、わたしたちは食べて、寝て、シャワーを浴びて、話して……話しこんだ。一度に何時間も。ナズはわくわくするような人生を送ってきていた。その話に耳を傾けるのが大好きだった。

わたしもいくつか自分の話を、マリインスキー・バレエ団に入る前の話をした。『火の鳥』で王女その六を演じ、わたしの人生を永遠に変えることになる無情な青い目の悪魔の注意を引いてしまう前の話を。

ばかげた迷信だとはわかっているが、それ以来、わたしは六という数字を忌み嫌っている。

ナズが音楽をかけて、踊ってくれないかと頼んだ。わたしは踊れないと言った。理由を尋ねられたので、それがディミトリのお気に入りだったからだと認めた。あの男はわたしにグランジュテやスーブルソーを延々とさせたり、恐ろしいあの五番ポジションからのルルベのポーズ——完全に爪先で立つ——を取らせ、両手を頭上にあげたまま十分間静止させたりした。くたくたになって抗議の悲鳴をあげる体で涙をこらえて踊るわたしを見るのが好きだったのだ。

爪先から流血するくらいなんでもない。よろめいたときに受ける罰に比べれば。

そう伝えると、ナズが音楽を止めた。それから彼はしばらく口をきかなかった。

わたしの目が冴えて眠れないとわかっている夜に、一度小声できかれた。「どうやって乗りきったんだ？」

わたしは答えなかった。〝逃げられないという事実を受け入れてしまえば、恐怖に屈するのは驚くほど簡単だから〟――そんなことをどうして口にできるだろう。抵抗するすべのない力にぶつかった者にとって、生き延びるというのは苦しみに潔く耐えることにほかならない。

死を恐れる気持ちはなくなった。毎日いつなんどきも死を覚悟していた。明日という日は心のなかにしか存在しない。

四日目、コナーのオフィスにふたたび集まった。わたしはナズと自分が核爆発の生存者で、廃墟と化した世界を悼むために核シェルターから出てきたかのような気がした。

「ふたりともたっぷり休養できたみたいだな」コナーがにやりとしながら声をかけた。

「おかげさまで」ナズが言う。

「負傷した肩はどうだ？」

「息をすれば痛む程度だ」

男性ふたりが笑みを交わした。

コナーに促されて全員が腰をおろし、顔を見あわせた。「いまだになんの情報もない」ようやくコナーが切りだす。「ディミトリのメールは銀行とのやり取りがほとんどだ。家から出たのは一度、医者にかかったときだけ。家に入ったのは電気工と生花店の店員しかいない」

そう、生花店。ディミトリは生花を毎週配達させていた。家じゅうにカサブランカの香りが充満していたものだ。甘ったるくて葬儀場みたいだった。

わたしが思い出に顔をゆがめると、ナズが手を伸ばして腕を握ってくれた。「すばらしい知らせだな」

「同感だ」

男性同士で交わされた視線には、言外の意味がこめられている気がした。わたしはきいた。「なんなの？」

コナーが椅子にもたれて腹部に指をのせる。「地下にいるのは落ち着かなかったか？」

「言われてみるとそうね。窓がひとつもないし。ちょっと檻みたいな感じがして」

「気分転換したいかな？」

「たとえばどんな？」わたしはナズをちらりと見た。ナズはコナーがこの話をどこにつなげようとしているか承知しているらしく、かすかな笑みで口角を持ちあげている。

ナズが言う。「たとえば、おれたちが所有しているところに行くとか」

わたしはぞくぞくする感覚に体を貫かれた。爪先まで軽く電気が走ったみたいだ。

「そこも安全だよ」ナズがやさしい声で請けあった。瞳を輝かせている。「隠れ家で、ここから近いが、プライベートな場所だ」

〝プライベート〟ふたりきりになれる。わたしたちだけで、わたしたちの場所で。上階で歩きまわる武装した部隊もいない。

普通の人のように。

普通の恋人同士のように。

「窓はあるの？」わたしがきくと、ナズが笑った。

「ああ、あるよ。防弾だが、たしかにある」

「本当にここを離れても安全なの？」

コナーが肩をすくめる。「〝安全〟というのは相対的な概念で、未来は予測不可能だ。おれにできるのは、手にしたものに目を向けることだけ。そして現時点では、われわれはまったく何も手にしていない。すべてはきみ次第だ。もう少しここにいたいなら、もちろん大歓迎だ。わかっていると思うが」

わたしは親指の爪を嚙みながらナズを見た。「どう思う？」

「きみが幸せでいられるなら、おれはどこにいても幸せだ」ナズが静かに答える。

「正直なところ、きみは少し怖がっているみたいだから、名案じゃなかったかもしれないな」

わたしは立ちあがり、部屋を歩きながら考えた。みんなはその場を動かずに考えさせてくれているが、ナズが注目しているのは感じた。あまりに一心に見つめてくるので、部屋のなかをついてくるふたつのレーザー光線のようだった。

わたしはようやく足を止め、みんなのほうを向いた。「試してみてもいい？」

「具体的には？」コナーが尋ねる。

「どうしても教会に行きたいの」

驚いて目を見開くコナーをよそに、ナズが答えた。「もちろん、行ってみよう」コナーを見る。「いいだろう？」

「ただ出かけて帰ってくる、それだけだな？」

「ええ」

コナーがうなずく。「わかった、それならかまわない」

「あえて言わせてもらうと」ナズが口を挟む。「教会内では無防備だ」

わたしは反論した。「コナーの銃がまだ手元にあるわ。それに、あなたたちだってあり余るほどの武器を持ってるでしょう」

　コナーが忍び笑いをもらす。「主（しゅ）の家で銃撃戦に加わる気か？」

「天は自ら助くる者を助く。身を守る必要に迫られたときは、神も理解してくださるわ」

　最悪に備える者（サバイバリスト）の険しい口調に気おされ、男性たちがわたしを見て、それから互いの顔を見た。

　わたしは勇気をかき集め、運を試すときがきたと心を決めた。

「ディミトリがまだロシアにいることは知っている。ずっと考えているけどわからないの。コスメル島にいたときには連れ戻さず、今になって連れ戻そうとここに誰かをよこすかしら。そもそもわたしがここにいて、島にはいないことがばれているという前提だけど。そうだとしたら、ディミトリらしくないふるまいだわ。だから……やってみましょう。教会に連れていって」

　やろうとしていることは至って単純に思える。兵士たちはどう見ても過剰なほどに備えることを楽しんでいた。

　コナーとナズはメトリックス本部の近くにある教会を選んだ。幸い、マンハッタンには教会がたくさんある。選ばれたのはロシア正教会ではないけれど、それでもまったくかまわなかった。

ナズが〝作戦指令室〟と呼ぶ部屋の壁に、周辺の巨大な地図が映しだされた。ナズとコナーは真剣な口調でささやきながら、メトリックスから教会までのルートを選択していった。その過程はアフリカ象の妊娠期間を思わせるほど長かった。

ルートが決まると、最終打ち合わせが始まった。腰に銃を携えた大柄なクルーカットの男性八人が足音も高く入室し、殺す準備は万端だという様子でまわりに立つと、コナーが作戦の説明を始めた。軍事用語でいう〝重心〟や〝重大な脆弱性〟や〝望ましい戦闘終了後の状態〟といった言葉が、皮肉をみじんも感じさせずに交わされている。

計画実行に関するこみ入った議論のあと、指令が出された。そのときにはわたしは寄り目になっていた。

締めくくりとして防弾チョッキが出てきた。

「ちょっと目立ちすぎじゃない?」わたしはナズが着せかけてくれる黒の防弾チョッキを見おろしながらきいた。

「死ぬよりは目立ちすぎるほうがいい」ナズが答え、わたしの体の前でストラップをとめる。

はいはい、ご指摘をありがとう。

そこから正面の入り口まで、男性たちに囲まれて誘導された。パニックを起こすまいとしたが、空気中にこれほど闘争心が発散されていては不可能だ。〝撃て！　殺せ！　死ね！〟という意識のあいだを行き来する男性たちの気迫が伝わってきて、平静を保つのが難しい。

タビーは賢明にもこの作戦中は姿を見せていない。

鋼鉄のシャッターが開くと、外には黒のＳＵＶが四台停まっていた。ここからは陽動作戦の一環としてグループに分かれ、別々の方向に出発するらしい。

息をつく間もなく、ナズにＳＵＶのなかへと押しこまれた。背後でバタンとドアが閉まり、棺(ひつぎ)の蓋が閉まる音を連想せずにはいられなかった。

「どれも装甲車だ」ナズが言う。「防弾スチールと防弾ガラスでできてるから、ほぼすべての銃弾を止めてくれる。タイヤは裂けたりパンクしたりしにくい仕様で、内側にスチールリムがついているから、破裂して飛ばされても高速で走行できる。車体は二重構造の高硬度のスチールとアルミニウムとチタンでできている。ドア自体も装甲されていて、厚さは二十センチある」

眉根を寄せて見つめるわたしの視線に気づき、ナズがほほえんだ。

「別の言葉で言うと、なかにいれば安全だということだ。爆弾でも落とされない限り、こいつをへこませることはできない」

「わたしの強烈な腸内ガスでも？」

ナズの笑みが大きくなる。「それでも無理だ」

バックミラー越しに、SUVの運転手と目が合った。わたしの発言に反応しまいとしているが、わたしのガスがどれくらいすさまじいのか考えているようだ。

一列になってメインゲートから出発した。わたしはきちんと呼吸をすることに集中した。ナズが隣で手を握ってくれている。

そしてマンハッタンの通りに出た。

旅行パンフレットから切り取ったようなすばらしい天気だ。陽光がさんさんと降り注ぎ、木の葉を鮮やかな黄緑色に輝かせている。人があふれていて、歩いたり、自転車に乗ったり、歩道の人ごみを縫ってベビーカーを押したり、店に駆けこんだり、急いで出てきたりしている。交通量と絶えず鳴り響くクラクションに圧倒される。平日の午前中だというのに、街は異常な活気に満ちていた。

島の時間はここには存在しない。すべてが光速で進んでいる。

わたしはナズを盗み見た。彼は目を細めてあらゆる方向に鋭い視線をさまよわせ、危険を察知しようとしている。わたしはサイドミラーでコナーの車両を確認した。後ろにぴたりとついている。前方の車両がいきなり脇道に折れ、視界から消えた。心臓が激しく胸を打って痛いほどだ。アドレナリンに加え、これが自由の身になって初めての車での外出になるという期待で気分が高揚する。

自由。なんて美しい言葉だろう。

すべてがうまくいけば、いつの日か自分の車でマンハッタンを走れるかもしれない。もしかすると、いらだたしげにクラクションを鳴らしているのはわたしかもしれない。

ナズを見て思わず口走る。「運転を覚えたいわ」

間髪をいれずに返事が来た。「たぶんあとでだな。今はちょっと忙しい」ナズがすばやく笑みを投げかけ、窓の外に視線を戻す。

いきなり前方に教会が現れた。灰色の尖塔が雲ひとつない青天井を突き抜けている。ステンドグラスの窓が並ぶなじみ深いバシリカ式教会の外観を見て、わたしは胸の前で十字を切った。体にしみついた長年の習慣だ。

ふとバックミラーをのぞくと、コナーの車が消えていた。

「着いたよ」ナズが言った。声が硬い。「霜を溶かすな」わたしがどういう意味かわかっていないのを察知して説明する。「気を抜くな。周囲に注意を払え。銃に手をかけておくんだ」

コナーのどっしりとしたグロックはジーンズの後ろに無理やり押しこんであるが、落ち着きが悪く、尾骨にあたっている。つややかで丸みのあるわたしの三八口径のリボルバーとは大違いだ。そういえば、あれはナズに取りあげられたままだった。あとで返してもらおう。今はコナーの銃に自分の銃の倍の弾が入っているのがありがたい。

車は教会の正面の縁石で急停止した。ナズが飛び降りて反対側のドアを開け、わたしがすばやく降りるのに手を貸してくれる。足が地面に着くと同時に車は発進し、ナズとわたしは教会の大きな木製のドアに向かって石段を駆けのぼった。

「通用口だ」ナズが建物の角へと案内する。声が低い。顎は花崗岩のようにこわばっている。極悪人モードに入っているのだ。危険なフェロモンが大量に発散されていて、触れられそうなくらいだ。

わたしたちはドアを押して教会に入った。

なかは静かでひんやりとして美しかった。ステンドグラスから差しこむ光が、磨かれた大理石の床に深紅や金の菱形を映しだしている。壁にある真鍮製の聖水盤に指を浸して聖水を感じると、深い安堵が体に広がった。

ナズが手首に巻いた黒いバンドに向かって小声で話した。耳を澄まし、首を縦に振る。みんなが無線でつながっているので、互いに連絡が取れる。聞こえてくる内容に満足した様子で、わたしにうなずきかけてから会衆席へと足を進めた。

ゴムの靴底で静かに床を踏みしめながら、香と蠟燭（ろうそく）のにおいを吸いこみ、木製の会衆席のなめらかな背もたれに手を滑らせる。

身廊で祭壇に向かって片膝を折り、それから体を起こして小礼拝堂に向かった。そこには石壁のくぼみに真鍮の蠟燭立てが置かれている。わたしはトレイから細い蠟燭を一本取って、すでに火がともされている蠟燭に芯を近づけた。蠟燭に火が移ると、火がついていない別の蠟燭に火を移し、蠟燭を吹き消す前に祈りを捧げた。煙が青い渦となってゆっくりと天井にのぼっていく。

「いい？」

隣でかさかさした紙のような声がして、わたしはぎくりとした。

皺が寄った青白い顔の年配女性がわたしを見あげてほほえんでいた。背が低く、全身黒の格好で、節くれ立った手にアンティークの銀のロザリオを握っている。もう片方の手は蠟燭を受け取ろうと差しだされていた。

わたしは言葉を失ったまま蠟燭を手渡した。その外観に驚いていた。年老いてはいるものの、彼女はたった今わたしが祈りを捧げた人物に気味が悪いほどそっくりだった。わたしの亡くなった母に。

蠟燭を受け取った女性は感謝のしるしにうなずき、わたしが見守るなかで火をつけようとした。彼女の手はひどく震えていて、すでにともされた蠟燭に芯を近づけては何度も失敗したので、わたしが手伝わずにいるのは忍耐を要した。やっと火がつくと、女性はほっとした様子で吐息をついた。

女性が蠟燭の火を吹き消すと、ふたりで静けさのなかにたたずみ、炎が躍り、揺らめくさまを見守った。

しばらくして、女性が胸の前で十字を切った。今度はもっと深く、ひどい重荷や痛みを抱えているように吐息をつく。

女性が小声で言う。「この世ではあらゆるものに代償を払わなければならない。無償で得られるのは神のご加護だけ」

女性は向きを変え、ひやりとする不吉な予感を残して立ち去った。

わたしは首をめぐらせて暗がりにナズの姿を見つけると、ここを出ようと足早に近づいた。

「もういいのか?」そばに来たわたしにナズが尋ねた。抜かれた銃は下を向いている。

「ええ、もう帰れるわ」

ナズが手首につけた装置に何やら小声で言い、わたしの腕を取って教会の外へ、明るい日差しのもとへと導く。わたしたちが無事に車内に落ち着くと車は急発進し、来た道をたどって速度をあげた。わたしたちの車が通過したあと、ほかの車両が脇道から合流して背後につく。

メトリックス本部に近づくにつれ、女性の言葉に対する不安が心に重くのしかかってきた。

「顔が青いぞ」ナズが気づいた。

「あの女性に言われたことが気になって」

ナズが眉をひそめる。「どの女性だ?」

「教会でわたしの隣に立っていた年配の女性よ」

ナズが奇妙な目でわたしを見つめていたが、わたしは横から速度をあげて近づいてくるオートバイに気を取られていた。

ふたりが乗っている。黒ずくめの服装だ。後ろの人物がバックパックから何か取りだす。それも黒。円盤型で、てのひらにおさまる大きさだ。腕を振りかぶり、まるでそれを投げつけるように——。

「来るぞ！」運転手が叫んだ直後、車両の側面に何かがあたる音がした。

オートバイが猛スピードで出口車線を走り去る。ＳＵＶはトンネルに入った。

そこで一気に風圧に見舞われ、世界が火の海と化した。

26

ナズ

目をくらませる白い光。炉を思わせる熱。強い圧力と、アイスピックで耳を刺されたような音が同時に襲いかかってくる。喉を詰まらせる煙が肺を焼き、すべての骨が金属でできている気がする。体に電気が走り、全身の毛が逆立った。

エヴァ。

衝撃のもやのなかで形にできた言葉はそれだけだ。宙に浮いているのはわかった。放りだされて車輪のように回転している。だが痛みはない。

痛みはあとで来るのだろう。

まだ死んでいなければ。

27

エヴァ

わたしは動いている。けれども自分で動かしているわけではない。体はどこも動いていない。目さえも開かない。それでも空間を通り抜けていっているのはわかる。もしかすると動いているのは肉体ではなく魂で、自分は死んだのかもしれないという思いが一瞬頭をよぎる。しかしその考えは、首に触れられて激痛が走ったときに消え去った。

死んでいるのにこれほど痛むとは思えない。

「アナ・ジュヴァ」男の声がした。

彼女は生きている。

「クセッシュ・ドリャ・ナス」別の男の声が答える。

ついてるぞ。

ふたりの男は爆弾の被害が大きすぎたのは誰の責任か言いあっている。爆発の規模や衝撃波について言い訳を並べ立てたあとに、わたしが防弾チョッキを着ていたのが自分たちにとっては幸運だったということで話がまとまった。

防弾チョッキの真ん中から突きでている爆弾の金属片は明らかに警報を鳴らしている。

ナズ。ああ、ナズ。どこにいるの？

なんとか目を開けようとしたが、まぶたは鉛でできているかのようだ。そこでわたしはひんやりとした金属の上に寝かされた。うめき声を出すと、黙るよう静かに諭された。

「じっとしてるんだ、エヴァリーナ。家に帰るぞ」

身の毛がよだつほど状況がはっきりした。

恐怖で目が開いた。わたしは停車中のバンのなかにいて、仰向けになって、何年も見知った顔を見あげていた。ディミトリの兵士のひとりで、平たい鼻と左眉の真ん中に深くて白い傷跡がある。〝狼（ウルフ）〟と呼ばれるのは、隠れている人の居場所を嗅ぎつけて、ずたずたに引き裂く能力がゆえだ。

今は金歯をむきだしてわたしに笑いかけている。「メキシコでの休暇を楽しんだみたいで何よりだよ、お嬢さん(チキン)。おれもあそこで楽しんだことがあるが、お楽しみは終わりだ。二度と鶏(とり)小屋から出られない」

ウルフもコスメル島にいたのだと、苦々しくも瞬時に理解した。わたしについてきて、ずっと監視していた。ナズがわたしを監視する様子を。わたしたちが出会って、ともに過ごすようになる様子を。ディミトリがわたしの逃亡先を知った時点で何も手を出さなかった理由が今ははっきりとわかった。わたしに逃げおおせたと思いこませ、メトリックスに仕事を依頼した理由が。

なぜナズの写真に対して、明らかにわたしと恋に落ちている男の仕事に対して何も言わなかったのか。

恐ろしい真実をまとめたとき、すべてのドミノが倒れた。ディミトリはわたしを永遠に服従させることができる何かを探していた。それはわたしの母が死んだときにディミトリが失ったものだ。

何週間か前にわたしがナズに話したように、人は自分のためよりも、愛する人のためにならどんな苦しみにも耐えられる。

怒りが恐怖に取って代わった。

SUVをばらばらにした爆発よりも激しく、憤怒(ふんぬ)が体のなかで炸裂(さくれつ)する。ウルフのにやけた顔を見あげながら、わたしは怒りが強さを与えてくれるのを感じた。
わたしはロシア語で言った。「あなたを好きになれたことはなかったわ」
グロックの銃身をウルフの顎に押しあて、わたしは引き金を引いた。

28

ナズ

おれは少なくとも聴覚が失われていないことはわかった。独特の銃声で放心状態から引き戻されたからだ。おれは目を開け、あたりを見まわした。

トンネルから三十メートルほど離れたアスファルトに寝そべっていた。中央分離帯の低い金属製の障壁に押しつけられている。トンネルの入り口の一部がＳＵＶの残骸でふさがっている。車両の側面は無残に吹き飛ばされて煙をあげている。その後ろには何台もの車が乗りあげて通行を妨げている。爆発が起きたときに急停止したのだろう。砕け散ったガラスとねじれた金属片が道路に散乱している。残骸のあいだを縫って人々が逃げ惑い、携帯電話に向かって叫んでいる。道路の片側に座りこみ、呆然としている人もいる。

また銃声が響いた。

それから遠くでサイレンが聞こえた。

コナーが壊れた車両からおれたちのＳＵＶの運転手を引っ張りだした。脈を調べているが、運転手は動かない。コナーがおれを見つけて立ちあがる。身軽な動きからして、怪我(けが)をしている様子はなさそうだ。小走りに駆けてきておれのそばに膝をつく。

そのときおれは自分が起きあがれないことに気づいた。

「エヴァ！」おれは叫びながらトンネルを指さした。

「動くな」体を起こそうとするおれの胸にコナーが手をあてて押し戻した。自分のベルトをすばやく外し、おれの腿の上部を締めあげる。

おれは視線をさげ、コナーが何をしているのか見た。大きな金属片が奇妙な角度で脚から突きだしている。自分の体の下にあっという間に血だまりができていくが、いまだに何も感じない。耳鳴りがする。口のなかはおがくずに似た味がする。それでも頭に浮かぶのはエヴァのことだけだ。彼女の名前がハンマーとなって頭を内側から叩いている。

エヴァが怪我をしていたら、自分を一生許せない。

彼女を守るのが自分の役目なのにしくじった。

トンネルから何かが出てきておれの注意を引いた。おれが目を見開いたので、コナーが視線の先を追う。

大きくうねる灰色の煙を抜けて、暗がりから人影がよろめきながら出てきた。女性だ。銃を手にしている。茶色の髪はもつれてぼさぼさだ。身につけている防弾チョッキの真ん中からぎざぎざした爆弾の金属片が飛びだしている。目は顔の中央に描かれた白い大きなふたつの円のようで、その顔は血にまみれている。彼女は必死に周囲を見まわして何かを捜している。狼狽して荒々しく、酔っ払いみたいに足元がふらついている。

彼女がおれを見つけて凍りついた。銃を落とし、足を引きずりながら駆けてくる。

「聖母マリアだ」コナーがささやく。すばやく立ちあがって走り寄り、つまずいた女性を抱きとめて持ちあげた。それから大股でおれのところに戻ると彼女を立たせた。けれども女性は崩れ落ちて膝をつき、震える両手でおれの顔を包んだ。

「生きているのね」かすれた声でささやく。「ああ、神よ、感謝します。まだ生きているなんて！」

おれはエヴァを抱きしめたかったが手が言うことを聞かないので、代わりにほほえみかけた。

「きみのほうはまだ恐ろしく太ってるじゃないか。巨大なヒップの一部を吹き飛ばされたんじゃないかと期待していたが、だめだったな、テルマ」

エヴァがいきなり絞りだすような声でむせび泣き、おれの胸に身を投げだす。それから救急車が到着してサイレンが泣き声をかき消すまで、その場を動かなかった。

29

エヴァ

ナズの腿に食いこんだ金属片を取り除いて傷を修復する手術は三時間かかった。

わたしは面会を希望した警官と話すことを拒絶した。診察を受けるよう説得する看護師の助けを拒絶した。混みあった待合室を無言で歩きまわる以外のことはすべて拒絶していると、執刀医が出てきて手術は成功したと告げた。

「彼は非常に運がよかった」ハンサムな若い医師がタビーとコナーとわたしに話した。自信たっぷりで他人を歯牙にもかけない様子は、こちらを見くだしている人によくある傾向だ。「傷が大腿動脈をごくわずかにそれていて切断を免れた。そうでなければ、ものの一、二分で出血多量に至っていたでしょうね」

コナーが医師を見据える。「実際に起きたことについて話をしようじゃないか。起きなかったことではなく。傷の程度は？」

コナーの鋭い視線を受けて、医師の尊大な態度が弱まった。左右の足に重心を移し、咳払いをする。「大腿骨は折れていません。これはいいことです。しかし、その、肺挫傷が認められて、肋骨に何本かひびも入っている。そこで呼吸を助けるために酸素吸入器を——」

「息をしてないの？」わたしは恐怖に襲われた。「手術は成功したと、たった今言ったじゃない！」

医師が一拍置いてから答える。「爆風による損傷は複雑なんです。多くの臓器に影響が及ぶ。傷がどの程度深刻かは、時間が経ってみないとはっきりしません。脚の傷の処置はしましたが、肺がどういった反応を見せるかわかるまでには時間がかかるでしょう。肺胞や血管の膨張、出血は一般的で……」躊躇し、ちらりとコナーに目を向ける。「死に至る可能性もあります。残念ですが」

わたしは両手で口を押さえて近くの椅子に腰をおろした。膝ががくがくしている。タビーがそばに座って肩を抱いてくれる一方、コナーは引きつづき医師を厳しく追及した。

「いつわかるんだ？」語気荒くたたみかける。首筋の血管が浮きでている。「この時点で施している治療は？　専門医を連れてきて処置させる必要はあるのか？」

医師が不機嫌そうな顔になる。「わたしが専門医です。現状についてですが、彼は今のところ集中治療室にいて、そこで注意深く観察されることになります。状態に何か変化があればすぐに処置がなされる。あなた方が望んでいる知らせでないとは思いますが、今できるのは時間の経過を待って、彼の体が外傷にどういった反応を見せるか見守ることだけです。彼は若くて体力もあり、回復する可能性は高い。さらに何か判明すれば、すぐにお知らせします」

「ナズに会えるの？」わたしは涙をこらえてきいた。

医師がわたしの顔を見ながら答える。「いいえ、まだです。状態が安定したらご案内します。そのあいだに医師の診察を受けたらいかがですか。顔についた血を見る限り、頭部に傷を負っているようだ」

「自分の血じゃないわ」

医師は不意を突かれたようだが、明らかにそれ以上知りたくないと思ったらしく、向きを変えて何も言わずに立ち去った。

コナーがわたしとタビーの正面にかがみこみ、両肘を自分の膝にのせた。何ごとも見逃さない黒い目でわたしの顔をのぞきこみ、やさしい声で尋ねる。「話せるか？」

わたしはうなずいた。ショックで呆然としていた。

「よし、よく聞いてくれ。おれは警察にたくさんの友人がいる。そのうちのひとりが言うには、トンネル内のバンにふたりの男の死体があったそうだ。どちらも身分証明書を所持していない。頭に一発ずつ銃創があった」

静まり返った部屋にわたしのささやきが耳障りに響いた。「ふたりともディミトリのえり抜きの兵士よ。警察が調べても、バンは現金払いで偽名を使って借りられたとわかるはずだわ。アメリカのデータベースにあの男たちの記録はないでしょうね。それからあなたが射殺の罪に問われることはないわ。あなたの銃から発射された弾だと突きとめることは可能だろうけど、あなたの手に火薬はついていない。わたしがトンネルから出てきたときに、あなたがナズを救助していたのを見ていた目撃者もいる」

コナーがタビーと視線を交わしてから、長い時間黙ってわたしを見つめる。「今の話はおれが期待してたこととは違ったな。言いたかったのは、あれが組織的な犯行だということだ。向こうはメトリックスを二十四時間態勢で監視してたに違いない。ふたりが爆発物を持ってバイクに乗り、別のふたりはバンを用意していた。それ以外にもどれくらいの人員がきみを連れ去ろうと計画していた場所で待ち構えていたかわからない。やつらはこの機会を待っていた。準備をしていた。その意味がわかるか？」

わたしは目を閉じ、喉にせりあがってくる胆液をのみくだした。「ここではナズを守れないということね」

「そうだ」

それはすでに承知していた。けれどもコナーが理解していないのは、彼がナズを守る必要はないことだ。

なぜならわたしが守るから。

トイレに行くふりをしてわたしは席を外し、公衆電話を探しに待合室を出た。

コレクトコールの国際電話をかけるのは驚くほど簡単だった。

「ディミトリにつないで」電話交換手が回線をつなぐとロシア語で伝えた。

「番号をお間違いです」しばし間を置いてから、そっけない返事が戻ってきた。

ああ、そうだ。認証のパスフレーズを伝え忘れていた。「プーチンは臆病者（プーチン・イズ・ア・プッシー）」

今度は即答された。「お待ちください」

それからクラシック音楽の作曲家でディミトリのお気に入りのラフマニノフを、八千キロ離れた場所から雷鳴のようにとどろくピアノの鍵盤の音を聞かされた。やがてふたたび声がして、こちらの番号を教えるよう言われた。

わたしは公衆電話のボタンの上に表示された数字を読みあげた。たとえ番号が飛んでいたとしても、ディミトリは通話を逆探知する方法を見つけるだろう。ディミトリはなんであろうと実現する方法を見つける。

わたしは受話器を置いた。十秒もしないうちに電話が鳴った。少しのあいだ深呼吸を繰り返してから受話器をあげる。両手は湿って震え、どっと冷や汗をかいていた。

「わたしはここ（ヤ・ズディス）よ」

「英語で話そうじゃないか、エヴァリーナ。わたしのもとを去ってからおまえの発音がどれくらい悪くなったか確認しよう」笑いを含んだ声音にわたしはぞっとした。声が出なかったが、話さなければならない。ディミトリは話しつづけている。「きみの友人のナーシルは重症ではなかったらしいな。非常にうれしいよ。どうしてだかわかるか？」

わたしは胃のむかつきと闘いながら答えた。「利用できるから」

ディミトリが声をあげて笑う。ようやくわたしがゲームを理解したとわかって喜んでいるのだ。「その頭の回転の速さが感じられなくて寂しく思っていたところだ」

「どうしてうまくいくとわかったの？」

「おまえを知ってるからだ。おまえの心を、おまえが自分に何が必要だと思うか、何が欠けていたと思うかを。何より、おまえの男に対する影響力を知っている。ボディガードが次々に入れ替わるのを不思議に思ったことはないのか？　まったく傑作だったな、やつらが無関心を装おうとしているのを見ているのは。おまえのとりこになっていくさまを見ているのは。結局おまえの友人のナーシルも、自身の欲望と葛藤する時間が長かっただけで、ただの男だったというわけだ」

スーペリアマンよ。わたしは怒りのうなりをのみこんだ。

「男といえば、ユーリイがよろしく伝えてくれとのことだ」

ユーリイ。ああ、どうしよう。ユーリイはディミトリの用心棒で、地所の責任者だ。あるじが不在のときはすべてを取り仕切り、その冷酷な支配力で屋敷を管理している。刑務所長みたいなものだ。けれどもディミトリのほかの兵士とは違って、自分以外の誰にも忠誠心がなかった。だからわたしが射撃の練習をしようとディミトリの数ある銃のひとつを屋敷から持ちだそうとしているところを目撃したとき、黙っている代わりに自分の給料をあげるようディミトリを説得するという取引をさせた。

ユーリイの給料はあがった。それ以来、ディミトリが仕事で出ているあいだ、わたしが定期的に森を散策するようになったのを見逃してくれた。

わたしは問いつめた。「彼に何をしたの？」

「何も」

わたしが反応せずにいると、ディミトリは得意そうに続けた。

「おまえのささやかな準備など、当然、全部お見通しだった。誰がそうするよう提案したと思ってる？　それからやつのたいした現金も入っていない引き出しや、わたしの金庫からおまえが実に慎重に盗った金だが、なくなっていることに一度も気づかれなかったと本気で思ってるのか？　おまえがひとりで森をさまようのをボディガードが許すとでも？　インターネットの利用履歴がモニターされていないとでも？」舌打ちが聞こえた。「サバイバリストのウェブサイトもずいぶん閲覧していたな。事情を知らない者が見たら、政府に対するクーデターを計画しているとでも思うだろう」

わたしは目を閉じた。胃がむかむかする。自分がうまく脱出計画を練っていると思っていたあの期間も、この男はずっと知っていたのだ。水からあがったときには疲労で全身が震えて倒れそうになるまで、オリンピックサイズのプールをがむしゃらに何往復もしていた数カ月のことも知っていたのだろうか。きっとそうなのだろう。

すべてを知られていた。最初からずっと。

わたしは打ちのめされてささやいた。「逃げきれると思わせたのね」

返ってきたのは低く満足げな笑い声だった。「自分で首を吊れる程度のロープは残しておいた」

目標達成のため。もちろんそうだ。

ディミトリの口調が変わった。さらにかすれて力がこもっている。「さあ、電話をかけてきた理由を聞こうじゃないか」遠くでズボンのファスナーをおろす音がして、ディミトリが吐息をもらす。

わたしは歯を食いしばって壁にもたれた。ひんやりとした漆喰に額を預ける。「ナズを傷つけたら、あなたを殺す」

それはディミトリが期待していた言葉ではなかった。かすかないらだちで声がざらついている。「そんな脅しをかけた報いを受けるはめになるぞ。だが、こっちはやつに関心がないとわかってるだろう。手は出さないよ。おまえがいい子にして、二度と逃げたりしない限りは。さあ、言え」

わたしに懇願させたいのだ。それでディミトリがどれほど喜ぶか、どれほど興奮するかわたしは知っている。けれどもわたしの内部のすべてがその考えに反抗していた。たとえ言いたくても言えなかった。

ウルフを見たときに感じたのと同じ憤怒に力を得て、わたしは目を開け、背筋を伸ばして立った。低く落ち着いた声で言う。「わたしはもう檻に閉じこめられて怯えていたあのときの子羊とは違うのよ、ディミトリ。あなたが最後に見たときから牙を持ってるの。血を滴らせる鋭い鉤爪も手に入れた」

ディミトリがロシア語に切り替えてわめく。「ニューヨーク・プレスビティリアン病院の外では、三人の男がわたしの電話を待ってるんだぞ!」

「ほら来た」わたしは険しい口調で言った。

「そうだ」怒り狂った絞りだすような声が聞こえた。「そのとおりだ。わたしの忍耐の限界を知っているだろう、エヴァリーナ。そしてそれを超えたと知っている。今夜七時にハリファックスに向けて出港するシルヴァー・シャドウ号に間に合うように八十八番埠頭に来なければ、ナーシルは死ぬ」

「行かない」

驚きの沈黙に対して、わたしはほほえんだ。この瞬間のために、言い表せないほどの恐怖に耐えてきたのだ。沈黙が続く限り楽しまなければ。

それにわたしには計画がある。

「あなたはわたしのために三カ月待った。もう少し待てるでしょう」

ディミトリの息遣いは荒かった。どうにか怒りを抑えこんでいるらしい。喉から奇妙な音が聞こえた。「このゲームに勝てないとおまえはわかってる。それなのに何を待てというんだ?」

「あの人はまだ意識が戻っていない。さよならを言う時間が必要なの。それをくれたら、わたしはあなたのものだから好きにできる」

ディミトリが即座に言い返す。「おまえはいつだってわたしのもので、好きにしてきた！」

わたしはわざとかすれた声を出した。「あなたはわたしの体を所有していただけ。魂まで手に入れたことはなかった」

それこそディミトリがほしがったけれど、決して手にできなかったものだ。わたしはすべてのことに従った。でもそれはディミトリの病的な望みや、わたしのなかの反抗心を突き動かす邪悪な行為に屈しただけだ。ディミトリにもわかっていた。そしてそれがあの男を激高させた。

ディミトリが本当に欲したのは服従ではない。自分の制御が効かないところで、わたしの体と精神と心と意志を完全に支配したいと願っていた。肉体や苦痛に耐えるといった制限を超えた次元でわたしを所有したがった。

わたしから神のように愛されたかったのだ。わたしに悔悛(かいしゅん)者のように苦しんでほしかった。感謝の気持ちを持って。

わたしは荒い息遣いを聞きながら、ディミトリがもっとも焦がれていたものと引き換えにこのささやかな願いを聞き入れるとわかっていた。

「二十四時間だ」ようやく答えが返ってきた。ディミトリはほとんどあえいでいる。

「それ以上は一秒たりとも待てない。それからエヴァリーナ……これは高くつくぞ」

あなたが受ける報いほどじゃない。「わかってるわ」

「準備ができたら電話しろ。かけてこなかったらどうなるか、わかってるだろうな」

通話が切れた。

わたしは受話器を戻した。頭がふらついて気分も悪かったが、ナズの命を救ったのだと思うと力がわいた。彼をこの混乱に引きずりこんだのはわたしだ。引きずりだすのもわたしというのがもっともふさわしい。

タビーとコナーのもとに戻る途中でトイレに寄って、顔にまだらについていた血を洗い落とした。髪にウルフの脳みそと思われる干からびたかたまりがついていたが、なんとも思わなかった。

どうやって別の銃を手に入れるかということしか頭になかった。

30

ナズ

夢を見ているのだとわかっていた。こんなことは初めてだ。明晰夢(めいせきむ)の話は聞いたことがあるが、見たことはない。あらゆる薬が脳の眠っていた部分を活性化しているに違いない。

その夢というのはこうだ——エヴァが埠頭の、巨大な黒い船の甲板に続く木でできた長いタラップの上がり口に立っている。裸足で、シンプルな白いワンピース姿だ。寒い日で風が吹きすさび、頭上には鉛灰色の空が広がり、髪が風に乱されて顔のまわりで絡んでいる。おれは埠頭の反対側の端にいて、全速力で彼女に向かって走っている。その船に乗ってはならないという強い確信にとらわれていた。

エヴァが決意と悲痛を合わせたような奇妙な目でおれを見つめてから、背を向けてタラップをのぼり、手すりの向こうに消えていった。

タラップが外された。マストにたたんであった六枚の黒い帆が割れるような不吉な音をたてて開き、船は黒く波立つ海をなめらかに進んでいく。

「エヴァ！」

「わたしはここよ。しいっ、ここにいるわ」

おれはまぶたを開いた。目が痛むほど明るく白い部屋がちらつき、徐々に焦点が合ってくる。最初に見えたのはこちらを見おろす茶色い美しい瞳だ。ああ、よかった。エヴァだ。あまりにほっとして笑ってしまった。

いまいましいほど痛かった。

笑い声が苦痛のうめきに変わると、エヴァが取り乱した。振り向きざまに叫んでいる。「看護師さん！　早く来て！　大変なの！」

「おれは大丈夫だ」そう言ったが、不安をかきたてられるほど弱々しい声だ。このひどい耳鳴りはなんだ？　どうしてこのベッドで寝ている？

ああ、そうか、車の爆破だ。装甲車でなければ今頃はくたばっていて、これまで会ったなかで最高に魅力的な女性を見つめたりはしていなかっただろう。

「看護師さん！」

「テルマ、金切り声はやめてくれ。耳が痛い」

エヴァは静かになったが、あわてふためく蛾のように落ち着きがなくなり、おれの上で両手を振ってやきもきしている。「何か持ってくる？　ほしいものは？　寝心地が悪い？　水を飲みたい？　食べ物は？　薬とか？」

おれはエヴァの手首を握り、彼女を引き寄せた。「過呼吸になってるぞ」ささやいて、ほほえみながらエヴァを見あげる。麻酔と安堵感のせいで頭がぼんやりする。「落ち着いて息をするんだ」

エヴァはゆっくりした呼吸を数回繰り返し、それから考えこんだ。「効果がないわ」

「だったら、来てごらん」おれは両腕を伸ばした。

「ハニー、あなたは肋骨が折れているのよ」

〝ハニー〟その言葉は正式におれのお気に入りになった。「スーペリアマンを怒らせるなよ。思いどおりにならないと、すぐにかんしゃくを起こすんだ」

エヴァがおれを見つめる。とてもやさしくてあたたかい目だ。「そう、わかったわ」彼女はささやいた。「でも痛かったら言ってね」マットレスのおれの腰の横にヒップをのせる。唇を噛み、眉根を寄せて意識を集中し、これまでにないほど慎重に身をかがめて触れる一歩手前で止まり、顔じゅうにそっとキスの雨を降らせた。

「いたわるふりをしてひどいじゃないか」おれはぼやいた。

「わたしの巨体で押しつぶさないように守ってあげてるのよ、ダドリー」話しながらもキスをしてくれる。唇はうっとりするほどやわらかい。

「おいおい、おれがどれほど怒りっぽいか、もう忘れたのか？」

エヴァが笑いを噛み殺す。「これはこれは、ミスター・怒りん坊さん、わたしが悪かったわ」

「上にのってくれないなら、隣で横になってくれ。きみを感じたいんだ」エヴァの手首を引き寄せながら、自分に体を起こして彼女をベッドに組み敷く力がないのが腹立たしかった。

「あなたがひどい患者だって気がするのはなぜかしら」

エヴァは厳しい声を出しつつも目は笑っていて、おそるおそるベッドにのぼってくる。それからそっと寄り添って、おれの腕の下に体を落ち着けると吐息をもらした。

「どこに手を置けばいいかわからないわ」

「い、大きなヒントをあげよう」

「信じられない。意識が戻って六十秒でもういやらしいことを考えて、自分のものを自慢しているなんて」

「それが好きじゃないふりはするなよ、テルマ」顔の向きを変え、エヴァの肌の甘い香りを吸いこむ。

「好きじゃないわ」エヴァがささやいた。「大好きなの。ああ、ナズ、本当にうれしいわ、あなたが……」頭上のどこかで断続的に発せられている機械音よりも大きな音をたてて唾をのみこむ。「もし助からなかったら、わたしは……」

「もっと太っていた。わかってる。それは気がかりだよな」

おれは雰囲気を明るくしようとした。ピンピンしているおれを見てエヴァが明らかにほっとしたのはわかっているが、彼女の言葉には間違いなく何か暗いものが感じられた。夢で見たエヴァの表情がよみがえってぞっとする。

「コナーとタビーは軽く食べに行ったわ。ふたりともあなたが意識を失っているあいだ、ずっとここにいたのよ」

「それはどれくらいなんだ？」

「十八時間。でも酸素吸入器を外したときに意識が戻って、お医者さんのことをこの野郎って言った時間は入れていない。あのとき、あなたは大丈夫だってみんな思ったの」

それは覚えていなかったが、どうでもいい。エヴァは十八時間もおれというボディガードなしでいたのだ。苦痛で胸が締めつけられる。コナーが有能なのはわかっているが、エヴァはおれの女だ。おれに責任がある。おれは彼女が自分をもっとも必要としていたときにその場にいられなかったことを恥じた。

「きみは大丈夫なのか？」初めてパニックを起こしていた。頭を持ちあげ、怪我をしているしるしがないかどうかエヴァの体に目を凝らす。けれどもエヴァが落ち着かせてくれた。

「いくつか擦り傷と痣があるだけで、どこも問題ないわ」声をやわらげる。「あなたの大きくて野獣みたいな体がわたしと爆弾のあいだになければ、もっとひどいことになっていた」

おれはさらに褒め言葉を引きだしたくて言った。「たぶん装甲車のおかげだ」

「あなたのおかげよ。もし座っていたのが車の反対側だったら、わたしは死んでいたかもしれない。あなたはいつもわたしを守ってくれる。それが偶然であっても」

彼女の言葉を聞いて、おれの心に喜びがあふれる。あたたかくて気持ちのいい日だまりのようだ。

エヴァは正しかった。男は単純な生き物だ。

おれたちはしばらく黙っていた。やがてエヴァが口を開いた。「コナーが言ってたわ。メトリックスにいるあいだ、あの男はずっとわたしたちを見張らせていたんだろうって」

エヴァは名前を出さなかったが、おれはディミトリの話を出されて怒りが爆発し、息が詰まった。どれくらい入院するのか確かめなければならない。あいつと片をつけなければ。

「言ったはずだ。ふたりでベッドにいるときはやつの話を持ちださないようにと」語気が強くなる。

エヴァがゆっくり息をついた。「外には警官がいる。それをうわまわるメトリックスのスタッフも。病院じゅうにコナーが手配した警備員がうようよしているわ」

その口調の何かが告げていた。どれほど警備員がいようと、ディミトリのような男が下水管の割れ目から入りこむのを止められはしないとエヴァも思っている。ゴキブリはなかなか死なないことで悪名高いが、ずる賢さでも知られている。

「心配はおれとコナーに任せてくれ」

そこに、胸の大きな中年の看護師が足早に入ってきた。全体に兎(うさぎ)の絵がプリントされた淡いピンクの手術着を身につけ、まとめた赤い縮れ毛がこぼれて顔のまわりを明るく取り巻いている。看護師はベッドの上のおれとエヴァを見て顔をしかめた。

「ほらほら、ベッドからおりなさい、さあ早く」まるで鳥の餌箱から栗鼠(りす)を追い払うようにこちらに向かって両手を振る。「ここはホテルの部屋じゃありませんよ！」

ボス風を吹かせているものの、愛情が感じられる。母親みたいだ。エヴァと引き離されそうになっていても、この看護師は好きになれる気がした。エヴァのほうはすでにマットレスの端に腰かけていて、そこから脚を振って立ちあがった。教会に行ったときとは違う服を着ている。きっとタビーが持ってきたのだろう。

夢で見たのと同じ白いワンピースなのは決して悪い兆候ではないと、おれは自分に言い聞かせた。

そこにコナーとタビーが戻ってきた。お高くとまった医師も一緒だ。酸素吸入器のことや驚異的な術後の経過と肺の強さについてぺらぺら話しだしたが、おれはまったく注意を払わなかった。意識を向けることができるのはエヴァの顔だけだ。

彼女は研ぎ澄まされた、意識を集中させるような奇妙な表情を浮かべている。この瞬間を記憶に刻みこもうと心に決めているように。そのことにおれは怖じ気づいた。

「警察がおまえと話をしたいと言っている」コナーのそのひと言で、医師が即座に黙った。「明日まで時間をくれと答えておいたが」コナーがエヴァに視線を投げて口元を緩める。

「あとどれくらいでここから出られるんだ？」おれはドクター・思いあがりにきいた。

「不測の事態が何も起こらないとして、早くて二、三日でしょう」

「一日にしてくれ」おれはきっぱりと言った。気分は最悪で全身が痛むにしても、もちろんそれを認める気はないし、何もしないで寝ているだけというのが一番つらい。おまけに病院というのは地球上でもっとも気がめいる場所だ。

医師が澄まして答える。「確約はできませんね」

エヴァと目が合った。彼女が口の動きで伝えてくる。〝横柄ね〟

おれは口の動きで言い返した。〝傲慢なんだ〟

おれたちは笑みを交わした。ほかの全員が病室から出ていくのが、いきなり待ちきれなくなる。

エヴァも同じことを考えているようだ。大げさに心配そうな声を出し、おれの額に手をあてた。「もう休ませたほうがいいわ。顔色が悪いもの。そう思わない、ドクター?」

ドクター・思いあがりは、自分の魅力をアピールする機会ととらえたらしい。ずうずうしい孔雀(くじゃく)だ。爪の先まで手入れの行き届いた指でつやつやしたブロンドを撫でつけ、エヴァにほほえみかける。

「同感です」

おれの胸で低いうなり声が高まるのを聞きつけ、エヴァが人差し指でそっとおれのこめかみをつつく。黙っていろと言っているようだ。

タビーがベッドのそばに来てくれた。これはまた、なんて格好だろう。刺激を求めて〝ゴシックロックのコンピュータおたく＋とがったヒールフェチ〟と検索したのか。おまけに『長くつ下のピッピ』の主人公とアニメの絵柄がついている。もちろんあの猫のキャラクターもだ。

今日のファッションはマイクロミニのスカートにサスペンダー。しかも緑のサスペンダーにでたらめにハローキティが散らばっていて、まるで嘔吐（おうと）したみたいだ。

「調子はどう？」タビーがおれにそっと声をかけながら手を握る。

「ましになってきた。生き延びそうだ」

タビーはおれの皮肉っぽい口調ににっこりした。「わかってる。でも心配したわ。言っておくけど、普段は心配しないたちなのよ、ナーシル」

コナーがのんびりと言う。「普段はほかの男の手も握ったりしないな、お姫さま」

タビーは取りあわなかったが、ほほえんでいた。「もうすぐメトリックスに戻ってもらわなければならないわ。この建物は敵が侵入しやすいから」

おれはうなずいた。「いつでもそっちの都合のいいときでかまわない」

医師は自分の許可なしに移動させるという提案に、明らかに失望した顔をしたが、コナーに視線を向けられると口を固く閉じた。それから頭を振って出ていった。

看護師があとに続く。

タビーがおれの額に軽くキスをして、おれを十二歳の少年の気分にさせた。それからコナーと一緒に挨拶して立ち去り、おれとエヴァはまたふたりきりになった。

「そこのブラインドをさげてくれないか」おれは彼女を見つめた。「それから大きなヒップをもう一度ベッドにのせてくれ」

「あなたのスタミナにはびっくりさせられるわ、野獣さん」エヴァがドアを閉めて窓全体にブラインドをおろし、ゆっくりと戻ってくる。おれの視線を受けとめたまま、口元には悲しげな笑みを刻んでいる。

「悲しまないでくれ。状況はよくなるから。約束する」おれは手を差しだした。エヴァがその手を取ってもう一度ベッドにのった。おれの体に刺さっているさまざまな注射針や管を抜いてしまわないよう注意を払っている。

おれの肩に頭を預けながら言った。「わかってるわ。よくなることは」

エヴァの声は確信に満ちていたので、おれはうれしかった。まだおれを信じてくれていると感じられた。今は万全の状態ではないにしても。

体のほとんどの部位は万全でないという意味だ。ある特定の部位は、ベッドでエヴァと横になっているときはいつでもパーティの時間だと決めつけているらしい。しばらくしてエヴァが鼻を鳴らした。「正直言って、野獣さん、あなたは間違いなくけだものだわ」

おれはみっともない青い入院着の股の部分がテント状になっているのをちらりと見た。「麻酔に変なものが入っているんじゃないかな」

「やめてよ。あなたのことはわかってるんだから」

エヴァの声にはかすかな笑いがこもっている。おれはエヴァの顔を自分のほうに向けてやさしくキスをして、彼女がどれほど必要かを、ディミトリとの小競り合いからふたりとも生還できてどれほどうれしいかを伝えた。

「わたしの人生で一番の出来事はあなたに出会えたことよ」エヴァがささやいて、おれの首元に顔をうずめる。

おれは腕に精いっぱいの力をこめてエヴァを抱きしめた。「ああ、わかってるよ。おれはたまらなくすばらしい男だからな。きみは幸せ者だよ、テルマ」

エヴァが泣き笑いのような音をたてたので、さらにきつくかき抱いた。

「わたしがどうしてテルマっていう偽名を選んだか、話したことはなかったわよね」

おれは軽口を叩こうとしたものの、エヴァの声に陰鬱とした気配を感じてやめた。

「ああ。なぜだい？」

「映画の『テルマ＆ルイーズ』から取ったの。あの映画は見た？」

「ああ。友人ふたりの話で、よくできたロードムービーだった」そこでぴんときた。「テルマっていうのは暴力的な夫と結婚したほうの女性じゃなかったか？」

「そう。グランドキャニオンで警察に追いつめられたとき、〝進みつづける〟べきだと言ったのも彼女よ。あの場面がすごく好きだった。ふたりの運は尽きてしまったけど、あきらめる代わりにふたりは進みつづけたの。絶壁を越えて、一九六六年型のフォード・サンダーバードで。死はふたりが残してきたものや、これから先にあるものよりもましだったから。死ぬことでしか自由になれなかったから」

エヴァの顔に手を添えてうわ向かせると、目に涙をためていたので驚いた。「おい、どうしたんだ？」

エヴァが切れ切れの声で答えた。涙があふれて頬を流れ落ちる。「あなたがどれほどわたしを救ってくれたか、きちんと言葉で全部伝えられたらいいのに。これまで死は自由を意味するんだと思っていたけど、今ならわかる。自由になるために必要なのは、自分を心の底から信じてくれる人がいて、自分自身を信じられるようになることなんだって」

むさぼるように唇を重ねるとおれは体じゅうの骨が痛んだが、その痛みは何にも代えがたかった。

人生で最高の痛みだ。

おれたちはしばしキスをやめて激しく息をつき、互いを見つめた。エヴァが体を起こして片肘をつき、てのひらをおれの胸にのせて鼓動を確かめる。

「いつも力強く打っているのね」

「きみのために打っているからだ」

エヴァが瞳を閉じた。痛みに顔をしかめるように。「そう言ってくれたこと、ずっと覚えておくわ。あなたがくれたすてきな言葉も全部。一瞬だって忘れないから、ナズ。絶対に」

おれは胸が痛みだしたが、怪我のせいとは思えなかった。「どうしてさよならするみたいに聞こえるんだろう」

エヴァがほほえんでくれたので、胸の痛みがほんの少しだけやわらぐ。

「ちょっと感傷的になっているだけ。だってそんなばかげた入院着を身につけてるから、あまりに憐れに見えて気の毒になったの」

おれは片方の眉をあげた。「憐れに？　へえ、そうかい」エヴァの手首をつかみ、おれの体の下のほうに引き寄せる。「これも憐れに感じるかい？」

エヴァがはっと息をのんで、高ぶったものをてのひらで包みこむ。「いいえ」小声で答え、コットンの入院着の上から撫でおろす。「憐れな感じは全然しないわ」

ふたりはふたたびキスを交わした。機器が発する電子音が甲高くなったが無視した。脚とあばらがうずいている。下半身も。あらゆる感覚に圧倒されていた。エヴァが少しだけ体を引いておれを見た。唇を嚙んでいる。電子音がしだいに大きくなった。

エヴァがかすれた声で言う。「あの音を止めないと」

手を伸ばしてスイッチを消した。室内は静まり返った。聞こえるのはふたりの息遣いと、おれの耳のなかで響く鼓動だけだ。

エヴァがベッドから起きあがってショーツを脱いだ。それからおれの上になって、ベッドの左側にある金属の手すりを使ってバランスを取り、とてつもなくゆっくりと注意深く動きだした。腰までワンピースをたくしあげ、素肌をあらわにする。

おれが目をみはり、欲望と信じられない思いで動けずにいると、エヴァは入院着の裾を押しあげておれのこわばりをてのひらでふたたび包みこみ、手を動かしはじめた。こわばりの先端がエヴァの手のなかに滑りこむ。

ああ、あたたかくて信じがたいほどすばらしい。

「スイートハート」おれは空気を求めてあえいだ。「本気かい？　今ここで？」

エヴァがはたと動きを止めた。「痛いことをしている？」

おれは腰の筋肉を動かして可動域を確かめてみた。脚に痛みが走り、胸の右側がかっと熱くなったが、我慢できる程度だ。

このためならなんだって我慢できる。

エヴァを見あげ、ヒップをつかんで低くうなるように答えた。「いいや」

「じっとして」動こうとしたが、やさしく止められた。「わたしに任せて」

言われたとおりにしたいとこれほど思ったことはない。

おれは力を抜いて頭を枕に戻し、深く息を吸った。鋭い痛みが走ったので二度としないことにする。エヴァがこわばりを撫でておれをなめらかにし、彼女も準備を整えた。さらなる歓びにのまれて苦痛がやわらぐ。エヴァがおれを入り口に導いて、顔を見つめながら身を沈めていった。

永遠とも思える時間をかけて。おれは一ミリ身を沈められるごとに感じながら、獣のように大きなうめき声が喉からあふれるのを押し殺そうと歯を食いしばった。たまらなく心地よい。燃えるような痛みで全身の感覚が麻痺するなかで、強烈な歓びがこの一点に集約されている。

エヴァが目を閉じてのけぞるのを見つめた。彼女の唇はわずかに開いている。エヴァがヒップをちょうどいい位置に調節すると、ふたりの口から同時に小さなあえぎがもれた。

肌に火がついたかのようだ。神経の末端がことごとくちりちりしている。痛みの終わりと歓びの始まりの区別がつかない。すべてが大きな感情の渦のごとく、激しい波となっておれの上でぶつかりあっている。

おれは両手をエヴァの腰に滑らせ、ウエストのくびれをつかんだ。そしてワンピース越しに胸のふくらみを包みこみ、彼女が震えているのを感じた。

エヴァが体の奥深くで強く締めつけてくる。

「ああ」おれはざらついた声でささやいた。「エヴァ、おれを見てくれ」

エヴァがゆっくりと目を開ける。ふたりはそのまま永遠とも思えるほど動きを止めていた。静かに息をのみ、互いだけを見つめて。おれの下腹部がぴくりと動くと、エヴァが息をついた。

おれたちは動きだした。

かすかで完璧な動きはゆったりしていて、ベッドさえ揺れなかった。脚の縫合部が悲鳴をあげている。さまざまな臓器に一生治らないような損傷を与えているのだろうが、おれは気にしなかった。出会ったときからこの瞬間を待ち望んでいたのだ。おれはそれを享受する。壊れた部位などくそくらえだ。

エヴァの胸に赤みが広がる。彼女がおれに視線を据えたまま、ワンピースの上部のホックを外し、さらにブラジャーのフロントホックを外した。おれの手のなかに胸がこぼれでる。おれが頂をそっとつまむと、エヴァは息を吸いこんだ。

「口元を寄せてくれ」

エヴァはすぐさま応えた。マットレスのおれの頭の両側に手をついて慎重に体を支え、唇を近づける。おれは自分に軽く体重を預けさせ、信じられないほどの歓びを与えてくれているエヴァにも歓びを与えた。彼女の動きが速まると、ふたりとも声をあげないようにこらえた。

「とてもいいわ」エヴァが息を切らす。「ああ、痛い思いをさせてないと言って」

それを証明するために、おれは腰を突きあげた。かすれた美しい声があがる。おれは胸の先端を口に含み、もう片方にも同じことをした。

下腹部の熱が渦と化して広がり、全身に汗がにじむ。低くうめきながらエヴァの胸を吸っていると制御が効かなくなり、痛みの許容範囲を超えておれの体が動きだした。

本能に乗っ取られていた。

エヴァを仰向けにして深く激しく身を沈めたい。おれの名前を叫ばせたい。背中に爪を立てられながら、彼女の髪に顔をうずめて歓喜を爆発させたい。エヴァが自分のものだと感じながら。

だが同時にこの完璧な一瞬一瞬をも欲していた。あたたかくて親密で、とてつもなく凝縮された瞬間を。情熱的ですばらしく甘いひとときを。

エヴァが歯のあいだから息を吸いこんで体を硬くした。ぎりぎりまできているのがわかる。

「おれにゆだねてくれ」おれは強く求めた。「すべてをゆだねてほしい。きみのすべてをこのおれに」

短い叫びがエヴァの口からこぼれ、体が震える。それから一定の間隔で、激しく締めつけられるのを感じた。今度はおれが息を吸いこむ番だった。

おれはうめき声をもらし、獰猛な衝撃に屈した。あまりの強烈さに息ができない。肺が燃えているせいかもしれないが、どちらだろうとかまわない。おれはこらえきれずに荒々しく突きあげ、申し分なくやわらかいぬくもりのなかに自らを解き放った。われを忘れ、完全に彼女のものになる前の自分が何者だったかを忘れた。

〝愛している、エヴァ。たまらなくきみを愛している〟

そう言おうとしたが、言えなかった。今は無理だ。この愛と歓びと痛みの波に身を任せることしかできない。

エヴァがロシア語で何やらささやく。おれはその響きを覚えようとした。あとで彼女に向かって口にして、意味を尋ねようと思った。だが覚える必要はなかった。エヴァが英語で繰り返してくれたからだ。何度も何度も、押し殺した恭しい小さな声で祈りを捧げるように。

「あなたのためならなんでもする。あなたのためなら、ナズ、わたしはなんでもできる」

おれたちは眠りと目覚めのはざまのうつろな空間を、時間も外の世界も存在しない場所を、しばらくたゆたっていた。おれは今までにない疲れを感じると同時に、感謝と畏敬の念に満たされていた。

この女性は奇跡だ。おれの奇跡。おれが果てしなくひとりでさまよってきたのはこのためだった。

人生は行くべき場所へ導いてくれる。それを認めさえすれば。

エヴァが水を運んできて、乾いた口にストローを差し入れてくれたのがわかった。体を拭いてくれたのもわかっている。熱を持つ肌にやわらかい手とひんやりした布と冷たい空気を感じたからだ。何か話しているが、言葉は頭に届かない。おれは厚いかすみがかかった世界に落ちていった。手術と麻酔を受け、爆発で死の淵(ふち)をさまよい、体調が万全でないにもかかわらず愛しあった影響が出たのだろう。

それから完全に意識が飛んで、そのあとしばらくは何も記憶がない。

ふたたび目を開けたときには、閉めたブラインドから明るい光が差しこんでいた。病室は静まり返っている。

滅菌された白い空間に彼女の姿を求めて体を起こそうともがいた。けれどもおれはひとりきりだった。

エヴァは姿を消していた。

謝辞

ナズ。ああ、ナズ。あなたの存在と秘密のすべてにずっと悩まされてきました。この作品の執筆を始める前から、ナズとエヴァの物語は一冊におさまりきらないとわかっていました。整理しなければならない要素がまだ残っています。交差しなければならないたくさんの秘密と痛みがあります。ナーシル（バッド・ハビット・シリーズではバーニーとして知られています）はいくつかの作品であたり障りのない程度に登場するだけでしたが、それでもずっと気にかけていたキャラクターでした。生みだしてきた男性のキャラクターで、これほど一体感を持てたのは初めてです。これほど彼を苦しませ、これからも苦しめることに罪悪感を覚えるのも。厳密には、すべての責任はわたしにあるのですが。

とはいえ、キャラクターは生みの親からの巣立ちを宣言するすべを知っています。それこそナズがわたしにしたことで、だからこそ彼には愛情を抱いています。

このあとナズが経験する試練について、彼がわたしを許してくれることを願ってやみません。

強力に支えてくれたモントレイクの関係者各位に感謝を捧げます。マリア・ゴメス、大好きよ。エレニ・カミニス――今は別のどこかにいるけれど――あなたのことも大好き。すばらしい仕事をしてくれた編集及び著者サポートチーム、美しい表紙絵を描いてくれたデザイナー、営業チームに心から感謝します。

ありがとう、メロディー・ガイ。あなたは天才よ。（太字にしたのは彼女が救いの手を差し伸べてくれる凄腕（すごうで）編集者で、いつだって書きはじめたときよりずっといい作品にしてくれるから）

わが家のギャングさん、愛しているわ。あなたがいると最高に楽しい！　支え、元気をくれて、うれしく思っている。

読者のみなさん、わたしの創造の世界に変わらぬ熱い関心を寄せてくれて感激しています。みなさんの声はありがたく、ご意見に心からお礼を申しあげます。十年ほど前にこの驚くような執筆の旅を始めた頃は、これほどすてきな新しい友人を世界じゅうに作れるとは夢にも思っていませんでした。このことには大きな幸せを感じています。

両親にも感謝を。ふたりとも本の虫で、読書に対する抱えきれないほどの愛を植えつけてくれました。それだけでも人生が格段に豊かになりました。

最後に、J・ガイシンガーに深い感謝の気持ちを。

あなたは本を読むと眠くなる人だから、きっとこれを読まないでしょう。だからなんのおとがめもなく言えるわ。わたしがよりよい人間でいられるのはあなたのおかげよ。

訳者あとがき

アメリカのロマンス小説作家J・T・ガイシンガーの作品、『この恋は、はかなくても』(原題『*Dangerous Beauty*』)をお届けいたします。日本では本書が初めての翻訳作品になりますが、アメリカではすでに二十冊以上の小説が出版されています。また著者は優れたロマンス小説に授与されるRITA賞において、二〇一九年を含め三度にわたって長編作品部門のファイナリストに選出された実力派でもあります。

この作品はカリブ海の楽園と称されるメキシコのコスメル島を舞台に物語が始まります。ロシア人マフィアから家出した妻の監視を依頼されたナズ。たやすい仕事のはずだったのですが、監視対象であるエヴァの実情を知ってしまったがゆえに予期せぬ決断を迫られます。後半はニューヨークに舞台を移し、自分に対するナズの思いを知ったエヴァが……。最初から最後まで、思わず引きこまれてしまうストーリーが展開されます。

本書はさらに登場人物も魅力的です。主人公のエヴァはロシア人で、美しいだけでなく頭脳明晰であり、元バレリーナという経歴の持ち主です。また感情豊かな女性で、素直を通り越して大胆と感じられるほどに自分の気持ちを言葉に表します。過去から逃げ、先行きも不透明な状況のせいで、〝今この瞬間を逃すまい〟とする彼女の思いがそうさせるのですが、移ろいやすい現実世界で生きるわたしたちにとっても、これは大切にすべきところなのかもしれません。その相手のナズは中東系の両親のもとに生まれたアメリカ人で、警察官や軍人、ボディガードといった職歴を持つタフでセクシーな男性です。そして彼には自分の保身は二の次にしても正義を貫こうとする、人間としての誠実さと強さがあります。さらにナズの雇用主であるコナーと妻のタビーも、スピンオフの物語ができそうなくらいに個性的です。

物語はテンポよく進みますが、それぞれの人となりを形成した事情にじっくり思いをはせてみると、よりいっそうおもしろくお読みいただけるのではないでしょうか。

どうぞお楽しみください。

二〇二〇年三月

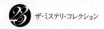

ザ・ミステリ・コレクション

この恋は、はかなくても

著者　J・T・ガイシンガー

訳者　滝川えつ子

発行所　株式会社 二見書房
東京都千代田区神田三崎町2-18-11
電話 03(3515)2311［営業］
03(3515)2313［編集］
振替 00170-4-2639

印刷　株式会社 堀内印刷所
製本　株式会社 村上製本所

ISBN978-4-576-20039-2
https://www.futami.co.jp/

二見文庫 ロマンス・コレクション

＊の作品は電子書籍もあります。

夜の向こうで愛して
キャロリン・クレーン
村岡栞［訳］
元宝石泥棒のエンジェルは、友人の叔母を救うために再び泥棒をするが、用心棒を装ったコールという男に見つかり…。ゴージャスな極上ロマンティック・サスペンス

悲しみにさよならを
シャロン・サラ
氷川由子［訳］
10年前に兄を殺した犯人を探そうと決心したとたんローガンは命を狙われる。彼女に恋するウェイドと捜索を進めると、驚く事実が明らかになり…。本格サスペンス！

いつわりの夜をあなたと
カイリー・スコット
門呉茉莉［訳］
ベティはハンサムだが退屈な婚約者トムと別れようと決心したとたん、何者かに誘拐され…!? 2017年アウディ賞受賞作家が贈る映画のような洒落たロマンス！

愛という名の罪
ジョージア・ケイツ
風早柊佐［訳］
母の復讐を誓ったブルー。敵とのベッドインは予期していたが、想像もしなかったのは彼に夢中になってしまうこと……愛と憎しみの交錯するエロティック・ロマンス

かつて愛した人
ロビン・ペリーニ
水野涼子［訳］
故郷へ戻ったセインの姉が何者かに誘拐された。彼はかつての恋人でFBIのプロファイラー、ライリーに捜査を依頼する。捜査を進めるなか、二人の恋は再燃し……

過去からの口づけ
トリシャ・ウルフ
林亜弥［訳］
殺人未遂事件の被害者で作家のレイキンは、事件前後の記憶も失っていた。しかし新たな事件をFBI捜査官のリースと調べるうち、自分の事件との類似に気づき…

この長い夜のために
シャノン・マッケナ
水野涼子［訳］
〔マクラウド兄弟 シリーズ〕
壮絶な過去を乗り越え人身売買反対の活動家となったスヴェティ。母が自殺し、彼女も命を狙われる。元刑事サムと真相を探ると、恐ろしい陰謀が…シリーズ最終話！